ATÉ ONDE VOCÊ ME LEVAR

TEXT COPYRIGHT © 2021 BY PHIL STAMPER
AS FAR AS YOU'LL TAKE ME
© THIS EDITION PUBLISHED BY ARRANGEMENT WITH TRIADA US

COPYRIGHT © FARO EDITORIAL, 2024

Todos os direitos reservados.
Nenhuma parte deste livro pode ser reproduzida sob quaisquer meios existentes sem autorização por escrito do editor.

Diretor editorial **PEDRO ALMEIDA**
Coordenação editorial **CARLA SACRATO**
Preparação **ARIADNE MARTINS**
Revisão **AGNES ROBERTA e PAMELA JULIANA**
Diagramação e adaptação de capa **VANESSA S. MARINE**

Dados Internacionais de Catalogação na Publicação (CIP)
Jéssica de Oliveira Molinari CRB-8/9852

Stamper, Phil
  Até onde você me levar / Phil Stamper ; tradução de Sandra Martha Dolinsky. — São Paulo : Faro Editorial, 2024.
  192 p.

  ISBN 978-65-5957-405-6
  Título original: As far as you'll take me

  1. Ficção juvenil norte-americana 2. Homossexualidade – Ficção juvenil I. Título II. Dolinsky, Sandra Martha

Índices para catálogo sistemático:
1. Ficçãojuvenil norte-americana

1ª edição brasileira: 2024
Direitos de edição em língua portuguesa, para o Brasil, adquiridos por FARO EDITORIAL
Avenida Andrômeda, 885 - Sala 310
Alphaville — Barueri — SP — Brasil
CEP: 06473-000
www.faroeditorial.com.br

PHIL STAMPER

Tradução de Sandra Martha Dolinsky

Até onde você me levar

À MINHA FAMÍLIA, AQUELA NA QUAL EU NASCI E A QUE ENCONTREI PELO CAMINHO.

NO FIM DAS CONTAS, minto muito bem.

Não há nada em mim que diga que eu seria um grande mentiroso. Sigo todas as regras obscuras estabelecidas por falsas figuras de autoridade... *Não corra perto da piscina! Desligue o celular no cinema!* Nem sequer atravesso fora da faixa. Fui empurrado para grupos de jovens cristãos durante a maior parte de meus estudos, e a Bíblia é bem clara sobre o que acontece com os mentirosos.

Mas talvez seja por isso que minto tão bem. Passo despercebido. Por que Marty mentiria? A resposta, claro, é simples: sou gay e estou sufocando.

Cheguei a uma conclusão sobre a primeira afirmação há muito tempo, mas quanto a sufocar... essa sensação foi se arrastando lentamente em meu peito, encurtando minha respiração, até que percebi que não estava mais respirando.

— Você está sendo melodramático.

Mantendo uma mão no volante, Megan joga seus longos cabelos para fora da janela do carro; os fios balançam e se embaraçam ao vento.

Ela tem esse costume: jogar o cabelo *e* achar que tudo é drama. Como se minhas preocupações não importassem. Como se minha *iminente viagem internacional* não fosse nada.

— Meu voo é daqui a cinco horas. Não tenho passagem de volta. Meus pais *não sabem* que não tenho passagem de volta — aperto a alça de segurança do carro com mais força. — Estou surtando.

— Estou vendo. Você está mais ofegante do que quando fizemos aquela aula de hot ioga.

— Nossa, nem me lembre.

— Você é a pessoa de dezessete anos mais competente do planeta. Tem que acreditar em mim, você sabe que odeio elogiar. Mas é fato.

Sua voz me deixa mais tranquilo. É um acorde suspenso — inquietante no início, suave e áspero ao mesmo tempo, seguido por uma resolução clara e reconfortante. Tiro meu milk-shake de Oreo do porta-copos e limpo as migalhas de batata frita do fundo do copo — antigos lembretes de todas as aventuras fast-foodianas que passamos neste carro. Megan no banco do motorista, eu no do passageiro.

Sempre o passageiro.

— Eu não sei como pode... eu me preparei tanto, mas ainda me sinto tão despreparado — digo. — É um desafio à lógica.

Sei que, em parte, é por causa de Megan. Somos como o yin-yang. Ela é tão relaxada que parece estar drogada o tempo todo, e eu sou tenso como Hilary Hahn (porque ela é violinista, e violinos são agudos e têm cordas. Cordas tensas. Ok, deixa pra lá).

— Você se formou cedo — ela diz. — Economizou dinheiro trabalhando naquele restaurante de merda o ano todo. Tocou em quase todas as bandas nos três estados para reforçar seu currículo; descobriu sua dupla cidadania e fez o processo de visto no meio do Brexit. — ela baixa a voz, e o vento no carro leva as palavras assim que elas saem de sua boca. — Você está tentando fugir de Avery há anos. Está mais que preparado para isso, Marty.

Suas palavras machucam e acalmam ao mesmo tempo. Será que ela está triste por eu estar a abandonando? Minha melhor amiga — sem ofensas, Skye — dos dois amigos que tenho. Mas há muita história aí. Levei dez anos para conhecê-la, cinco anos para deixar de odiá-la e são dois anos andando juntos o tempo todo para chegar onde estamos agora.

— Não estou fugindo.

Claro que não estou fugindo.

— Termine seu milk-shake — ela diz.

Termino.

— Temos mais duas paradas para tomar sorvete antes de eu te levar ao aeroporto.

Meu olhar vagueia pela janela olhando a gloriosa rodovia I-75 pouco antes da hora do rush. As evidências do centro de Cincinnati desaparecem das placas de saída e só restam os subúrbios — Arlington Heights, Lockland, Evendale.

— Talvez devêssemos abandonar a ideia do milk-shake. A 275 nos levará direto até lá, e eu terei um tempo a mais.

Ela suspira. Eu sabia que ela suspiraria.

— E o que você faria com esse tempo a mais?

— Eu leria.

— Com "leria" você quer dizer chegar ao portão de embarque e ficar olhando para a tela, surtando por causa de atrasos que não vão acontecer, certo?

Quem suspira agora sou eu. Parece uma máquina a vapor aqui dentro.

— Entendi, vamos manter os planos. Qual é o próximo?

— Young's Jersey Dairy. Podemos dar comida para as cabras lá. Isso sim seria uma *experiência*.

Respeito a necessidade de Megan de transformar até mesmo as viagens mais mundanas para o aeroporto em uma aventura, mas não posso deixar passar dessa vez. Em apenas algumas horas, estarei voando para longe de Avery, Kentucky. Para longe dos idiotas de minha escola e dos mais idiotas de todos os idiotas que comiam na lanchonete onde eu servia as mesas.

Longe dos meus pais.

— Acho que me sinto mal por mentir para eles — digo.

— Os fiscais da Bíblia?

— Sim, esse é o nome oficial deles — reviro os olhos. — Mas eu os chamo de mamãe e papai.

Megan não trocou nem duas palavras com meus pais desde que tudo aconteceu ano passado, em Londres. Ela não estava lá, mas soube da história toda. E ela não é de sutilezas.

— Você sabe o que penso *deles* — sua voz suaviza e eu a absorvo —, mas entendo que é difícil para você, Mart, de verdade. Quando você acha que vai dizer a eles que não vai voltar?

Meu lado planejador vence dessa vez, e a confiança cresce com meu peito.

— O curso de verão dura três meses, o que significa que tenho muito tempo para conseguir um espetáculo pago. Assim que um teste der certo, posso contar a eles. Ficarão tão felizes pelo filho ter conseguido uma vaga na Filarmônica de Londres que não ficarão bravos por eu...

Megan me interrompe:

— Nunca mais os ver?

— E o melodramático sou eu...

Três meses é muito tempo, e eu não sou superexigente. Não precisa ser a Filarmônica de Londres. Pode ser o Royal Opera House, ou um teatro regional como aquele ao ar livre em Regent's Park. Ou... veremos.

— Teria sido muito menos complicado se eu tivesse entrado naquele curso de verão de verdade.

Estou meio que divagando, mas o que mais uma pessoa faz quando está nervosa? Usa o bom senso? Sem chance.

— Mas acho que foi bom. Porque, senão, eu perderia muito tempo com as aulas e não poderia marcar apresentações por aí.

O curso é na Knightsbridge Academy of Music. Segundo o que eu disse aos meus pais, fiz o teste ano passado e fui aceito. Tenho até uma carta para provar.

Mas isso não é verdade. Sem o conhecimento dos meus pais, eu não passei no teste depois do colapso do Orgulho de Londres. Tecnicamente, esse curso começou há duas semanas. Graças a Deus ninguém pesquisa tudo tanto quanto eu.

Depois que tudo que aconteceu ano passado, não demorei muito para perceber o quanto eu *precisava* que a coisa de Londres desse certo. Quanto eu precisava ficar longe deles, sair daquele lugar minúsculo. E tudo que seria necessário era uma carta falsa, um pouco de tempo para convencer minha mãe a me deixar voltar *àquele lugar pecaminoso*, além de uma ajudinha do meu primo Shane.

Para encurtar a história, consegui convencê-los a me deixar ir este ano. Totalmente por minha conta. Estou indo para Londres, mas não vou fazer o curso. Tenho meus planos e não vou voltar.

Megan está certa. Eu estava tentando fugir.

E fugi.

***

Foi quase uma fuga limpa.

Megan acabou de ir embora, com seu cabelo voando pela janela (e ela diz que o melodramático sou eu), e eu estou aqui no aeroporto de Columbus, tentando me preparar mentalmente para tudo que está por vir:

1. Perder-me neste lugar gigante.
    1.a. Andar por aqui totalmente perdido.
2. Passar pela segurança.
    2.a. Pegar filas.
    2.b. Esvaziar meus bolsos.
    2.c. Tirar da mala meus produtos de higiene pessoal e o notebook.
    2.d. Checar três vezes se segui todas as regras.
    2.e. Inevitavelmente esquecer uma garrafa de água cheia em minha bolsa.
3. Encontrar meu portão de embarque e pegar um avião para *uma vida inteiramente nova em outro país*.

O que eu *não* levei em conta é que entre mim e a segurança agora estariam minha mãe, meu pai e minha avó. Por um momento, sinto aquele medo que toma conta dos seus pulmões e faz sentir choques por todo o seu corpo, porque a desvantagem de mentir é que, em algum momento, você acaba sendo descoberto. E eu estava esperando não ser descoberto até pousar em solo britânico (de preferência, não antes de completar dezoito anos, daqui a alguns meses, quando haverá ainda menos coisas que eles possam fazer a respeito de minha viagem).

Mas, de repente, vejo mamãe com um daqueles balões metalizados brilhantes na mão, já meio murcho pela falta de hélio, em forma de retângulo com a bandeira do Reino Unido estampada. A bandeira do Reino Unido!

— Mamãe? — pergunto.

Ela está correndo em minha direção com uma emoção que é meio pânico, meio tristeza, e me entrega o balão antes de me envolver em seus braços. Passo um braço em volta dela, ainda meio chocado.

— Vovó queria se despedir — papai explica —, e achamos que com todas as suas paradas para tomar milk-shakes, poderíamos alcançá-lo aqui.

Minha avó insiste em ser chamada de vovó, mas ela nunca me pareceu desse tipo. Tem tão boa forma que faz as coisas mais rápido que eu às vezes, nada mau para alguém que acabou de fazer setenta anos.

Mamãe pega minha mala com rodinhas enquanto eu os cumprimento. A família de mamãe está espalhada por toda a Europa, mas o lado de papai nunca saiu de Avery. Desde que o censo voltou, na verdade.

Nós quatro trocamos gentilezas estranhamente formais, como se eles não tivessem dirigido uma hora e meia só para se despedir de mim uma última vez, e sinto muitas emoções revirando meu estômago com o sorvete. Não é muito agradável.

— É melhor deixarmos você ir — diz mamãe depois de uma pausa na conversa. — Parece que está na hora. Acompanharemos seu voo naquele rastreador. Quando seu cartão SIM já estiver funcionando, mande uma mensagem para sabermos que você está bem.

— Três meses — diz papai. — Não é tanto tempo assim.

Estou mentindo para vocês.

— Pedi ao pastor Todd que adicionasse você à corrente de oração da igreja — diz mamãe.

Se eu conseguir um bom espetáculo, um lugar para morar e ensaiar, não vou voltar.

— Não é muito tempo — diz minha avó. — Tire muitas fotos para sua vovó, e me mande um cartão-postal, se tiver oportunidade.

Forço um sorriso e caminho em direção à área de segurança do aeroporto. Estou fazendo minha grande fuga diante de todo mundo que amo, sem que desconfiem de nada. Meus pais sempre foram desprezíveis comigo, eu sei, mas o que estou fazendo com eles é melhor?

O que estou fazendo? O que foi que eu fiz?

Eles nunca vão me perdoar.

2

A ÁGUIA pousou.

Acabei de sair do avião, e sinto como se tivesse que andar um quilômetro só para chegar à alfândega. Minhas pálpebras estão pesadas, quase pegajosas. Pode ser um mundo de sonhos, mas nada é muito diferente ainda.

Caminho até a alfândega, deixando todos os outros passageiros correrem ao meu redor e se dividirem em duas filas. À esquerda, europeus. À direita, americanos. Pelo menos, é o que parece. Giro os ombros e alongo os braços.

Bom dia, aeroporto de Heathrow.

Enfio a mão na mochila para pegar meu passaporte, mas paro quando vejo um envelope verde-claro. Está escrito *Marty Pierce* na frente, numa letra perfeita demais para ser a caligrafia de Megan. Ela e Skye me deram esse cartão em minha elegante festa de despedida — ou como Megan e eu chamamos, festa *minha mãe ainda usa o Pinterest* — e me proibiram de abri-lo até eu desembarcar em Londres.

Na verdade, a festa foi uma *graça*. Os convites tinham as cores vermelha, branca e azul. Não das nossas estrelas, e sim das listras inglesas. Dezenas de amigos da igreja estavam lá com a família — gente que eu não via desde a Páscoa. Mamãe montou uma mesa de chá chique — que eu não toquei porque chá é nojento, mas comi os doces e biscoitos. Biscoitos tipo cookies. E, apesar de cada detalhe ser polido e se encaixar perfeitamente com seja qual tenha sido a estética que ela encontrou na internet, minha mãe comprou uma coisa brega, só porque sabia que eu adoraria.

Um bolo enorme do Big Ben no céu noturno, com quatro crianças voando em volta; três de pijama e uma de meia-calça verde brilhante. Sim, eu tinha uma estranha obsessão por Peter Pan quando era criança. Eu me vesti como ele em todos os Halloweens de que me lembro. Ele e eu não somos muito diferentes. Falta meio ano para eu ser *adulto*, mas como sou obviamente gay e totalmente incapaz de deixar a barba crescer, ainda me identifico com Peter Pan.

Ser gay com pais às vezes desprezíveis não é fácil. A quantidade de proibições a que me submetem contradiz cada "eu amo você" que sai da boca deles. O dinheiro que eles gastam em fast-food vai direto para organizações que querem garantir que eu nunca me case, que nunca possa ser verdadeiramente feliz. Mas, por outro lado, o bolo parecia uma oferta de paz, um sutil "eu sei quem você é".

Pensar nisso me faz pensar mais em minhas mentiras e no tempo que vai demorar até eu ver meus pais de novo, o que... traz à tona toda a tensão de meu corpo, e depois a culpa por sentir pena de pessoas que não merecem.

Mas não posso pensar nisso; não vou. Fico dando atenção a coisas pequenas, mas as grandes nunca mudam.

O amor é complicado.

Observo meus arredores. Paredes brancas, corda vermelha para nos manter devidamente alinhados (Devidamente! Já estou parecendo um britânico falando). Tecnicamente, já estou na Inglaterra, portanto, posso abrir o cartão de Megan e Skye. Pego-o e observo a frente. Pelo design, dá para ver que custou caro. A fonte é do tipo que usam nos anúncios de alimentos artesanais no mercadinho orgânico caro. Kombucha, kimchi. É o estilo de Skye: cuidadoso e arrumadinho. Já Megan poderia rabiscar algo em um cartão usado e me entregar sem cerimônia.

Abro o cartão.

> Marty,
>
> Como seus melhores amigos do pequeno e humilde estado de Kentucky, queremos desejar a você, Sr Britânico, boa sorte em Londres.
>
> Mas isto também serve como um contrato legal vinculativo. Você, abaixo assinado (falsificamos sua assinatura, não precisa assinar), se compromete a uma (1) hora de FaceTime toda sexta-feira à noite. Mas ainda precisamos de uma desculpa por você perder todas as fogueiras de Avery High.
>
> Você vai se dar muito bem e vamos sentir sua falta, Mart.
>
> Com amor, M&S
>
> P.S.: É Skye. Agora que você está longe demais para poder matá-la, preciso confessar. Megan me contou. Acho você incrível, cara.

Merda! Claro que ela contou a ele.

Minha lista de cinco pessoas agora tem seis. Mamãe, papai, Shane, tia Leah, Megan e agora Skye... Ele é meu amigo, um bom amigo, mas isso não dá a Megan o direito de me expor assim.

Aperto as mãos, e a borda do cartão chique se enruga dentro de meu punho.

Alguém atrás de mim limpa a garganta. É uma mulher de uniforme impecável que deixa claro seu status de oficial da alfândega.

— Continue andando.
— Ah, sim, desculpe.

Enfio o cartão de novo na mochila e começo a procurar meu passaporte. Instintivamente, a oficial me conduz à fila de portadores de passaporte americano. Ela não usa a palavra *fila*, porque, aparentemente, cada palavra americana precisa de uma diferente em Londres.

Paro de novo, e a mulher quase me fuzila com o olhar.

Não é assim que se recebe alguém em seu país, moça.

Finalmente, vejo o passaporte vermelho e o mostro a ela. Um passaporte que levei séculos para poder tirar, e é a única razão pela qual estou embarcando nesta jornada. Agradeço em pensamento por minha mãe ter nascido na Irlanda. Sua cidadania me deu a oportunidade de vir para cá. Para estudar, trabalhar, para qualquer coisa.

Eu me afasto da oficial e entro na fila (bem mais curta) de verificação eletrônica de passaporte. Os outros americanos que estavam comigo no voo têm que aguentar filas, perguntas e carimbos, mas eu simplesmente caminho, com um olhar vazio, até uma câmera e a digitalização de meu passaporte.

Assim que saio dali, olho para cima e vejo um anúncio com uma imagem ferozmente britânica — embora meio exagerada. Um pub, uma cerveja e a bandeira da Inglaterra ao fundo. "Bem-vindo a Londres."

Essas palavras giram dentro da minha cabeça. Bem-vindo a Londres. Cada passo é uma nova revelação, um novo lembrete dessa confusão em que me meti. Bem, talvez não seja uma *confusão*, mas está me causando um pouco de ansiedade.

Algumas perguntas:

- E se eu não gostar de morar aqui? Não tenho plano B.
- E se os sotaques encantadores perderem seu charme?
- Quanto tempo vai demorar para minha bagagem aparecer naquela esteira?
- E se não aparecer, é porque foi extraviada.

Não consigo respirar. De novo.

Quase instantaneamente, meu medo de perder a bagagem se revela desnecessário. Pego minha mala, que deve ter sido a quarta a chegar à esteira, e saio.

Enquanto atravesso o aeroporto, sou bombardeado por vitrines. Para ir do ponto A ao ponto B, a pessoa precisa caminhar por entre as lojas, cuidadosamente situadas para que seja forçada a ver o máximo de mercadorias possível. Toblerones de montão… parece que preciso de uma amostra de perfume? E por que eu iria querer uma dose de uísque às dez e meia da manhã? Vejo a saída, mas não consigo chegar até ela, e não preciso fazer uma lista, porque só isso me fará perder a cabeça se as pessoas não pararem de correr para lá.

Imagine estar em um labirinto de pés de milho nos Estados Unidos. É assim, só que você espirra por causa do perfume, não do feno. É uma selvageria. Mas enquanto atravesso a passagem verde declarando que não tenho nada a declarar à alfândega, minha fúria confusa vira só confusão...

Sentimentos. Sim, definitivamente, há sentimentos aqui.

Vejo um sujeito segurando uma placa onde está escrito *Pierce*. Meu sobrenome. Ele está sorridente. Levo um segundo para processar essa informação porque estou meio ocupado olhando para o rosto dele, mas quando percebo, ele está contornando a corda (coisa que acho que não se pode fazer) e vindo em minha direção.

— Marty!

— Você não é meu primo — digo.

Claro que ele sabe disso, mas está difícil formar as palavras, porque... bem, por algumas razões. Mas ele me cumprimenta com uma familiaridade tão instantânea que pergunto:

— Já nos conhecemos?

Isso é a coisa mais ridícula a dizer a essa criatura perfeita. Eu lembraria se nós nos conhecêssemos, pode ter certeza.

— Ah, não, não nos conhecemos; e tem razão, não sou seu primo Shane. Mas sou amigo dele!

Ele tem um rosto lindo, perfeito, mas não o suficiente para sair na capa da *GQ*. Tem uma cicatriz desbotada acima do olho direito, barba cheia de falhas e uma covinha que está sempre ali. Sob as luzes fluorescentes, vejo um pouco de rosa sobre suas bochechas bronzeadas.

É como se, só de ele olhar para mim, eu soubesse que estou tendo meu despertar sexual (não é verdade; esse crédito é de Ryan Reynolds em *A proposta*. Comecei cedo). Mas, literalmente, consigo ver seus peitorais através da blusa. Puxo minha camiseta para baixo; é meio curta, e não tenho abdome definido. Penso em pegar o moletom para cobrir ainda mais minha barriga flácida, mas está meio quente aqui. E estou o encarando mudo. Merda.

— Desculpe... estou meio zonzo da viagem. Não consegui dormir nem um pouco no voo.

Na verdade, dormi bem, mas a mentira espontânea que sai da minha boca é melhor que *Uma combinação de jet lag e paixão fez eu me encantar louca e imediatamente por você, desconhecido, porque você sorriu para mim. Sim, sem dúvida, isso é um perigo.*

Nem sei o nome dele!

— Sou Marty. Quem é você e... desculpe... por que está aqui?

Estendo a mão para apertar a dele. A minha está suada, o que não deveria ser uma surpresa nesse momento; a dele está seca e é macia.

— Ah, claro, vamos nos apresentar. Oi, Marty Pierce — ele aponta para a placa que está segurando. — Sou Pierce também; curioso, não é? Uma produtora de renome mundial ligou para Shane nesta manhã o chamando para um teste. Por isso ele me pediu para vir.

O silêncio pesa entre nós enquanto eu processo o que ele disse. Meu primo finalmente conseguiu um teste? Um teste de verdade? Sinto uma pontada de inveja, mas me amaldiçoo por isso. Shane está tentando conciliar um emprego de quase período integral em uma livraria com inscrições e ensaios desde que se formou, em maio.

Mas foi isso que decidimos fazer juntos. Até brincamos que poderíamos acabar na mesma orquestra. Penso no desconforto de ter que fazer isso sozinho, o que combina bem com o desconforto que sinto por ser tão egoísta.

— *Les Mis*[1] — continua —, se é que não ficou claro.

Sinalizo que sim com a cabeça, lembrando do extenso processo de inscrição que ele teve que enfrentar. Meu peito começa a ficar mais leve quando penso em como ele deve ter ficado feliz por finalmente receber a ligação.

— Espero que não se incomode.

Pierce parece não gostar de silêncio.

— Não, claro. Que incrível! Espero que ele consiga.

— Ele merece — diz Pierce, rindo. — Não diga a ele que eu disse isso, mas estou morrendo de inveja. Eu estava na orquestra com ele no secundário, e agora estou na Knightsbridge Academy of Music, na mesma rua da casa dele.

— Ah, você está na academia?

Conhecer outro músico me acalma um pouco. É como se já tivéssemos a mesma experiência, mesmo nunca tendo estado na mesma sala.

— O que você toca?

— Trompete — ele desvia o olhar e muda de assunto. — Vamos lá? Shane queria alugar um minitáxi, mas se incomoda se formos de metrô? Posso te mostrar a academia, para você poder descrever o lugar para seus pais. Eles ainda acham que você vai estudar lá, né?

— Ah… Vamos pegar o metrô?

- Isso não estava nos planos.
- Estou carregando um monte de coisas e não vou conseguir andar depressa.
- Se eu me perder, não poderei encontrar o caminho sem um celular que funcione.
- Quero parecer descontraído e alegre, portanto, tenho que topar.
- Nós não pegamos o metrô da última vez que estive aqui. Eu sabia que teria que fazer isso em algum momento, mas não agora.

Dou de ombros, tentando não deixar o pânico me dominar.

— Sim, claro, boa ideia! E acho que um táxi sairia mais caro.

— Bem mais! Vamos pegar a linha Piccadilly em direção a Cockfosters. Os americanos acham esse nome hilário.

---

[1] Musical *Os miseráveis*, inspirado na obra de Victor Hugo.

Ele tem que levantar a voz no final da frase por causa de minha risadinha. O riso repentino alivia um pouco minhas preocupações, o suficiente para eu poder controlar a situação.

Estou fazendo isso por mim, penso. Preciso sair de minha zona de conforto, experimentar coisas novas. E se eu conseguir superar a queimação que sinto por dentro, talvez até curta.

Talvez.

— Vou ajudá-lo com as malas — diz Pierce.

O gesto dele, embora um pouco exagerado, faz um sorriso surgir no meu rosto. Ele vai na frente, quase triunfante, carregando minhas malas. Ele *é* um trompete, desde o volume de sua voz até a maneira como comanda a atenção em um espaço como este.

De repente, estamos em um barzinho e o cheiro de café expresso moído na hora desperta meu nariz.

— Uma parada rapidinha. Quer um chá? — pergunta Pierce, mas estreita o olhar. — Ou, deixe-me adivinhar, o americano quer café. Chocolate quente? Um mocha?

Pierce pronuncia *mock-uh,* o que me faz sorrir de novo, apesar de ele estar me zoando.

Ele finge choque e eu dou risada. Minha boca saliva só de pensar em chocolate de *qualquer* tipo.

— Só café está bom. Com leite e açúcar, por favor. Deixa que eu pago.

Enfio a mão no bolso e tiro algumas notas. Presidentes americanos mortos olham para mim.

— Putz... acabei de perceber que isso é dinheiro de mentira aqui. Posso transferir para você? Ou posso ir a uma casa de câmbio. Ou...

Ele pousa a mão livre em meu ombro e me olha nos olhos.

— Sem problemas. É por minha conta — ele ri. — Na verdade, é por conta de Shane. Ele me deu o dinheiro do táxi.

Ele dá uma piscadinha e minhas bochechas esquentam. Seu sorriso tem alguma coisa... Ele está segurando minha mochila, debocha de mim, mas não ativa minhas defesas. Faz que todas as mentiras que me trouxeram até aqui valham a pena pela primeira vez, e me lembra do rumo incomum que minha vida está tomando. Já me sinto mais velho que antes. Claro, tecnicamente é verdade — eu entendo como funciona a passagem do tempo —, mas algo está mexendo com os cantos de meu cérebro, com minhas emoções. É algo como paixão, com certeza, mas enquanto vejo Pierce balançar sobre os calcanhares, dando uma intensidade totalmente nova a algo tão mundano quanto pedir café, também é algo totalmente diferente. É algo acolhedor.

Pierce me entrega um café americano fumegante e vamos para o metrô. Ele me dá um sorriso leve — o tipo de sorriso cheio de possibilidades, esperançoso.

— Bem-vindo ao lar, Marty.

Agora sim! É assim que se recebe alguém em seu país.

12 MESES ANTES

Entrada do diário 8

Vou reescrever esse diário inteiro. É uma lição de casa de merda para professores de merda desta escola de merda nesta cidade de merda cheia de pessoas de merda. Será que esqueci de alguém? Basicamente, é tudo uma merda.

Mas, caro leitor fictício, você saberia disso se lesse meus outros registros.

Shane é o único aqui que me dá esperanças. Talvez tia Leah também. Agora que estamos indo para a Irlanda para ver minha família estendida — dias antes do esperado —, acho que minha tia realmente me entendeu pela primeira vez.

Há dois anos, Shane e eu decidimos nos assumir para nossos pais no mesmo dia. Houve lágrimas para todo lado, em ambas as famílias. Na de Shane, lágrimas bonitas e artísticas. Como quando Jennifer Garner diz a seu filho "Você começa a respirar agora" em *Com amor, Simon*.

A minha tomou um rumo diferente. Lágrimas diferentes. Mais quentes, mais pesadas, sobrecarregadas com os últimos fios de esperança que eu tinha. Tenho enfrentado essa pontada no estômago desde então.

Como ninguém vai ler isto, eu poderia dar mais alguns detalhes sobre todo o espetáculo que foi minha saída do armário. A merda bateu no ventilador e eu mal saí do meu quarto por dias. Tirei os números de toda minha família do celular, inclusive de Shane e tia Leah. Apaguei minhas contas nas redes sociais, fiquei totalmente isolado. Mas acontece que tirar o número de alguém do celular não impede a pessoa de chegar até você, e vivemos em 2020, quando ninguém NUNCA está isolado.

Shane não entendeu a deixa. E nem a mãe dele. Eles passaram semanas tentando voltar à minha vida; até conseguiram que minha mãe voltasse à Europa pela primeira vez desde que era criança, e levando todos nós! Ela e papai foram saindo cada vez mais da zona de conforto. E agora, tudo está destruído.

De novo.

3

— COMO VOCÊ CONHECEU Shane? — pergunto a Pierce enquanto descemos a escada rolante para o subsolo.

Ele debocha.

— Sinceramente, estou meio ofendido por ele não ter falado de mim. Na verdade, eu o conheço há tanto tempo quanto você. Mas acho que não éramos amigos próximos até alguns anos atrás.

— Minha melhor amiga e eu somos assim — digo. — Nós nos conhecemos desde que tínhamos, sei lá, uns dez anos. Mas eu a odiei por muito tempo.

— Não foi nada tão dramático conosco. Eu… — ele hesita. — Eu saí do armário alguns anos antes de Shane, e acho que ele temia que as pessoas ligassem os pontos se ele andasse com o único outro gay da escola.

Um calafrio percorre meu corpo com a confirmação de que Pierce gosta de homens. Mesmo com o contato visual, o interesse aparente e a conexão que tivemos, como eu poderia saber? Megan brincava dizendo que sempre "soube" que eu era gay. Mamãe e papai também, sempre "souberam" que eu era gay. Mas, porra, se sabiam que eu era gay, por que me deixaram isolado durante dez anos?

Estamos na plataforma do metrô e, embora haja dezenas de pessoas passando por mim e Pierce, conseguimos nos olhar nos olhos por um breve momento. Ele sorri e provoca uma emoção direto em meu coração. Não sei o que é essa conexão, mas com certeza não é algo a que eu esteja acostumado. Entramos no vagão e nos sentamos.

Vou contar por que estou sobrecarregado:

- Acabei de viajar — não, de *me mudar* — para outro país, do outro lado do oceano.
- Sei exatamente o saldo da minha conta bancária. Eu sabia que não era muito dinheiro, mas, por algum motivo, esqueci de considerar a taxa de conversão. E quando parei para tirar dinheiro de um caixa eletrônico, vi que o dólar americano não está indo tão bem por aqui.

- Estou espremido em um banco minúsculo, esfregando meu braço no de um dos homens mais atraentes do país. Estou exagerando, mas é quase isso.

Estou quase calado, mas Pierce fala sem parar. Só capto a essência do que ele diz, porque em vez de prestar atenção no seu sotaque do mundo dos sonhos — um preguiçoso "a" sai de sua boca em uma cadência saltitante, mas reservada —, só consigo olhar para os seus lábios. Sua barba rala. Seus braços esculpidos quando ele arregaça as mangas da blusa. Os pelos do braço dele tocam os do meu.

— Que pena que você não está na Knightsbridge. O curso de verão está sendo bem interessante, e estou me preparando para começar oficialmente a universidade de lá em setembro. Eu tentei todos os solos de trompete... se bem que os calouros raramente conseguem um. E não consegui mesmo. Eles me fizeram tocar o terceiro trompete, o que foi um grande passo para trás. Faremos testes de novo semana que vem, mas acho que não vou subir. Os professores aqui têm seus favoritos. Mas...

Achava que suas palavras sobre a academia me machucariam mais. Em qualquer outra versão do teste do ano passado, eu teria feito isso também, e estaria aqui reclamando de solos e testes de proficiência com ele. Mas passar os últimos nove meses revisando meu plano realmente me fez bem.

Deixo-o tagarelar sobre a escola; é hora de me concentrar. Olho ao redor e tento me orientar. Estou na linha Piccadilly, disso eu sei. Como estudei o grande mapa do metrô, sei localizar a linha. É a azul. Todas têm nomes: a linha Norte é preta, a linha Central é vermelha, a Bakerloo é marrom. Nunca vi um mapa do metrô com tantas cores.

— Sei que Shane está muito animado para apresentar você ao nosso grupo de amigos — Pierce interrompe meus pensamentos. — Você vai curtir, tenho certeza. Dani e Rio são nossos amigos mais próximos, os dois estão no curso também. Pelo menos por enquanto. Rola muito drama entre Rio e outra clarinete. Eu não ficaria surpreso se uma delas desistisse. De todas as peças do mundo, elas escolheram o mesmo solo, e as duas acertaram em cheio de maneiras totalmente diferentes. Agora, estão compartilhando a função de primeiro clarinete. Como não é assim que funciona, está um clima tenso entre elas.

— Muita gente desiste? A mensalidade não é barata.

Um olhar mais sério surge em seu rosto.

— Acontece. Já aconteceu: um casal simplesmente não gostou do curso, ou das pessoas. Mas já ouvi falar de pessoas que desistiram por razões melhores! Porque conseguiram um ótimo espetáculo, por exemplo.

— Não posso me imaginar desistindo de tudo — digo. — Quando me comprometo com algo, vou até o fim. Mesmo prejudicando a mim mesmo.

Ele passa a mão pelo cabelo.

— Eu gostaria de poder dizer a mesma coisa, mas acho que não sou tão disciplinado quanto você.

— Eu não chamaria isso de disciplina.

Ele olha para mim. Minhas bochechas estão quentes, e sei que devo dizer alguma coisa. Mas queria que ele voltasse para o seu monólogo; é reconfortante. Já fiz muito esse papel com Megan. Sempre o passageiro.

— Você fala muito.

Estremeço. Por que eu disse isso?

— Sim, quando estou nervoso — ele não para de olhar para mim. — Fico meio nervoso quando conheço gente nova; você não?

— Acho que é por isso que *não estou* falando.

Ele ri, e eu o acompanho.

— Enfim — ele começa —, quero muito ouvir você tocar. Não há oboés na Knightsbridge. E os da orquestra da escola estavam todos desafinados. Era irritante. Ou será que é assim mesmo?

Reviro os olhos diante da calúnia dele contra o oboé, mas ele me cutuca com o cotovelo.

— É brincadeira, Marty. Estou ensaiando um dueto de oboé e trompete para meu recital de fim de ano com minha amiga Dani, mas ela toca flauta, e não é a mesma coisa.

Solto uma risada. Eu toco os dois instrumentos; a flauta foi o primeiro, lá no ensino médio, e conheço bem as diferenças. São dois instrumentos de sopro, ambos no tom de Dó, mas suas semelhanças não vão muito além da armadura de clave.

— Se você é tão bom quanto Shane diz que é, talvez eu tenha que pedir sua ajuda.

— Claro — digo.

É difícil dizer se ele está sendo sincero ou se é só uma daquelas ofertas educadas. Mas posso me imaginar brevemente no palco da academia. Não seria como foi meu teste fracassado.

Um solavanco no metrô me traz de volta ao presente. Já andei de metrô. O metrô de DC é tranquilo, não há tantas paradas. Também não há tantos trens, por isso você acaba esperando dois anos na plataforma para chegar ao centro. O de Nova York é rápido, mas é escuro e sujo — você precisa tomar um banho de álcool depois só para tirar as bactérias. Eu não diria que amo o metrô, mas tem seus benefícios.

— Enfim, acho que você vai se divertir aqui.

— Eu... também acho — digo.

Se todos forem tão receptivos quanto você.

Ele deve saber pouco sobre mim, mas já me trata como um velho amigo. E pela primeira vez, me sinto aberto em uma situação desconhecida.

Faz-se um breve silêncio entre nós. Poderia ser constrangedor, mas as rodas do trem chacoalham e o vagão range, e ninguém mais está falando também. Agradeço pelo silêncio nesta manhã estressante, mas minha perna fica saltitando contra a dele, inquieta.

Perto das portas, uma mulher monta guarda sobre sua mala gigantesca. Acho que a reconheço do avião. Quando o trem para na próxima estação — Baron's Court, a estação de nome mais chique, em minha opinião —, sua mala rola, atropelando três ou quatro pessoas. A mulher pede desculpas, dá risadinhas (enquanto isso, sinto tanta vergonha alheia que seria capaz de morrer), e um empresário de terno bem cortado abre um sorriso tenso, mas não se oferece para levar a mala de volta à dona. No momento em que ela se volta, o sujeito faz uma careta e sacode o jornal.

— Essa é a generosidade britânica — diz Pierce. — Observe o sorriso falso, o comportamento passivo-agressivo. É uma forma de arte.

— Espero ter tempo para praticar essa arte — digo. — Se bem que meus pais diriam que eu já tenho essa coisa passivo-agressiva. Megan também. Ok, talvez eu me encaixe aqui.

— Você vai amar este país, de verdade. Pretende viajar?

Penso no dinheiro em minha conta e minhas mãos começam a suar de novo. Ou talvez nunca tenham parado.

— De jeito nenhum. Isso aqui já é viajar o suficiente para mim.

— Hahaha! Você diz isso agora; não percebe que está na Europa? Você pode pegar um avião para qualquer lugar, é barato.

Respiro superficialmente. Um país de cada vez.

— É demais para mim — digo. — Esta é minha segunda vez na Europa, e não viajamos quando viemos, ano passado. Só ficamos com minha família, em Dublin. Eu sou de Kentucky, por isso, é tudo estranho para mim.

— Aquele lugar do frango, não é?

Estremeço. Um estado com duzentos anos de história reduzido a um medíocre pedaço de frango frito.

— É mais que isso — digo, olhando ao redor. — Isso eu não odeio. Odeio as fazendas, casas fofas, campos, espaços abertos e estrelas brilhantes no momento em que o sol se põe. Sou o único desse lado da minha família que saiu de lá.

— Digamos que seu plano dê certo e você possa morar aqui por um tempo. Acha que vai voltar um dia?

O braço torneado de Pierce se aproxima, tanto que seus dedos roçam meu ombro, fazendo-me estremecer.

— Não. Vou dar um jeito. Não há nada para mim lá. Queria fazer uma turnê com uma sinfônica, um dia, mas não sei. Há muitos espetáculos por aí, vou encontrar alguma coisa.

Ao dizer isso, eu me volto para ele. Seu rosto está a centímetros do meu. Os cantos de seus lábios se erguem, e eu me afasto por instinto. Ele olha para o mapa do metrô e meu olhar o segue. Faltam três ou quatro estações. Temos que descer na Green Park. Por isso fico tão surpreso quando Pierce se levanta na Gloucester Road.

— Mas esta é a *Glowchester* Road. — digo.

— A pronúncia é *Glahster*, mas não importa. Você nunca viu o Big Ben sem todos os andaimes, viu?

— Não.

— Vamos descer aqui. Vou te mostrar o Big Ben, a Abadia, o Ten Downing. Vamos ser turistas de verdade. Depois, é um tiro até o Sondheim Theatre, onde podemos fazer uma surpresa a Shane depois do teste dele. O que acha?

Meu rosto está quente. Muito quente. Como no oitavo ano, quando Megan e eu dividimos um frasco de xarope porque achamos que ia nos embebedar (mas, na verdade, só nos fez dormir catorze horas seguidas). Meus níveis de ansiedade já extrapolaram qualquer medida.

- Isso não estava nos planos.
- Estou carregando uma mala.
- Vai ter *muita* gente lá em cima.

Meu cérebro também escolhe esse momento para me lembrar de quanto tempo faz que não tomo banho.

Ele sorri; não um sorriso radiante, e sim malicioso. As portas já se abriram; pego minha mochila e a mala, enquanto Pierce estende a mão para mim. Meus sapatos parecem grudados no chão. Há algo em seus olhos... um brilho? O reflexo da iluminação do vagão? Deve ser a última opção, mas não importa. Vou conhecer esta cidade. Vou seguir esse sorriso até onde ele me levar.

12 MESES ANTES

Entrada do diário 1

Esta lição é meio juvenil (Nota para mim mesmo: apague isso depois). Estou sentado em nosso Airbnb há uns vinte minutos olhando para esta página em branco. Na aula de escrita criativa do ano passado, a Sra. Hardin sempre dizia que, às vezes, escrever o que estamos pensando pode impulsionar nosso cérebro. Mesmo que seja bobagem. Isto é uma bobagem, mas estou tentando estimular meu cérebro afetado pelo jet lag, e vai ter que servir. Muito bem, de volta a Londres.

Não há lugar como este. Bem, não conheço tantos lugares assim. Tipo, fui para Nova York naquela viagem da escola uma vez, e quando eu era mais novo meus pais me fizeram embarcar em um ônibus com mais quarenta pessoas de nossa megaigreja para fazer aquele evento terrível, a Marcha pela Vida, em DC. Só de pensar naquela bagunça de panfletos, hinos e sinais de virtude, meu corpo inteiro se encolhe. Nós destruímos a cidade. Como ninguém pegava nossos panfletos, decidimos deixar que Deus os levasse e os jogamos no ar. Claro que Deus não os levou a lugar algum, e eles derreteram nas ruas encharcadas de Chinatown.

Nossa, talvez diários sejam terapêuticos mesmo. Foi bom falar sobre isso.

De qualquer maneira, vou ter que apagar tudo isso. Não sei se o Sr. Wei é supercristão, mas irritar os justos não é uma boa maneira de começar meu último ano letivo.

Ah, sim, Londres. Estou aqui, cansado, e também é dia do *ORGULHO*. Ninguém me disse, nem mesmo Shane. Não vimos nada, nenhum desfile nem nada, mas andamos pela cidade, e a quantidade de bandeiras de arco-íris que vi me surpreendeu. Acho que há um bar em minha cidade que tem uma bandeira de arco-íris na janela; não é um bar gay, mas é gay-friendly. Deus, o povo de Avery *odiava* quando aquela bandeira era levantada. Aqui parece haver bairros inteiros onde eu seria bem-vindo se chegasse envolto em arco-íris, com as unhas pintadas ou de mãos dadas com um cara.

É como um choque para meu sistema, que sinto por todo lado. Não sabia que existia algo assim. Quer dizer, eu *sabia* — temos internet em Avery —, mas não sabia que seria assim.

Vou precisar de dez entradas no diário para falar sobre meu verão. Vamos passar uma semana aqui, portanto, quero que a maioria delas seja sobre esta viagem a Londres. Farei um teste na Knightsbridge daqui a uns dias, e passaremos a semana inteira com meu primo Shane e tia Leah. Não vimos muito da cidade; só os lugares em que fomos passando pelo caminho, e foi muito legal. Colinas ondulantes, ovelhas por todo lado, cercas de pedra... e não há nada mais estranho que andar de carro do lado errado da rua.

Acho que até *isso* foi meio demais para meus pais. Eles não são do tipo cidade grande, e vejo como estão se desgastando. Mamãe não volta à Europa desde que tinha seis anos, quando o divórcio de seus pais a deixou com seu pai, partindo em um avião para uma nova vida nos Estados Unidos. E durante os primeiros seis anos dela, seus pais raramente saíam da cidade; exceto quando o pai a levava para Dublin, onde ela ficava sentada em um pub com uma torrada de queijo, colorindo um livro enquanto ele bebia uma cerveja e, juntos, ouviam qualquer banda folk que estivesse tocando. Era uma minitradição, valia a hora de carro.

Mas já se passaram quarenta anos, e Londres não é Dublin; portanto, acho que ela não se sente mais tão à vontade aqui.

AS PORTAS DE AÇO se abrem e, de repente, somos empurrados para a plataforma. Literalmente. É fim de semana, mas os superprofissionais correm ao nosso redor para fazer fila na escada. Não estamos andando devagar, mas o mais rápido que minha mala permite. Quando estamos nos aproximando dos degraus, Pierce corre na frente, no meio da multidão. Não consigo ver aonde ele está indo, mas sigo o caminho — só há uma saída aqui, mas este parece ser o pior lugar para nos separarmos.

Estou me perguntando aonde Pierce foi, mas logo o localizo; pelo menos sua cabeça. Ele está carregando a parte de trás de um carrinho de bebê escada acima, enquanto a mãe, esgotada, carrega a frente, subindo as escadas de costas. As pessoas passam ao redor deles, mas não parecem aborrecidas; como se isso fosse comum.

Estou alguns passos atrás deles, mas sinto a energia de Pierce dizendo "Não se preocupe" repetidamente. E quando chegam ao topo, ela agradece pela milionésima vez antes de desaparecer no mar cinzento.

Ele fica me esperando lá em cima, e prosseguimos.

— Foi muita confiança da parte dela — digo.

— Eu não ia deixar o bebê cair — ele diz, empurrando meu ombro. — Acontece muito aqui. Malditos *buggies*, estão em todos os lugares.

— *Buggies?* — tento não rir.

— *Pram, pushchairs...*

— Não pode haver tantos britanismos para "carrinho de bebê"! — reviro os olhos. — Eu me recuso a acreditar.

Entramos em um túnel escuro e baixo. Azulejos brancos revestem as paredes e formam arcos no teto; aos nossos pés, concreto sujo. Diante de um pequeno semicírculo pintado na parede está um senhor, sentado em um banquinho, com uma gaita nas mãos. Os acordes misteriosos tomam o ar. É meio doloroso de ouvir. Sua respiração irregular sai mais alta que a música — se bem que eu não chamaria isso de música.

Respiro fundo. Ele é terrível tocando, mas se apresentando aqui, tem mais coragem do que eu jamais terei. Isso é uma coisa que você nunca vai me ver fazendo.

— Parece que há *buskers* de baixa categoria tocando aqui hoje.

— *Buskers*? — pergunto, já sabendo que é outra palavra que não usamos nos Estados Unidos.

— Meu Deus, você não sabe falar inglês? — ele ri, e noto a covinha de novo. — Músicos de rua, ou de metrô. Ou qualquer tipo de artista.

— Vocês já fizeram isso?

— Eu já, mas não tenho licença ou nenhum tipo de autorização. Nossa amiga Dani gosta muito disso. Acho que gosta mais do que qualquer apresentação que é obrigada a fazer na escola.

Viramos à esquerda e vejo placas para as linhas Circle e District, amarela e verde, respectivamente. Minhas mãos estão suadas — na verdade, estou todo meio suado, e está ficando mais difícil respirar. A multidão está se aproximando, e tento relaxar, descongelar meu corpo. Inspire fundo, expire fundo...

Mas eu sei que posso lidar com isso. Meu peito fica mais leve. Entro em outro vagão e vou para o fundo, onde teremos mais espaço (tudo bem, vou para o fundo porque é o que as placas mandam fazer, e eu não posso deixar de seguir as regras das placas). Pierce se segura na barra acima de minha cabeça, e eu luto fisicamente contra a vontade de puxá-lo para mim.

Algumas estações depois, ouço pelo alto-falante uma palavra que conheço muito bem: Westminster.

Chegamos.

Pierce sobe as escadas de dois em dois degraus; eu subo um de cada vez, puxando minha mala, ofegante. Pego meu cartão Oyster novinho em folha, que Pierce fez para mim para eu poder sair da estação. Em minha preparação para esta mudança, aprendi que o passe de trem deles se chama "Oyster" [ostra] porque, com ele, o mundo é uma ostra. Tão criativo que dá até ânsia de vômito.

Atravessamos as catracas e, mesmo com minha mochila, passo como um londrino qualquer. Isso aquece um pouco meu coração; ninguém gosta de se sentir um forasteiro. Prova A: as duas velhinhas brigando com a catraca para conseguir colocar o cartão.

Malditos turistas!

Atravessamos os portões e começo a me sentir estranho. Não mal, mas meio oprimido pelo momento. Já estive aqui, mas, mesmo assim, acho difícil me preparar para estar diante de coisas que basicamente só vi na TV e nos filmes. Sinto que está perto. Há turistas por todo lado me empurrando e passando correndo por mim.

Respiro rápido e superficialmente, e sei que isso não é bom. Não consigo puxar o ar de que preciso. Pierce pega minha mão e me guia pela multidão.

Estou desnorteado, mas o sigo até um lugar entre duas bancas de jornal — parece que nenhuma vende jornais, só souvenirs. Paramos à beira da calçada e, por um momento, não há ninguém em volta de nós, só as traseiras de metal dos carrinhos, os táxis pretos e os ônibus de dois andares. É surreal.

Pierce está olhando para mim e eu para ele. Não consigo parar de pensar como ele é fofo. Paixão instantânea; conexão instantânea. *Nunca* aconteceu isso de me agarrar pelo peito e torcer meu coração como um pano de prato. E por um segundo, o mais breve segundo, eu me aproximo dele.

Não sei o que estou fazendo, por isso paro. Ele ergue a sobrancelha.

— Desculpe — digo, culpando minha fraqueza. — Fico zonzo no meio da multidão.

A sobrancelha dele continua erguida; desvio o olhar alguns centímetros ao sul de seus olhos. Para ser honesto, contato visual direto também me deixa desnorteado. Mas então percebo que estou olhando para seus lábios, e depois mais para baixo... não, *lá* não.

Ele pega meu queixo e o levanta um pouco. Resolvo olhar para o nariz dele. Quero estar neste momento, mas algo está me impedindo. Quero curtir essa proximidade, a suavidade de seu toque em meu cotovelo.

Só que todo mundo está olhando para nós. É o que me parece. Talvez estejam mesmo, provavelmente não. Mas, além de tudo isso, estamos *no meio do caminho*, e só isso já me deixa aflito. Sem contar que essa proximidade revelou um buraco em meu coração que eu não sabia que existia.

Uma vez, achei que tinha uma quedinha por Skye. Mas era porque andávamos juntos o tempo todo, e ele é o garoto mais doce do mundo. Rosto bonito, olhos penetrantes... no entanto essa paixão teve uma trajetória bastante normal. Começou devagar, chegou a um pico, mas sem representar risco de morte, depois passou, na época em que ele começou a se apaixonar por todas as garotas que via.

Eu me afasto o suficiente para que três ou quatro turistas passem entre nós. Isso abre as comportas, e dezenas de outras pessoas ocupam o espaço entre mim e ele. Respiro fundo e cubro meu peito com meu braço livre; estão perto demais. Todo mundo. Dou alguns passos para trás e bato no cotovelo afiado de um homem de negócios importante qualquer.

Não consigo.

Cubro meu corpo com meu braço livre enquanto me afasto. Não vou muito longe, mas um pouco. Preciso virar a esquina, entrar embaixo de um toldo, em qualquer lugar. Em Avery, eu sempre tinha uma saída ou um lugar para me esconder. Conheço aquela cidadezinha como a palma de minha mão. Mas Londres é assustadora. Os edifícios se alinham com a rua como paredes de um castelo.

— Marty! Espere, eu...

É difícil ouvi-lo no meio do caos ao meu redor. Famílias pastoreiam seus filhos à minha esquerda e direita. Arqueio os ombros para dentro e fecho os olhos. Inspire... expire...

Inspire…

Expire…

Pierce está ao meu lado; eu o sinto. Quando abro os olhos, vejo sua mão pairando sobre meu ombro. Ele não sabe se deve me tocar ou não; decide que não, e eu encosto na parede de pedra e evito seu olhar.

— Você está… — ele se afasta.

Bem? Odeio essa pergunta. Não, claro que não estou bem, e não sei por quê; portanto, não posso explicar nada disso.

Se bem que "você está bem?" é melhor do que "que diabos está acontecendo com você?!", que era a frase favorita de Megan nos dias em que eu me escondia no canto do ginásio de esportes durante os encontros obrigatórios pré-jogo.

Pierce limpa a garganta.

— Você faz ideia da encrenca em que eu me meteria se tivesse que dizer a Shane que te perdi nas ruas de Londres?

Ele se curva para encontrar meu olhar baixo. Sorri, por isso entendo que está brincando.

— Desculpe, amigo. Eu não percebi; eu poderia ter levado você para um lugar melhor. Posso fazer alguma coisa?

— Não é nada. Acontece às vezes, mas não é nada.

Pierce encosta na parede, ao meu lado, e bate em meu ombro com o dele.

— Quando estiver pronto, companheiro, conheço um lugar mais tranquilo no caminho.

Estamos perto um do outro de novo. E dessa vez sinto que talvez haja pessoas que me entendem aqui… ou que estão dispostas a tentar.

5

ESTOU MELHOR. A FALTA de ar e a dor nas entranhas persistem, mas por um breve momento consigo afastá-las da cabeça.

Estamos na calçada em frente ao edifício do Parlamento; Pierce retoma um monólogo sobre nada em particular enquanto eu me recomponho. Fico grato. Caiu um silêncio sobre a cidade (aparentemente é uma cidade, mas, na verdade, é um hospício). A vista é demais para absorver. Tudo é tão ornamentado! Observo o prédio da Câmara Baixa, todo dourado e marrom. Tem uma complexa fachada folheada a ouro que deve ter levado séculos para ser projetada e construída — e eu sei disso porque gosto de montar os quebra-cabeças 3-D antigos, superlegais, mas também meio datados de papai.

Um portão preto delimita a área, protegendo os britânicos importantes que vivem — ou trabalham? Provavelmente trabalham — lá do ataque massivo de turistas. E se projetando por trás do portão está uma das coisas mais impressionantes que já vi na vida real. O Big Ben.

— Da última vez que esteve aqui — diz Pierce —, não deve ter conseguido ver nem o mostrador do relógio. O Big Ben estava quase totalmente coberto por andaimes. Chegou a tirar fotos?

— Ficamos no táxi — digo, lembrando o passeio de carro.

Nós cinco nos encarando sem jeito dentro de um daqueles táxis em que os bancos ficam de frente um para o outro.

— Ainda bem, porque é muito mais legal assim.

O que eu não digo é *Eles mereciam a péssima visão*. Se não curtem as coisas que fazem Londres especial para mim, não vão curtir nada.

Esta vista parece que é toda minha.

O Big Ben é, essencialmente, um relógio embutido em um miniarranha-céu. Londres é uma cidade baixa e extensa, por isso, esse é um dos prédios mais altos que já vi, pelo menos nesta área. Destaca-se dos outros entre as centenas de pedestres e turistas.

Li, uma vez, que o plano de localização de um filme é a primeira coisa que vemos, em uma cena nova, que nos diz onde está se passando. Como uma montagem do Chrysler Building e da Estátua da Liberdade para Nova York, ou a Casa Branca e o Lincoln Memorial para DC. Olhando para meu grande amigo Ben aqui, acho que o termo faz sentido.

Este poderia ser — não, este *é* — meu plano de localização. Não estou mais em Kentucky; estou a um bilhão de quilômetros de distância, e não sei se faço uma dancinha ou me jogo no chão em posição fetal e nunca mais me levanto.

— É maravilhoso, não é? — diz Pierce, passando um braço em volta de mim.

Seu movimento me faz pensar que vou entrar em combustão espontânea, mas de um jeito bom.

— *Tecnicamente*, esse não é o Big Ben.

Inclino a cabeça para cima e olho de lado para Pierce. Ele não faz ideia de quantas pesquisas fiz, quantos guias li na internet, quantas buscas no Google que me levaram a vinte abas abertas sobre coisas que não me interessavam.

Mas fiz isso para estar preparado; para nunca me sentir um turista. Para nunca ser alvo de uma piada sobre americanos ignorantes. Eu sei a resposta à pergunta capciosa dele.

Sim, a torre não é, *tecnicamente*, o Big Ben.

É aí que percebo que não respondi. Estou desenvolvendo o mau hábito de não responder quando estou perto dele. É preocupante, mas não estou preocupado.

O brilho em seus olhos beira a arrogância, e percebo que há uma espécie de poder em deixar alguém pensar que está te fazendo de bobo. E o deixo.

— E por que todo mundo chama isso aí de Big Ben?

Ele levanta o braço e indica o edifício.

— Essa é a Elizabeth Tower, mas *isso...*

Os sinos dobram quando ele aponta para seu ouvido.

— O sino se chama Big Ben. Rápido, diga qual é o tom.

— É Mi — eu cutuco sua cintura e ele se curva, rindo. — Talvez Mi4, mas é Mi.

— Eu sabia que você era uma dessas aberrações de ouvido absoluto!

Ele me zoa e eu deixo, principalmente porque ser capaz de identificar qualquer nota de ouvido não é algo do que se envergonhar. Quando Megan me zoa, usa palavras afiadas, cortantes. Mas com ele... há algo em sua voz, em seu sorriso cheio de dentes, que quando digo o tom faz meu peito doer. Mas é uma dor boa.

Ele vai me guiando pela rua, ainda rindo, e a brincadeira anterior fica instalada em meu cérebro, fazendo-me pensar em Megan.

Ela é minha melhor amiga, com certeza. Mas também ainda é minha maior antagonista. Não são simples brincadeiras. Quando me chama de covarde quando ligo para a pizzaria, isso me estressa a ponto de eu ter que usar meu inalador para respirar.

É difícil explicar por que fico assim, seja no meio da multidão, seja falando ao telefone. Ou quando acho que alguém está bravo comigo porque não respondeu à minha mensagem, mas comentou no post de alguém no Instagram.

E esse estresse triplica se aparecem os tracinhos azuis na mensagem. Mas sou amigo de Megan há tanto tempo que meio que esqueci como era ter alguém cuidando de mim durante uma crise de pânico, sorrindo e tentando fazer eu me sentir melhor.

E Pierce fez isso sem me conhecer.

Outra onda de turistas passa por nós, e pouco antes de nos separarmos totalmente, sinto sua mão pegando a minha. E com a outra, ele pega minha mala.

Pierce segura minha mão com firmeza, e com firmeza me leva para o outro lado da rua. A Abadia de Westminster vai enchendo meu campo de visão, e paramos no espaço aberto em frente.

Respiro fundo. Mais uma vez. Quando me volto para Pierce, ele faz o mesmo. A proximidade deveria me deixar zonzo, mas me sinto seguro aqui, neste país mágico sob a constante e estereotipada neblina britânica.

Em filmes ou livros (ou, literalmente, em todas as mídias por aí), esse momento fica congelado no tempo. O peito dele ofegante, o calor em minhas bochechas, seus dedos se entrelaçando nos meus — de leve, mas o suficiente para fazer faíscas correrem pelo meu braço.

Minha mente não para; e há tanta coisa acontecendo agora, a cada instante, que não consigo fazê-la parar. Quero curtir este momento. Quero me aproximar mais, suavizar a expressão de meu rosto, mas me sinto recuando, sendo puxado para trás, minha mão escorregando da dele, contraindo meus músculos. A falta de ar. Minha cabeça está zonza; meus olhos perdem o foco. Não consigo acompanhar tudo — as pessoas, meus sentimentos, os prédios. As pessoas.

Sua expressão hesita quando me afasto. Ele torce um pouco a boca, mas de leve, expressão acompanhada daquele mesmo olhar de "ah, coitadinho" que recebo de meus pais ou de Skye, ou basicamente de todo mundo, menos de Megan, quando surto desse jeito.

Mas, de repente, seus olhos escurecem à luz suave do dia. Ele franze as sobrancelhas, o que lhe dá uma expressão angular e tensa.

— Talvez eu não tenha o direito de dizer nada, Marty, mas... — Ele faz uma pausa e pensa um pouco. — Mas acho que você precisa cuidar disso.

O momento acabou.

— Sério? Minha melhor amiga me diz isso o tempo todo. *Deixe isso pra lá!* Pierce, e se eu não for capaz de superar? Não é algo que eu possa simplesmente superar. Eu sou assim...

— Espere aí, deixe-me explicar — ele coloca a mão em meu peito e eu contraio a barriga, tentando, em vão, endurecer meu abdome. — Eu não disse para você superar. Nem acho que possa. Eu sei que os americanos são sensíveis quanto à saúde mental, mas me deixe falar. Você pode conversar com alguém, tentar um desses aplicativos, sei lá. Comece por aí. Este verão será uma grande mudança para você, e não quero que... Deixe pra lá, estou me intrometendo muito.

— Entendi — digo.

— Sua melhor amiga diz isso mesmo?

Seu tom é quase de pena, e sinto vontade de vomitar.

Não sei como descrever nossa amizade para os outros, porque quanto mais honesto sou, pior parece. Ela me diz isso o tempo todo. Mas também me faz sair da concha.

— Sem ela — digo — não sei se eu teria conseguido sair do meu quarto ano passado.

Ele ri.

— Que bom, mas isso não significa que ela possa dizer coisas assim. É ansiedade, não é? Ela sabe que é mais que timidez? Você já disse a ela o que sente?

Sinto uma vulnerabilidade em sua voz, em ressonância com o mesmo acorde que vibra em meu próprio peito.

— Várias vezes — digo, hesitante. — Mas nem sempre acabou bem.

— Imagino — suas bochechas inflam quando ele solta um longo suspiro. — Marty, saiba que está tudo bem. Todo mundo tem amizades estranhas, e não estou tentando interferir, mas o que você sente é *válido*. A ansiedade é uma fera, especialmente para bobos como nós, que escolhem seguir uma carreira na qual temos que nos expor todos os dias.

— Bom argumento. Só para constar, eu *gosto* de ser empurrado para fora da minha zona de conforto. Às vezes. Mas odeio quando me sinto mal por me sentir mal, sabe? Tipo, às vezes, não consigo evitar — sorrio para ele. — Obrigado, Pierce.

Acabei de chegar aqui, mas estou tomado de um calor que raramente sinto. É um progresso. Algo real.

Ele me dá um abraço cauteloso, e por um momento acho que minha mente vai desligar. Sinto sua barba roçar meu rosto quando ele passa o braço em volta de mim. Agarro sua jaqueta jeans e respiro. E respiro.

Quero muito que este seja um doce momento de conto de fadas, mas estou ciente demais de que estamos em público.

Como sempre, as coisas mudam quase imediatamente em meu cérebro. Vão e voltam. Há muita gente ao redor. Pierce ainda está me abraçando, mas eu perdi a vontade de continuar ali envolto por ele.

Eu me afasto.

— Desculpe.

Ele apenas sorri.

— Não há razão para se desculpar, amor.

Fico vermelho. Muito. Minhas bochechas doem de tão tensas que estão — e isso porque eu toco oboé! Tenho bochechas fortes. Mas é que ele é tão charmoso e implacavelmente britânico, e o mais importante é que já parece gostar de mim como amigo. Tudo que sei é que, definitivamente, não estou pronto para lidar com nada disso. Mas pela primeira vez *quero* lidar com isso.

E esse fato me faz sentir que sou capaz.

6

MEUS DIAS ANTERIORES A Megan são difusos. Nunca fui o protagonista da história de ninguém, e aceitei isso desde cedo. Mas quando viramos melhores amigos, eu me tornei outra coisa. Acho que passei a ser *alguma coisa*. E isso era melhor que nada.

Infelizmente, ainda dependo cem por cento dela para resolver minha vida, para tomar minhas decisões e me forçar a correr riscos. Não me refiro a furtar coisas em lojas — o que ela ainda faz, apesar de ter dinheiro e não ser mais uma caçadora de emoções de doze anos —, mas a me forçar a enfrentar meus pais e lhes dizer que eu queria morar em Londres. E me ajudar a criar a mentira e colocá-la em prática.

Ela não me ajudou só a encontrar minha voz; também me fez usá-la.

Fico apalpando o bolso da calça procurando instintivamente — mas sem encontrar — um celular que funcione para poder mandar uma mensagem ou ligar para ela. Estou sozinho aqui e não dou conta. Talvez Pierce tenha razão, tenho que aprender a administrar meus problemas. Mas eu nem saberia por onde começar.

— Então este é o Teatro Sondheim — digo.

Um letreiro do *Les Misérables* cobre a esquina do prédio, e os charmosos edifícios que contornam a rua se curvam em torno de uma rotatória bem diante de mim.

— Marty, companheiro! — chama uma voz atrás de mim.

Shane está descendo a rua em minha direção. Parece fantasiado de camisa e gravata. Segurando o estojo de sua trompa firmemente com um braço, ele joga o outro em volta de mim. Solto minha mala e o abraço.

— Você me largou com um estranho! — digo, rindo.

Pierce puxa Shane para dar-lhe um abraço de um braço só.

— Sou um anfitrião muito melhor que Shane. Vimos o Big Ben, a Abadia, Ten Downing e…

— E *eu* tive que carregar uma mala por mais de um quilômetro e meio de paralelepípedos.

Pierce revira os olhos.

— Vejo que já se conheceram — diz Shane.

Seu sotaque irlandês parece estar mais forte. Isso me lembra que mamãe já quase não tem sotaque; como ela afirma, esforçou-se muito para se livrar dele assim que chegou aos Estados Unidos.

— Eu ia pegar o ônibus para casa. Já arranjou um passe?

Andamos até o ponto de ônibus, que fica na mesma rua. Pierce faz questão de pegar minha mala de novo, depois do meu comentário sobre os paralelepípedos.

— Parabéns pelo teste — digo. — Conte como foi!

Ele dá de ombros.

— Não sei, nunca me sinto bem com essas coisas. Estavam fazendo testes para algumas partes, e havia muitos músicos lá. Fiquei meio assustado de lembrar quantas pessoas querem as mesmas vagas que nós.

É como se a ansiedade dele subisse pelo meu corpo; afinal, estou aqui para fazer a mesma coisa. Há um bilhão de oboístas por aí querendo as mesmas peças, e se eu não conseguir alguma coisa, e logo, *adeus*.

— Você vai conseguir — diz Pierce.

Shane sacode a cabeça.

— Admiro seu... otimismo inabalável.

Um ônibus de dois andares para no ponto e Pierce se dirige a ele.

— É que estou me sentindo positivo hoje. Encontro vocês lá em cima.

Shane deixa um casal de velhos entrar no ônibus antes dele e se inclina para trás para conversar comigo.

— Marty, desculpe por não ter ido te buscar. Não havia como ligar para você, e achei que não fosse ver meus e-mails. Espero que ele não tenha sido muito chato.

— Sério, tudo bem. Ele é uma graça.

Minhas bochechas queimam, o que Shane percebe imediatamente.

— Sei que os americanos perdem a cabeça ao ouvir um sotaque britânico, mas pode fazer o favor de não se apaixonar pelo meu amigo? Sei o bastante sobre aquele babaca para não deixar ninguém que eu amo se apaixonar por ele.

Suspiro enquanto passamos nossos bilhetes de transporte.

— Estou exausto, ele é muito fofo e tem barba! Como é possível? Me ajude, sou apenas um fraco mortal.

— Não chame aquela coisa toda falhada de barba; o ego dele nunca vai diminuir.

Subimos até a parte de cima do ônibus, onde Pierce guardou a primeira fila. A rua brilha diante de mim e me sinto imerso nesse mundo maravilhoso. Sem pensar, eu me sento ao lado de Pierce enquanto Shane se senta à minha frente.

— Mamãe está arrasada, não vai ver muito você neste verão.

Tia Leah. Sorrio.

— Vou vê-la antes que ela viaje?

— Uma noite — diz Shane. — Depois, ela vai dar o curso de design em Roma durante o resto do verão.

Respiro fundo. Um verão; é tudo que tenho para conseguir. Minha tia também não escapou de minha teia de mentiras; ela acha que vim fazer o curso de verão na Knightsbridge. Quando ela voltar, já preciso ter tudo resolvido: uma fonte de renda, um lugar para morar, uma vida que não possa ser influenciada por meus pais *nem* por minha família daqui. Quando ela voltar, terei dezoito anos. E terei uma casa aqui.

E não irei embora.

Descemos do ônibus e Shane e eu nos despedimos de Pierce.

— É aqui que eu fico. Você está seguro nas mãos de Shane; obrigado por me deixarem participar da festa de boas-vindas.

Ele aponta para uma série de edifícios robustos de tijolos. Pouco convidativos, mas isso não me surpreende.

— Eu moro aqui. Eu convidaria vocês para entrar, mas tenho que treinar umas quatro horas.

Shane acena, mas Pierce me encara, esperando uma resposta enquanto vai andando para trás em direção ao seu prédio. Digo um obrigado; é tudo que consigo pensar em dizer. Obrigado por me mostrar a cidade. Obrigado por ter o equilíbrio perfeito de aromas cítricos e frescos. Obrigado por não me fazer sentir ainda mais imbecil quando entrei em pânico.

Obrigado por entrelaçar seus dedos nos meus. Por eu ainda sentir o calor subindo pelo meu pulso.

Ele vai, por fim, e eu respiro fundo e me afasto com Shane, puxando minha mala. Tudo é melhor aqui, de um jeito que nem consigo quantificar. Manchas azuis começam a aparecer por trás do céu cinza. Os prédios ao meu redor são diferentes, menos assustadores. Não são ornamentados como o Parlamento ou a Abadia de Westminster, e sim simples e clássicos. Grandes tijolos de pedra passam a impressão de um castelo, e os arbustos redondos ou quadrados meticulosamente aparados, os gramados que se estendem em direção à calçada, me deixam à vontade.

— As coisas são diferentes aqui — digo. — Talvez eu esteja delirando, mas elas parecem certas. Acho que foi uma boa decisão.

Isso acontece, às vezes, depois que saio de um momento superansioso e tenho a chance de respirar normalmente. Sinto o sol em minha pele e as coisas parecem mais leves. Ah, se todos os momentos fossem assim...

No fundo da minha mente está a consciência de que não sou um turista aqui. Eu me comprometi com essa nova vida, e as responsabilidades logo cairão sobre mim. Preciso começar a procurar testes logo.

Mas passei tanto tempo tentando chegar até aqui... por que não posso simplesmente me permitir aproveitar esse primeiro momento? Engulo em seco, empurrando para baixo a bile e o desconforto. Um pequeno sucesso.

— Consegue ver isto aqui como sua casa? — pergunta Shane.

— Consigo. Não é como Avery, mas isso não é ruim. Tudo é arrumadinho e adequado aqui. É pitoresco.

— Imagino — ele responde. — É um pouco mais difícil sentir essa magia quando se está aqui há quase dezoito anos.

Caminhamos em silêncio; recarrego minhas energias. Sendo um introvertido de carteirinha, preciso de pessoas como Megan ou Pierce para me tirar da concha, mas também preciso de um tempo sozinho para me recompor.

Estou exausto — uma viagem de avião, um garoto bonito e o jet lag fazem isso com a gente. Sigo o caminho curtindo a energia que corre em minhas veias e tentando controlar o sono, até que chegamos a um prédio que reconheço. Sinto uma pontada estranha — arrependimento, raiva, decepção, tudo junto? — se espalha por meu corpo ao pensar no verão passado.

Tensiono meus ombros, empurro as portas e digo olá à minha nova casa.

12 MESES ANTES

Entrada do diário 9

Estamos indo embora.

Isso foi tudo que meus pais disseram. Shane e eu estávamos nos escondendo no quarto dele enquanto meus pais e tia Leah mantinham uma conversa intensa na sala.

— Não nos vemos há uns treze anos — a voz dela estava alterada — e você vai encurtar sua viagem porque se sentiu meio desconfortável?

Parei de ouvir depois disso. Não aguentava mais.

Não é típico de tia Leah levantar a voz, mas não posso deixar de lhe dar razão. Temos ingressos para coisas, mais dois dias de Airbnb. Mas mamãe resolveu se fechar.

É como acontece comigo quando tenho um ataque de pânico. Eu me fecho, quero fugir. Mas com mamãe foi diferente; ela se fechou nessa armadura, mas sem sentir pânico, dificuldade de respirar, dor no peito ou a sensação de que o mundo estava caindo sobre ela. O que me faz pensar que é uma merda, porque não vou poder entregar essa lição.

Antes de eu sair do apartamento deles, tia Leah me parou e disse algo como: "Marty, talvez não tenhamos outra chance, durante algum tempo, de conversar a sós pessoalmente". Ela me olhou nos olhos intensamente. "Se precisar de alguma coisa, me avise. Qualquer coisa."

Viver em Londres está fora de cogitação, sei disso. Vou descobrir o que fazer sobre Knightsbridge, mas isso não importa. Talvez eu deva desistir da música e escolher algo mais seguro.

Está claro que meu oboé e eu fomos feitos para um caminho diferente, e talvez esteja tudo bem. Talvez, já que todo o resto não está bem, isso pareça menos importante; ou talvez esteja tudo bem mesmo. Não sei a resposta; só sei que tenho poucos aliados neste mundo, e só um deles está em Kentucky.

Mas a oferta de tia Leah já é *alguma coisa*. Uma oportunidade. Posso ter desperdiçado a chance na Knightsbridge, mas talvez haja uma maneira de eu ainda vir para cá. Eu tenho uma oportunidade, e tenho certeza absoluta que não vou desperdiçá-la.

Acho que posso sair de lá para sempre.

CHEGAMOS AO APARTAMENTO POR volta do meio-dia, e o jet lag já me domina. O apartamento de tia Leah é charmoso e pitoresco — meio pequeno, mas do tamanho perfeito para ela e Shane. Fica na avenida, por isso, não tem uma entrada elegante de tijolos nem jardim na frente. Mas basta subir o lance de escadas e entrar para encontrar o charme.

É um edifício antigo, mas o interior foi reformado recentemente. Tijolinhos à vista revestem uma parede; uma janela do chão ao teto revela a vista do parque. A luz suave preenche o espaço, e noto que há neblina de novo lá fora. O apartamento em si está espremido entre dois restaurantes, por isso se ouvem ecos de panelas e frigideiras e as conversas dos garçons quando saem para fumar.

— O quarto de mamãe é todo seu. Ela arrumou todas as coisas para a viagem de verão e vai dormir no sofá.

— Ela não tem que fazer isso — digo. — Posso ir para o quarto amanhã.

— Eu sei, mas ela insistiu, e nós dois sabemos como mamãe é teimosa. Portanto, é melhor aceitar. Lembre-se de ligar as tomadas quando quiser carregar o celular ou usá-las para qualquer coisa. Dá tempo de você dar uma cochilada, se estiver cansado. Posso acordá-lo quando ela voltar.

— Obrigado — digo, reconhecendo a exaustão que domina meus músculos. Meu peito vibra de tensão quando penso em minha aventura não planejada.

— Eu me diverti hoje. Foi legal conhecer Pierce.

— Deu pra ver.

Não há malícia em sua voz, mas as palavras revelam mais do que ele pretende. Será que ele se arrependeu de ter mandado Pierce me buscar?

— Tenha cuidado, ok?

Seu alerta me provoca certa frustração. Estive preso naquela vida em Kentucky por muito tempo e acabei de sentir o gosto da liberdade, de estar à vontade comigo mesmo e, pela primeira vez, não quero *tomar cuidado*.

Eu só quero *ser*.

— Acho que vou cochilar, sim.

Sinto o peso do dia sobre mim. Não tenho energia para convencer Shane de que posso lidar com isso sozinho, de que não preciso de seus alertas nem de sua proteção. Sinto meu corpo gritar por uma fuga, por isso, levo minha mala ao quarto de tia Leah e prontamente desmaio na cama, sonhando menos com meu primo que me trouxe a um novo lar e mais com o lindo britânico que me recebeu.

* * *

Duas horas depois, acordo em um quarto quase silencioso. O sol entra pela janela; meu jeans e minha camiseta estão amassados. Troco a camiseta e coloco um short cáqui, e me aventuro para fora do quarto.

Esta será minha casa pelos próximos três meses.

Não é tempo suficiente, eu sei disso. Mas tenho que fazer dar certo. A ansiedade rasga minha garganta, mas engulo com firmeza e enrijeço o abdome. Inspire fundo, expire longamente. E de novo.

Dou uma espiada no quarto de Shane. Ele está com fones de ouvido, olhos fechados, totalmente imerso em sua principal paixão musical, que faz sinfonias inteiras, mas que, tecnicamente, não produz som: a regência.

Está regendo em compasso 4/4, mas às vezes muda para 2/2, e segue para uma pausa cheia de paixão. Ele gira para longe do computador, para a esquerda, concentrado em violinos fictícios. E gira para a direita, para indicar os oboés, ou talvez as flautas, e abre os olhos.

— Porra! — grita. — Há quanto tempo está aí?

Tento não rir da sua respiração ofegante e da cara de pânico, mas não consigo.

— Nossa! Quem vê pensa que peguei você batendo uma punheta.

Ele relaxa um pouco e ri.

— Teria sido só um pouco mais constrangedor. Não estou acostumado a ter pessoas por aqui.

— Desculpe, mas vai ter que me aguentar. O que estava regendo? Brahms? Parecia Brahms.

Ele sacode a cabeça negando.

— Tente de novo.

— Bem, era solto demais para ser Bach. Beethoven?

— Quase. Segundo Concerto para Piano de Rachmaninoff.

Isso faz sentido, pois ele leva uma vida dupla como pianista. E uma vida tripla como um bom trompista. Na verdade, ele sabe tocar de tudo. Fico louco com isso.

A conversa a seguir também me incomoda um pouco, mas tenho que encarar. Noto as camadas se formando ao redor dele de novo depois que o peguei em um momento tão vulnerável. Ele volta para o computador e o silêncio domina o espaço.

— Desculpe se fui grosso com você antes. Está chateado comigo por causa do que aconteceu com Pierce hoje?

Ele suspira e começa a falar.

— Não estou chateado com você. Só meio puto por Pierce ficar jogando charme em você, mas a culpa é minha. Você e eu estamos planejando isto há um ano, eu deveria ter pedido outra data para o teste. Mas ele me disse que poderia ir buscá-lo, e você parece gostar muito dele. Acho que estou sendo...

— Superprotetor? — pergunto.

O Shane do ano passado era muito menos sério, mais despreocupado. Até que aconteceu aquilo.

— É por causa do que aconteceu ano passado? Foi péssimo, claro, mas estou aqui agora.

O silêncio entre nós cresce; tenho medo de ter falado demais. A culpa me atormenta e sinto uma vontade bem real de fugir.

— Você nos ignorou. Primeiro, achei que você estava de castigo; depois, fiquei preocupado, achei que talvez algo pior pudesse ter acontecido. Cara, você entra em pânico quando eu não respondo a seu e-mail no mesmo dia porque estou ocupado, imagine se eu desaparecesse da face da Terra depois de nossas famílias terem brigado!

Realmente, não sei o que responder.

— Sim, eu ficaria muito assustado — digo, sentando em sua cama, de frente para a porta, como se procurasse uma saída. — Não queria que você se preocupasse. Mas foi *péssimo*.

— Eu sei, eu sei — ele vem com sua cadeira de rodinhas até mim e me abraça.

— É que você é praticamente a única família que tenho. Da minha geração, pelo menos.

— Eu estava fechado em minha concha, mas você e tia Leah estavam preocupados comigo. Não tenho como me desculpar, mas que bom que vocês conseguiram voltar à minha vida.

— Isso sempre vai acontecer — ele sorri. — Mas, *de verdade*, está tudo bem. Estou com um pé atrás sem motivo. Pierce é meio que um destruidor de corações. Você sabe que vou apoiá-lo em qualquer coisa, mas preciso que esteja fisicamente aqui para isso. Não vou perder meu primo de novo.

— Até você virar um trompista famoso da orquestra do *Les Mis* e ficar bom demais para mim — digo, inexpressivo.

— Exatamente — ele enche o peito e gira a cadeira. — Já estou começando a esquecer quem é você.

Ouço uma chave se encaixando na fechadura da porta da frente, o que interrompe o momento. Eu me levanto e vou até a porta e vejo tia Leah entrar. Ela me vê, larga as compras na mesa às pressas e corre para me receber de braços abertos. Literalmente.

Tenho uns trinta centímetros a mais que minha tia, mas ela me aperta com tanta força que acho que não conseguiria sair dos braços dela mesmo que tentasse.

— Como foi o voo? Como você está? Terminou o ensino médio! Sua mãe me mostrou todas as fotos — ela faz uma pausa, sentindo o peso do relacionamento tenso entre elas. — Bem, eu vi no Facebook do seu pai.

— Que bom — digo, para aliviar o clima. — O voo foi normal. Estou bem, melhor agora que estou aqui. O amigo de Shane, Pierce, foi me buscar e me levou para ver o Parlamento e o Big Ben, e agora nunca mais terei que ser turista de novo.

— Pierce? Pierce Reid? — Ela olha para Shane, que acabou de nos encontrar na cozinha. — Por que você não foi buscá-lo?

Ele cora.

— Uns dez minutos depois que você saiu hoje de manhã, recebi uma ligação da diretora de elenco da orquestra do *Les Mis*. Parece que ela gostou de meu portfólio.

— Shane, você fez um teste?

Ela cobre a boca com as mãos. Ele dá um sorriso tímido.

— Então, é por isso que você está com essa camisa. Achei que estava só querendo causar uma boa impressão a Marty — ela sacode a cabeça. — Meu deus, parabéns, querido! Parabéns!

Ela quase o derruba com um abraço, mas eu vejo a expressão estranha dele. Nós dois sempre tivemos dificuldades para celebrar nossos sucessos; preciso achar uma maneira de abandonar essa inveja e apoiá-lo mais.

— Vamos comemorar esta noite — ela diz. — Vou comprar um espumante. Ah, comprei mantimentos, devem durar um tempo. Eu ia cozinhar, mas com seu teste e a mudança de Marty, vamos jantar no Alexandria. O que acham?

Concordamos com o jantar, e Shane e eu começamos a guardar as coisas que tia Leah comprou. Vejo algumas coisas americanas — macarrão com queijo, manteiga de amendoim —, o que me faz sorrir.

— Tive que invadir a seção de produtos americanos — ela diz, rindo. — Quero que fique o mais à vontade possível. Estou meio apreensiva por deixar vocês sozinhos aqui durante o verão todo, mas que bom que você está aqui para manter Shane nos eixos.

Ela dá uma piscadinha e Shane resmunga. Tento não deixar minha ansiedade transparecer. Três meses não é muito tempo.

— Fico feliz por Lizzie ter concordado. Ela ainda não retorna minhas ligações, mas trocamos e-mails de vez em quando.

Estremeço à menção da minha mãe. À menção do e-mail que *eu* escrevi da conta da minha mãe, assegurando a Leah que eu ficaria bem em Londres sozinho, o verão todo, com Shane. Em algum lugar, escondido no fundo da minha mente, está o conhecimento de que tudo isso vai explodir na minha cara uma hora. Mas...

Quando tudo já explodiu na sua cara antes, nada poderia ficar muito pior.

8

NÃO TENHO IDEIA DE que horas são. Ou melhor, eu *sei* que são dez da manhã, mas meu corpo não sabe se o sol está nascendo ou se pondo, e o céu nublado não ajuda. Tia Leah acabou de sair, e eu passei a última hora tentando me organizar.

Meu celular já está funcionando, naturalmente, já estou falando pelo FaceTime com Megan. Ela está falando dos planos de café da manhã com Skye. Não comento sobre o fato de Megan ter me revelado para ele, e ela também não. Ela deve saber que cometeu um erro; mas, pensando bem, ela jamais admitiu um erro. Portanto, não sei o que estou esperando.

Estou prestando só meia atenção, focando mais nas palhetas que estou fazendo para meu oboé. Conto brevemente sobre Pierce. Ela fala que eu deveria "beijar o garoto" e viver minha vida gay para esfregar na cara de meus pais. Mas Shane entra, e prefiro não falar mais sobre ele. Desligo e prossigo o meticuloso processo de fazer minhas próprias palhetas.

Demora uma eternidade, e me faz desejar ter escolhido tocar clarinete, ou algo um pouco mais simples. Mas é bom; não há nada que faça você se sentir mais conectado com seu instrumento que criar a peça — lixar os pedaços finos de madeira, amarrar as cordas — que você usa para fazer música.

— Está focado, hein? — diz Shane.

Ele está aquecendo seu instrumento. Na verdade, só o bocal, até sentir que seus lábios estão bem aquecidos para tocar de verdade. Ele coloca o bocal na trompa e propõe:

— Vamos fazer um dueto?

— Oboé e trompa? — dou risada. — Crônica de um desastre anunciado.

— Tudo bem, um solo, então.

Shane não tem a melhor técnica, e nem acho que queira ter, mas ele realmente *entende* de música. Toca com mais sentimento que a maioria, e isso é necessário; essa capacidade de usar a emoção faz dele um músico perfeito para um instrumento sutil e harmônico como a trompa.

A tela do celular dele acende com a chegada de uma mensagem.

— É o Pierce — diz.

Se ele está desconfortável com Pierce depois de nossa conversa ontem, não demonstra.

— Vão fazer uma *jam session* no parque depois da aula. Quer ir? Geralmente, é bem divertido. Dani conhece uma professora de banda marcial dos Estados Unidos e recebe um monte de músicas pop dela. Não é muito desafiador, mas depois dos dias que passam na academia, é bom relaxar.

— Sim, claro.

Eu me recordo de algo que Megan me disse antes de me deixar no aeroporto: *Diga sim a tudo, mesmo se cagando de medo. Seja o lema da Nike.*

Incorporo o lema da Nike. *Just do it.*

***

Estou acordado desde as quatro da manhã, graças ao jet lag e ao cochilo de ontem. Enquanto Shane toma banho e se arruma, ponho meu notebook na mochila e vou dar uma volta. Sinto uma amargura nas entranhas, porque sei que preciso ligar para meus pais antes que eles surtem. Mas não quero fazer um FaceTime com eles da casa de tia Leah. Eles fugiram daqui um ano atrás, sem remorsos, por isso não conseguem entender.

Nem isso, nem nada.

Entro em um Costa Coffee, uma rede que já vi bastante aqui em Londres, apesar de estar aqui há um dia apenas. Peço um chocolate quente e me sento no fundo. Enquanto conecto meu notebook ao wi-fi, navego pelo celular e ignoro o cheiro de chá amadeirado que invade todo o espaço.

É por volta do meio-dia aqui, sete da manhã em Kentucky, o que significa que mamãe já saiu para o trabalho. Mando uma solicitação do FaceTime para o celular de papai.

Sob a mesa, minhas pernas tremem enquanto espero a ligação completar. Forço-as a parar de tremer, mas elas começam de novo. É a única coisa que alivia minha preocupação e o pânico que se espalha pelo meu corpo. Tento entender o que está me causando ansiedade:

- Não sinto falta deles, mas já *não deveria* estar sentindo?
- Minha torre de mentiras malfeita pode desmoronar a qualquer momento.
- Será que só a voz dele invocará algum tipo de trauma?

De todas as formas, é uma situação de merda. O rosto do papai preenche a tela e sua voz sai pelo alto-falante.

— Oi, Mart.

Ele se afasta e vira a câmera para o lado, depois para trás, para tentar ver. Ainda não pegou o jeito.

— Não está na casa de sua tia?

— Resolvi dar uma volta, vim a um Costa Coffee. Aquele que fomos algumas vezes ano passado.

— Como foi o voo? Como está Londres? Acho que você já está começando a pegar o sotaque.

A voz dele é quase alegre, o que me faz baixar um pouco a guarda. É sempre difícil lembrar que, mesmo tendo sido uns merdas para mim em certas coisas, eles realmente se importam comigo como humano. Apesar de não agirem assim o tempo todo.

Papai está na varanda com um copo de suco de laranja. Reconheço minha casa — minha *antiga* casa — ao fundo. Um pouco de calor preenche minhas entranhas, pela familiaridade.

— Está tudo bem — minha voz deixa transparecer a vulnerabilidade. — É meio diferente aqui, você sabe. Finalmente estou começando a perceber como estou longe de Avery. Não estou com saudades de casa nem nada, mas, você sabe.

Ele balança a cabeça. Demora um pouco para formar uma resposta.

— Espere aí.

Ele mexe no celular para ver uma mensagem. Bem, eu achei que fosse para isso, mas quando ele olha para a câmera, diz:

— Você está naquele Costa Coffee, né? Tenho o cardápio deles. Quero que você vá lá e pegue, vejamos... um rolinho de salsicha, uma torta Bakewell... lembra quando tiveram que fazer essa torta naquele programa de culinária britânico? E uma torta de carne.

— Torta de carne moída? Não, obrigado.

— Diz aqui que é vegana, deve ser de frutas. Ou é uma piada de mau gosto. Vá lá. Ou pegue algo diferente que pareça bom. Vou mandar um dinheiro para você mais tarde.

Eu dou risada.

— Obrigado.

Alguns minutos depois, volto para minha mesa de canto, no fundo, com a comida.

— Ok, e agora? — pergunto.

— Agora, coma.

— Claro! Rolinho de salsicha, aqui vou eu — digo.

Dou uma mordida. A crosta de massa folhada com a carne cozida, reduzida ou processada sei lá como, toca minha língua. Mastigo. Avalio.

— Não é ruim. Na verdade, é melhor do que tem direito a ser.

— Exatamente. O que mais temos?

— Peguei a torta de carne moída — digo. — É uma torta doce. Não acredito que você está me forçando a comer porcaria.

— Eles chamam isso de doces aí — ele diz. — Faça direito, ou nunca vai se sentir à vontade.

Depois de provar os dois, olho para a câmera e arqueio uma sobrancelha.

— Muito bem, ambas eram *adequadamente deliciosas*. Qual a intenção disso?

— Tudo o que você acabou de provar você não poderia comer em Kentucky. Não existe, nem nas cafeterias mais chiques.

45

— Você quer dizer Starbucks?

— Sim, Starbucks — ele sorri. — Esses doces são diferentes, mas tudo bem. Você ainda está vivo, a vida segue em frente.

Lema da Nike.

— Ouça... sua mãe não queria que você fosse. Eu também não, você sabe. Mas não podemos deixar de pensar que vai ser bom. Há muita coisa para experimentar. É um mundo diferente, talvez diferente demais para nós, mas acho que você vai gostar.

Olho para baixo.

— Acho que estou com medo — digo, e já me sinto vulnerável por dizer isso; mas preciso dizer. — Não sei como fazer para... digo, esse negócio do curso. É como se eu tivesse uma vida perfeita toda planejada, mas não sei como chegar lá.

Ele ri e demora um pouco para responder, com a voz mais apagada.

— Eu mesmo ainda estou tentando descobrir.

Trocamos um olhar estranho; você nunca sabe quando seu pai ou sua mãe vai decidir se abrir. Por isso, evito seu olhar, mesmo digital.

— Isso me lembra que... — ele diz, e seu sorriso desaparece. — Você já deve ter encontrado; sua mãe colocou seu colar em sua mochila no aeroporto.

— Ah, jura? — eu digo.

Não encontrei; senão, teria temido ainda mais esta chamada.

— Faz parte do acordo — ele diz. — Não podemos ficar de olho em você aí, e sabemos que Leah não é religiosa, portanto, presumo que Shane também não seja. Mas você sabe como é importante para nós, como sempre foi para você. Use a cruz, procure uma boa igreja aí perto, seja a pessoa que Deus quer que você seja.

Há muita coisa que ele não diz. Muita coisa por trás da ideia de quem ele pensa que Deus quer que eu seja. Mas tenho dezessete anos, pelo menos nos próximos três meses, por isso, tenho que manter a farsa.

Portanto, continuo mentindo.

— Vou sim. Diga obrigado a ela por mim — suspiro. — Vou encontrar uma igreja, não se preocupe. Há uma aqui, bem em frente.

— Que tipo de igreja?

Do tipo com pentagramas por todo lado.

— Não sei, pai. Não posso ser muito exigente aqui.

Nunca vou entender como podemos ser tão abertos, como eles podem ser tão gentis, e, de repente, se fechar tão depressa. É incompreensível como a versão deles de Deus é capaz de enfiar uma estaca no coração de nosso relacionamento e eles nem percebem.

Murmuramos nossas despedidas, mas já ficou muito estranho. Tento me apegar às partes boas de nossa conversa e do nosso relacionamento, mas é difícil, sentado aqui sem Deus, sozinho, olhando para uma tela em branco.

9

— PREPARADO PARA CONHECER o pessoal? — pergunta Shane enquanto descemos o caminho arborizado para o Green Park.

Estamos ambos carregando estojos de instrumentos — o dele é um pouco grande e estranho para acomodar sua trompa; o meu é pequeno e contido. Mas eu também estou carregando um copo de água com minha nova palheta de oboé dentro, para amolecê-la antes de tocar.

— Mais preparado do que nunca. Quais são os nomes mesmo?

— Rio, clarinete; ela é mandona. Dani, flauta, e seu namorado, Ajay, que é pianista, mas não é muito de se apresentar em público. Fica só sentado conosco. — Uma breve pausa, e ele acrescenta: — E Pierce, claro. Esse é mais ou menos nosso grupo.

Repito os nomes e instrumentos em minha cabeça como se estivesse estudando para uma prova.

— É um grupo pequeno, dá para encarar.

— Na verdade, muitas outras pessoas participam. Umas vinte, talvez mais; esses que eu falei são só nosso grupo. Pierce e Rio são os protetores do nosso círculo, mas você já passou no teste dele, é óbvio.

O jeito como ele diz isso me faz pensar que fiz algo errado de novo. Será que estou sendo sensível demais? Estou vendo o que não existe?

— Quando você ficou próximo de Pierce? — pergunto, na esperança de obter mais informações sobre a amizade deles.

— Foi quando ele chegou à melhor orquestra de nossa escola — ele diz, e sua voz desanima um pouco. — Eu já estava nela fazia um tempo. Achei que nossa amizade acabaria depois da formatura, mas ele me disse que havia entrado na Knightsbridge e que queria manter nossa amizade. Comecei a trabalhar com Dani na livraria, e ela e Pierce se conectaram imediatamente na Knightsbridge; portanto, fazia sentido sermos todos amigos.

— Ah — digo. — Parece que algo nele incomoda você.

— É. Ele trocava muito de amigos na escola, por isso sempre achei que enjoaria de mim e seguiria em frente. Quando a competição solo entre Rio e Sophie esquentou, ele trouxe Rio para nosso grupo e começou a ignorar o restante de nós. Mas mesmo se distraindo com novos amigos brilhantes, Pierce sempre mantém nossa amizade; portanto, talvez ele mereça mais crédito.

Estamos no parque agora; a mão com que seguro o estojo de meu oboé começa a suar. Agarro-o com mais força e observo o grupo de pessoas.

— É bom saber. Mas ele pareceu gostar muito de mim. E não estou na academia, então, talvez você esteja interpretando mal as coisas.

— É, deve ser. Mas não quero deixar que minha relação com Pierce afete seus sentimentos por ele.

Eu dou risada, apesar da crescente ansiedade que surge quando sei que vou conhecer gente nova.

— Acho que você não está conseguindo. Diga-me algo bom sobre ele.

— Ele é muito passional; é divertido; tem um senso de humor afiado.

Devemos estar chegando perto, pois ele diminui o passo e se volta para mim.

— Umas semanas atrás, ele convenceu o pessoal do London Eye, aquela roda-gigante imensa perto do rio, de que era influenciador digital e ganhamos um passeio particular. — Shane cutuca meu ombro. — Ele é muito charmoso.

— Esse parece mais com o cara que eu conheci — digo e sorrio. — Obrigado.

Chegamos ao grupo. Estão todos meio escondidos atrás das árvores, de modo que os ouço antes de vê-los. Trompetes tocando escalas até os músicos ficarem sem fôlego; um trombone soltando notas como se quisesse ser o mais alto. Clarinetes trinando cada vez mais rápido, com as flautas logo atrás deles.

Por um momento maravilhoso, a tensão do meu corpo relaxa um pouco, e sinto que estou ficando mais calmo e mais preparado do que alguns segundos antes. Esse é meu elemento, meu mundo.

Chego à clareira, onde uma clarinetista — talvez Rio, talvez Sophie — se aquece com um trinado baixo que se transforma em um poderoso glissando. Suas mãos voam sobre as teclas até que ela consegue aumentar o tom só com os lábios. Isso leva ao icônico riff de *Rhapsody in Blue*, o que é meio exibicionista, mas me sinto atraído por ela de qualquer maneira. Suas tranças apertadas caem perfeitamente por suas costas e sua pele escura brilha de suor. Ela faz uma pausa para enxugar a testa com o antebraço.

Shane se abaixou para preparar seu instrumento e atender a uma ligação de sua mãe, que eu suponho que acabou de chegar à Itália. Estou sozinho, mas cheguei tão perto que Sophie está me olhando; então, me forço a continuar andando.

— Foi fantástico — eu digo, com um sorriso amigável. — Sou Marty, primo de Shane. Não sei se você o conhece. Eu toco oboé. Acabei de me mudar para cá.

— Sophie — ela diz. — Prazer em conhecê-lo, Marty. E sim, eu sou meio exibida mesmo. Estou disputando a cadeira principal com outra garota. É muito irritante, sinto que tenho sempre que provar meu talento, até quando não estamos em aula.

— Rio? — pergunto.

— Ah, claro que você a conhece. Você faz parte do grupo dela.

Ela se afasta um pouco de mim e começa a ajustar o barrilete de seu clarinete. Monto meu oboé — o que não é difícil: a campana, duas peças do corpo principal e a palheta. Vejo-a relaxar um pouco.

— Cheguei aqui ontem, não a conheci ainda. Só Pierce e você, agora.

— Que bom que você saiu da panelinha e veio dar um alô — ela diz sem rodeios. — Desculpe, sou meio direta. Gosto de seus amigos, mas quando Rio entrou no seu grupo, senti que o clima ficou mais tenso entre nós. Como se ela andasse falando merda e todos achassem que sou um monstro.

— Entendi — eu digo, não acrescentando muito à conversa, mas noto como todos nós temos nossas próprias inseguranças aqui.

— Se isso a fizer se sentir melhor, ninguém falou mal de você para mim. Tive a impressão de que você e Rio não são muito amigas, mas vi que você é uma clarinetista muito boa. Já mostrou isso.

Sigo o olhar de Sophie e vejo uma garota que está fingindo dar um soco em Pierce no gramado; seu cabelo ruivo balança a cada soco. Sinto a energia intensa dela vir até mim, mas nada ruim. Mas Sophie a observa com um olhar quase de desamparo, como se quisesse ser amiga dela, fazer parte do grupo.

Eu conheço esse sentimento. Fomos eu e Megan contra o mundo durante muito tempo, até que Skye apareceu. Nós o resgatamos depois que outro grupo de amigos o abandonou. Eu não tinha tempo para fazer amigos — mal tinha tempo para manter os que já tinha — no último ano de ensaios, estudos e apresentações, mas eu via um grupo de veteranos fugir para almoçar, ou pintar o rosto de prata e azul para nossos jogos de futebol, e eu queria fazer parte disso; ter um grupo grande de amigos, não se sentir tão sozinho.

Shane acena para mim, então eu digo:

— Veja, se eu fizer parte daquela panelinha, posso tentar levar você para lá. Pierce e Rio parecem superintensos, acho que preciso de alguém mais no meu nível.

Ela ri.

— Não se preocupe com isso, é um grupo bem fechado. Vá se divertir com os mais ilustres. Conversamos no pub mais tarde?

— Onde?

Shane vem me buscar, de modo que fico sem saber sobre o pub. Isso me provoca mais algumas ansiedades, a saber:

- Haverá bebida nesse pub? Não tenho idade para beber, nem aqui.
- Eu ia falar com Megan pelo FaceTime à noite, pois ela estava meio dormindo da última vez, mas acho que não vai rolar.

- E se eu não me der bem com essas pessoas e tiver que ficar com elas a noite toda? Eu nem trouxe minha chave, pois sabia que estaria com Shane.

Afe!

— Marty, preciso te apresentar uma pessoa — diz Shane, acenando um rápido mas genuíno "olá" para Sophie antes de me levar. — Ela tirou a música de banda de marcha, por isso, não tem partitura de oboé.

— Entendi; então vou tocar partitura de flauta?

— Pode fazer como preferir, mas acho que é mais fácil, não?

Oboés, flautas e violinos estão no tom de Dó, o que significa que se eu fosse tocar partituras de clarinete — um instrumento Si bemol —, teria que fazer cada nota um tom mais alto na cabeça enquanto tocasse. Já fiz isso antes, não é impossível, mas também não é superfácil.

— E ela tem partitura de trompa? — pergunto a Shane, pois sei que seu instrumento está sozinho no Fá.

— Dani não conseguiu a partitura de trompa, vou de sax alto.

O sax alto é afinado em Mi bemol, mais baixo que a trompa.

Ele dá de ombros, todo cheio de si.

— Essas peças não são particularmente difíceis, eu me viro.

Sou apresentado a Dani, que está toda aflita para garantir que todos tenham a peça certa, mas é bem calorosa. Sua pele dourada rejeita a sombria atmosfera britânica, e seu rosto é contornado por longos cabelos castanhos, que ela tem que prender para tocar seu instrumento.

— Ouvi dizer que você é dos Estados Unidos — ela diz. — Tento acompanhar a política de lá por causa de um amigo que trabalha lá, e parece que é uma confusão nova por dia. Não sei se você fugiu para um país melhor, mas tenho que dizer que Londres e seu povo são lindos.

Dani fala sobre Londres como se fosse um novo lar para ela também, mas não tenho tempo para esclarecer nada porque, de repente, tudo começa. Foi Dani quem arranjou a música, mas são Pierce e Rio que assumem a liderança e nos dizem qual é a lista de músicas. É bem épica: Lady Gaga, Kesha, Rihanna, todos ícones de minha época.

Há um momento em cada ensaio, em cada apresentação, em que os músicos que estão aquecendo e os que estão distraídos focam em uma única atividade que é afinar seus instrumentos e começar a tocar em uníssono.

Pierce vai dar a nota de afinação ao grupo, mas, aparentemente, hesita.

— Marty, quer fazer as honras? Normalmente não temos oboé em nosso grupo. Tom de Lá, pessoal.

Minhas bochechas ficam vermelhas, e quase vou dizer não. Mas sei que não é só um gesto gentil. Em uma orquestra, todos afinam seus instrumentos pelo oboé, porque ele tende a manter a afinação apesar das mudanças de temperatura ou umidade.

Estou ao lado de Pierce, e todos lentamente levam seus instrumentos aos lábios. Eu toco um Lá. É perfeito. Pierce entra ligeiramente agudo, até chegar ao tom perfeito. Um por um, os demais instrumentos vão entrando, até que Shane gesticula para que todos parem. Estamos todos no mesmo tom, somos um conjunto agora, e esse sentimento aquece meu coração.

Volto ao meu lugar; Shane inicia a contagem e começamos com *Applause*, de Lady Gaga. Desapareço no fundo com notas em *staccato*; Dani e eu ecoamos a melodia brevemente, mas estamos aí só para apoiar os trompetes. Alguém nos ajuda a manter o ritmo com uma caixa-clara.

Com todas as notas sob nossos dedos, entramos na música, o chamado e resposta do sax ao trompete, dos clarinetes para mim e Dani. Não posso evitar, tenho um sorriso no rosto, o que torna um pouco mais difícil tocar corretamente; mas eu não me importo.

Terminamos a música com uma nota acentuada, tocando todos em uníssono. Um acorde maior, uma resolução completa e um final poderoso. Claro que não estamos todos exatamente no ritmo, e além disso, um dos trompetes tentou tocar a nota uma oitava acima e errou. Mas uma onda de alegria me envolve quando terminamos.

Temos muitas peças ainda para tocar, e a energia é alta. Será que é sempre assim na academia? Relaxamento depois de um longo dia de aulas e trabalho? Sinto uma pontinha de inveja, até que lembro a mim mesmo que tenho um plano.

— Shane entendeu tudo errado — diz Pierce, que se materializa ao meu lado enquanto preparamos a partitura para a próxima peça. — Ele ama muito você, mas se preocupa demais.

— Ah… Ele me viu passar por muita coisa, acho que é por isso.

— Ele é muito protetor com os amigos. Acho que faz sentido ele achar que você precisa de ajuda para se enturmar, arriscar, curtir a vida aqui. Mas não sei, Marty. Eu ouvi você tocar… ouço as pessoas tocarem o tempo todo, e ver você sincronizar e tocar tão livremente, tão totalmente na música… não sei.

Ele pousa a palma da mão em minhas costas enquanto Shane faz a contagem. Solto um trinado ao lado de Dani. Antes de levar o trompete aos lábios, ele diz:

— Você é talentoso, companheiro.

Brincamos um pouco com as notas, até que ele volta para os trompetes. Olhamo-nos nos olhos mais um segundo, e então sou puxado de volta para a música. Sinto uma emoção tão forte, tão boa, que me dá vontade de chorar.

Já participei de dezenas de conjuntos, já me apresentei em todos os lugares. Mas agora sinto que sou parte de um grupo.

10

ESTOU EM FRENTE AO Southey. O Alexandria é mais moderno, mas o Southey é um pub inclementemente britânico — essa é a maneira mais precisa de descrevê-lo. Fica em um edifício de tijolos envelhecidos, imponente e reticente, com suas venezianas escuras e plantas ao longo do toldo. Olho para as petúnias nos vasos e abro um enorme sorriso, porque temos essas mesmas flores roxas em vasos em frente a minha casa em Kentucky.

Agarro o braço de Sophie e espero os outros músicos passarem. São legais, e parecem mais acolhedores do que ela me fez pensar, mas há algo muito pé no chão em sua personalidade que me faz confiar nela. Talvez até me faça lembrar de Megan — mas uma versão muito mais gentil de Megan.

Depois da *jam session*, ela me apresentou ao restante dos instrumentos de sopro — exceto Rio — e me disse de onde eram todos, o que faziam, e achei mais fácil conversar com eles por causa disso. Eles são uma grande família, e estou começando a sentir que me encaixo, mesmo não frequentando a escola com eles.

— Tem certeza de que vou conseguir entrar no pub? Tenho... — abaixo a voz — dezessete.

— Você é um caso perdido — diz Sophie, e gargalha de um jeito que não me incomoda. — Vocês, americanos! A idade para beber aqui é dezoito anos, mas não estamos indo a uma balada.

Ela me puxa pelo braço, literalmente, para dentro do pub. No instante em que passamos pela velha porta de madeira, eu me sinto estranhamente à vontade. O piso de madeira, que deve ter um século de idade, range sob cada passo, mas a palavra "aconchegante" não chega nem perto de poder descrevê-lo. Toca uma música leve no salão principal. Está ficando tarde, mas ainda há alguns velhos sentados no bar, lendo jornal ou olhando para as telas de TV.

— Costumamos ficar no salão dos fundos — diz Sophie. — Vou buscar a primeira rodada.

— Mas eu não posso...

— Confie em mim, ninguém vai prestar atenção em um cara que aparenta a idade que tem.

Passo por retratos e pinturas antigas enquanto atravesso o corredor escuro até o *salão dos fundos*. É tudo muito reconfortante: a charmosa sensação de antiguidade, a majestosa arquitetura antiga... Quando entro no salão dos fundos as coisas são bem mais barulhentas. Imagino que os bares universitários devem ser assim. Pessoas gritando mais alto que a música, em pé, em grandes grupos; canecas de cerveja gigantes na mão. Fico imaginando se algum deles é americano, aproveitando a recém-descoberta liberdade de beber legalmente. Quero me enturmar, mas é contra a lei. Ainda sou muito novo.

Suspiro, mas capto o olhar de Pierce do outro lado do pub e todo o ar da sala volta para mim. Ele arqueia as sobrancelhas, abre um sorriso rápido e volta para os amigos. Seus amigos e meu primo.

Mas noto que Shane não está falando com ninguém. Ele está só bebendo sua cerveja (ele também é menor de idade!) e ouvindo Pierce dominar todas as conversas. Fico imaginando como seria ser Pierce, sempre ter todos os olhos sobre você. Será que a garganta dele dói de tanto falar?

— Você não foi muito longe — Sophie cutuca meu ombro e me oferece uma caneca. — Trouxe sidra para você, pode ser?

Vou tirar umas libras do bolso, e ela enfia a sidra em minha mão livre.

— Relaxe, companheiro. Depois você paga a minha.

Olho para o líquido dourado que enche a caneca até a borda. Este é um grande momento de minha vida: vou beber álcool. Anos de voluntariado em grupos de abuso de substâncias no ensino médio, e aqui estou eu. Sinto-me meio hipócrita.

Para ser sincero, nunca curti bebidas. Skye frequentava festas e enchia a cara, mas tantas ressacas o fizeram ir mal em muitos testes, o que o levou ao curso de verão. E foi aí que ele decidiu andar conosco. Seu grupo B.

— Está tudo bem? Você não precisa beber; eu achei que queria, já que todo mundo aqui parece que bebe.

— Não, não, tudo bem. Vou pelo menos provar.

Tomo um gole da sidra, que tem o gosto que eu já imaginava: azedo, doce e perfeitamente fresco. Eu li que os britânicos bebem cerveja em temperatura ambiente, o que parece ainda pior que cerveja gelada, por isso, fico feliz por isso aqui ser refrescante.

— Um dos saxofones está numa mesa nos fundos; quer ir até lá?

Olho para Sophie e balanço a cabeça.

— Você disse que Pierce e Rio são muito exclusivistas, não foi?

— Sim.

Respiro fundo e finjo que Megan acabou de me dar um dos seus discursinhos característicos. Desta vez, eu puxo Sophie.

— Vamos acabar com isso.

Minhas bochechas estão pegando fogo, e minhas orelhas devem estar vermelhas. Graças a Deus está escuro aqui. Eles estão numa mesa que tem espaço para mais dois no final.

É constrangedor, no início. A estranheza e a tensão são palpáveis. Mas, embora haja um milhão de pequenas coisas que me deixam constrangido, em pânico e estressado, não vou deixar que isso seja uma delas.

— Oi, Marty! E Sophie — diz Pierce, e dá um sorrisinho, olhando de um para o outro. — Marty, você já conhece todo mundo, não é?

Ainda não nos chamaram para sentar, mas eu pego um lugar e abro espaço para Sophie. Dani e Shane também estão nessa mesa, então aceno para eles.

Shane diz:

— Marty, este é Ajay.

Ele indica um sujeito de pele bronzeada que está com o braço em volta dos ombros de Dani. Seu sorriso é tão perfeito quanto seu cabelo. Apertamos as mãos.

— E Rio.

Ela está meio longe demais para o contato físico, de modo que só aceno. Rio balança a cabeça, não exatamente sorrindo. Mas ela brilha; seu cabelo ruivo parece refletir a pálida luz amarela. Cai pelos ombros dela e complementa sua pele marfim, suas roupas leves e a sombra verde nos olhos. Noto a tensão de Sophie ao meu lado.

— Bem-vindo ao Reino Unido, companheiro — diz Ajay.

— Você precisa ouvi-lo tocar — diz Dani, e olha para mim. — Você é ótimo em leitura à primeira vista. E muito confiante. Eu adoraria ouvir você tocar um solo um dia; pena que você não está na academia.

— Confiante? — digo, corando. — Eu... bem, acho que é a primeira vez que me dizem isso.

— Não seja humilde! — ela sorri. — Você sabe que tem talento.

Seu sotaque é complexo, tem a cadência do árabe. Seu cabelo é grosso e ondulado, e sua roupa impecável. Nem acredito que essa garota tão confiante tem quase a minha idade.

— Não sei sobre talento, mas você, sem dúvida alguma, tem habilidades — acrescenta Rio. — Aquele trinado durante *Shut Up and Drive* é um inferno. Quem fez esse arranjo deve odiar sopros, e você acertou em cheio.

Todos os olhares estão sobre mim. Rio tem um olhar incrédulo, enquanto Dani aponta para mim.

— Está vendo? — diz Dani. — Errei umas três notas.

Respondo olhando para minha sidra:

— Bobagem. Eu fazia um exercício de arpejo que era parecido.

Rio solta uma risada.

— Até parece. Por que você não está na academia?

Minhas bochechas coram e esquentam.

— Eu decidi seguir outro caminho, só isso.

A conversa deles é limitada, breve, como se não soubessem sobre o que falar quando o tema não é a escola. Ajay está explicando como se apaixonou pelo rap escandinavo — algo que eu nem sabia que existia, até agora. Mas, por outro lado, fica claro que, mesmo que sejam meio elitistas, a amizade deles é relativamente nova e maleável.

Ainda me sinto meio deslocado, especialmente quando vejo Pierce sussurrando para Rio e logo olhando para mim; mas estou calmo. A mesa é uma mistura de raças, culturas e sexualidades, e parece o grupo mais normal do mundo.

Minha família odiaria isso; no mínimo, ficariam constrangidos. Tentariam disfarçar com sorrisos tensos, mas inevitavelmente diriam alguma coisa, um comentário que apontasse nossas diferenças, independentemente das muitas semelhanças que nos unem.

Eles gostariam que nunca sentíssemos pertencer a nada. Mas aqui, é evidente que há lugar para todos.

— Marty, Sophie — diz Pierce —, ajudem-nos a resolver uma disputa. Sendo estrangeiros...

— Ah, não perguntei de onde você é — interrompo e pergunto a Sophie.

— Sou kiwi[2], seu idiota.

Fico olhando para ela.

— Da Nova Zelândia. Cristo, Marty!

Minhas bochechas queimam enquanto os outros riem, mas Sophie me dá um sorriso e uma cotovelada para se assegurar que eu saiba que ela está brincando.

— Estamos planejando nossas viagens de fim de semana — prossegue Pierce. — Antes do final do verão, queremos ir a três lugares. Já escolhemos Bruxelas, na Bélgica, e Cardiff, no País de Gales. Na terceira, quero ir a Florença, Dani quer ir a Copenhague e Ajay a qualquer lugar, menos a Escandinávia, porque ele vai a uma convenção na Dinamarca no fim do ano.

Dani balança a cabeça.

— Se formos à Itália, minha mãe vai exigir que eu passe por Malta. Mas eu a visito três vezes por ano desde que vim morar com minha tia, e isso já é o bastante.

— Fico reclamando da libra — diz Ajay —, mas eu gastei muito mais dinheiro do que imaginava para essa convenção por causa da taxa de câmbio na Dinamarca. O valor da coroa é obsceno.

---

2 Nota do editor: Os neozelandeses são popular e carinhosamente chamados de kiwis.

Eu me volto para Sophie e a vejo com a cerveja na mão, constrangida. Fico imaginando o que será que a intimida nesse grupo. A mim, tudo estressa, mas isso não significa que não tenho o direito de estar aqui durante uma conversa descontraída.

E quando olho de Sophie para Shane, vejo a semelhança em suas expressões e me pergunto o que foi que eu perdi. Então, Shane troca de lugar com Ajay para se sentar ao meu lado e sussurra em meu ouvido:

— Desculpe, eu deveria ter avisado. Eles falam muito sobre viagens. Já fizeram algumas de fins de semana. Mas com meu trabalho na livraria, nunca posso fazer essas coisas.

Olho para ele e concordo, pensando em minha pobre conta bancária. Eu também não posso viajar. Não me importo que falem sobre isso, acho que esta é minha grande viagem, mas Shane vive aqui desde sempre e não consegue sair.

— Marty, o que você acha? — pergunta Pierce. — Aonde você iria?

— Quando eu era mais novo, era obcecado por viagens internacionais — digo, limpando a garganta. — Pode parecer bobo aqui, onde para viajar para outros países basta pegar um voo de trinta minutos, mas é meio diferente em Kentucky. Minha mãe viveu na Irlanda quando era criança, mas só viajamos para fora uma vez, e meus pais quase surtaram.

Aonde estou indo com isso? Tomo outro gole de sidra.

— Enfim, eu ia a vendas de garagem, não sei como vocês chamam aqui, nem se têm. Eu comprava qualquer livro sobre viagens e tentava desenhar as bandeiras de países de que nunca havia ouvido falar, como Lesoto ou Luxemburgo.

Olhando em volta, vejo alguns sorrisos e alguns balançando a cabeça. Estão me ouvindo de verdade! Sophie parece mais relaxada também.

— Mas meu guia favorito era um da região da Toscana, na Itália. Eu não podia acreditar que havia tanta coisa para ver em uma área só: Il Duomo em Florença, a Piazza del Campo em Siena, a Torre de Pisa. Bem, essa última parece meio anticlímax, mas mesmo assim... conhecê-la faz parte de ir à Itália.

Pierce bate na mesa com o punho.

— Isso aí! Eu sabia que você ficaria do meu lado.

Ele me dá uma piscadinha, como se eu houvesse inventado toda a história para ajudá-lo. Reviro os olhos.

— Minha irmã estudou em Florença — diz Sophie. — Nunca cheguei a visitá-la lá, mas as fotos dela eram incríveis. Para ser sincera, vale a pena ir para poder dizer que viu o Davi de Michelangelo.

— Decidido — Pierce ri. — E podemos ir a Malta e visitar a mãe de Dani.

— Até parece. Malta já tem gente demais, não precisa de vocês.

Deixo escapar uma risada, pouco antes de levar uma cotovelada de Sophie.

— Podemos sentar com os outros agora?

Observo a mesa me perguntando se causei uma boa impressão. Algo me leva a querer estar perto deles, que eles gostem de mim. Entendo a vantagem de sair enquanto ainda estou por cima, por isso me levanto, dando uma última piscadinha para Pierce.

Só que sai mais como uma piscada de dor, o que me faz querer morrer. Nunca fui bom com delicadezas. Isso porque eu queria sair por cima...

— Pronto, você já se divertiu confraternizando com as crianças descoladas — diz Sophie em meu ouvido, derramando um pouco de cerveja em mim.

Uma imagem se forma em minha cabeça. Eu caminhando pela movimentada Ponte Vecchio, apaixonado demais pelas antigas joalherias e galerias de arte, para ficar ansioso. Mentira, mas posso sonhar, não posso?

Nessa fantasia, ando sob os arcos, por um caminho feito de paralelepípedos empoeirados. Chegando a um lugar aberto, olho para o rio Arno, embaixo. O vento bate em meu rosto e me diz que finalmente estou aqui, assumindo as rédeas de minha vida.

Volto à realidade e suspiro.

— Quero ir com eles à Itália.

Não ouço seu suspiro excessivamente dramático, mas sinto o ar mudando ao nosso redor. Ela baixa os olhos e os ombros. Parece que essas pessoas fizeram algo de mau para ela pessoalmente, mas não pode ser isso.

— Por que com eles? — pergunta. — Com exceção de seu primo, talvez, são todos elitistas e meio arrogantes.

Fico em silêncio um pouco, plenamente consciente de que estou prestes a me expor para mais uma pessoa. Não me sinto mal por isso, mas sempre é meio estranho. A confissão borbulha em meu peito e me sinto alerta. Será que ela já sabe? Como poderia?

Por um segundo, apesar de seu rosto preocupado, sorrio. Quero confiar esse segredo a mais pessoas. Respiro fundo.

— É que acho que tenho uma queda por Pierce.

Paramos.

— Ah, meu amor! Venha, sente-se aqui.

Sentamos em uma mesa grande com sofá, onde há alguns músicos. Oito copos de cerveja vazios lotam a mesa, além de vários pratos e um saco de batatas fritas.

— Ouça — o barulho da multidão fica mais alto, por isso Sophie levanta a voz —, você é fofo, engraçado e meio neurótico, mas Pierce não é... eu sei que só o conheço há um mês, mais ou menos, mas ele troca de homens muito rápido.

Minhas entranhas congelam.

— Defina "muito rápido".

Olho para a entrada. Não consigo mais ver a porta. Uma multidão de estudantes forma grandes grupos ao redor, rindo. Eu me volto para Sophie e foco em minha respiração.

— Ele namorou um flautista, que foi um dos meus primeiros amigos no curso — ela explica —, mas Pierce desistiu quando a coisa começou a ficar séria. Uma semana depois, estava dando uns amassos com um pianista naquela mesa ali. Conclusão, meu amigo largou a academia.

— Poxa... — absorvo a mensagem, sentindo o constrangimento me dominar.

Lembro-me de como Pierce ficou triste quando lhe perguntei por que alguém abandonaria a academia.

— Mas eu... eu não sou assim. Eu curto um lance casual.

Olho para a mesa e contraio o abdome. Em minha cidade, a ansiedade diante de grandes multidões me surpreendia em comícios ou feiras municipais, eventos esportivos ou até mesmo em formaturas, quando o caos ficava demais. Tenho vontade de correr, de me esconder, como sempre, não há como evitar.

Lance casual?, digo a mim mesmo. Eu sou a pessoa menos casual deste planeta.

A temperatura sobe. Vou me dando instruções de respiração: inspire, expire, inspire, expire... até meus pulmões começarem a cooperar.

— Marty, me desculpe... Você está bem?

Estou exagerando. Estou fazendo uma cena. Mas não posso evitar; as unhas da ansiedade arranham meu peito. Abro a boca, mas as palavras não saem. Meu cérebro é uma fechadura de combinação, e preciso de um código diferente para cada palavra. Deus, preciso de um pouco de ar.

— Não é nada, sério. Mas nós nos demos as mãos. Sei que parece imaturo, mas demos as mãos, e parecia algo mais que amigos, entende? Eu nunca fiz isso com alguém com quem pudesse significar alguma coisa.

— Ah, desculpe — diz Sophie —, eu não sabia que já havia rolado alguma coisa.

— Ele me levou ao Big Ben e disse coisas legais; foi muito fofo, e eu acreditei nele.

Fico imaginando se é por isso que Shane tem um pé atrás com Pierce. Ele deve conhecer a história desse garoto que ficou tão arrasado que desistiu do curso.

Contraio o abdome para me proteger do constrangimento. A temperatura subiu, o barulho do pub é absurdo e não sei o que está me afetando mais. Sophie deve achar que estou sendo dramático demais por causa de um garoto de quem gosto. Mas como posso explicar que é como se o ar houvesse sido tirado de mim?

Sei que o ar está ao meu redor, mas não consigo encontrá-lo.

— Desculpe — digo. — Estou me sentindo um idiota. Tenho que ir.

Dou alguns passos em direção à frente do pub, mas todos os caminhos estão bloqueados. Há gente por todo lado, assim como em Westminster, só que eu estou dentro e preso. Minha respiração fica ofegante e meus pulmões queimam.

Eu me espremo entre duas pessoas, passo por uma terceira e me enrosco na mochila de alguém. Mas vejo a porta, e se conseguir visualizá-la por mais alguns segundos, vai dar tudo certo. Dou mais um passo e respiro fundo, e digo a mim mesmo que vai ficar tudo bem, e...

Irrompo porta fora, na noite. Meus pulmões se enchem do tão necessário ar. Estou sozinho, por minha conta e risco.

É tudo tão, tão difícil...

***

Estou sentado em um banco em frente ao pub há uns dez minutos; um pouco mais calmo, já consigo respirar, e aproveito o tempo para processar o que Sophie me disse enquanto espero Shane sair do pub. O curso começou há poucas semanas e Pierce já namorou alguém, terminou e ficou com outra pessoa?

Bem, mas querer se divertir e não se amarrar não é algo ruim. Se bem que, do jeito que as coisas aconteceram com o flautista, parece que eles não estavam na mesma página acerca do relacionamento. E de quem foi a culpa?

Não tenho informações suficientes para surtar. E não é que tenhamos feito alguma coisa. Meus sentimentos por ele não são tão fortes assim.

— Marty — ouço uma voz à minha frente. — Esperava encontrá-lo aqui.

Os olhos de Pierce brilham sob a suave iluminação externa do pub. Há pessoas ao redor conversando, mas tudo fica mudo quando meu olhar encontra o dele.

Ele me entrega o estojo de meu oboé com uma expressão indecifrável.

— Você deixou lá dentro. Shane disse que o levaria, mas achei que poderia alcançá-lo.

Há espaço no banco ao meu lado, e ele se senta. Ele vai passar o braço em volta de mim, mas para no meio do caminho, apoiando o cotovelo no encosto e deixando a mão ao lado de meu braço.

— Precisa conversar?

Dou de ombros.

Não sei o que ele quer de mim, ou o que quer que esteja acontecendo entre nós. E está ficando claro que todos os sinais de alerta apontam que ele não se relaciona com ninguém sem algum interesse.

— Não.

— Entendo. Tudo bem eu ficar aqui? Ou prefere que eu vá embora?

Avalio a pergunta. Se eu esquecer tudo que ouvi dos outros sobre Pierce, o que resta é um sujeito meio desagradável, mas superpassional. Um sujeito de quem eu gosto, que talvez seja o primeiro que gosta de mim também. Que sabe respeitar os limites importantes, enquanto me empurra para ultrapassar os que me amarram.

— Você deveria fazer uma das viagens conosco. Shane nunca vai, não sei por quê. Diz que é por causa do trabalho e do dinheiro, o que é válido, não me entenda mal. Mas mesmo em viagens curtas e baratas, quando ele tem tempo suficiente para tirar folga com antecedência, não quer ir. Ele era assim no ensino médio também.

Resmungo um "Ok" para que ele saiba que vou pensar, e ficamos em silêncio mais um pouco. Ele cria coragem para mexer o braço de novo, dessa vez pousando-o sobre meu ombro. O toque me agrada, e inconscientemente me inclino para ele.

— Por que concordou em ir me buscar no aeroporto?

— Porque Shane precisava de ajuda — diz com naturalidade.

A contragosto, sorrio. Mesmo que troque de homens depressa, claramente ele é um bom sujeito.

— Mas também porque Shane falava muito que você viria, e eu o achei uma graça. E sabia que você era um bom oboísta; até vi sua apresentação final no concurso de bolsa da Marinha. Queria conhecer você.

— Conhecer-me como oboísta ou como outra coisa?

— Ambos. Isso é ruim? — ele diz.

Volto a cabeça e nossos olhos se encontram.

— Eu gostaria de conhecer você melhor — complementa.

Não tenho Megan aqui para analisar todas as minhas escolhas. Não tenho horas de solidão para pensar demais nas coisas. Mas tenho este momento e uma decisão a tomar. Eu gosto dele, e ele parece gostar de mim. Mas isso é suficiente?

Inclinando-me bem devagar, para que ele possa me deter se eu estiver interpretando errado as coisas, dou um beijo suave em seus lábios. Ele suga de leve meus lábios. Meu peito flutua enquanto me entrego a mais um beijo, e ele suga meus lábios mais uma vez, mais firmemente. Mais confiante, mais real.

O beijo acaba; estou ofegante. Não levou nem trinta segundos, no entanto meu corpo todo está carregado de eletricidade. É como se eu fosse outra pessoa, e me sinto viciando nessa sensação. Mas beijar Pierce pode ser um risco.

Contudo acho que um bom beijo vale o risco.

12 MESES ANTES

ENTRADA DO DIÁRIO 2

Ficou nublado, horrível, o dia todo. Mamãe não estava a fim de andar pela cidade, então tia Leah sugeriu que fizéssemos um passeio naqueles ônibus de dois andares. Achei incrível, mas o conceito de transporte público deixa meus pais pouco à vontade. Veja, eu entendo de ansiedade — tipo, agora, sinto uma dor latejante. Por quê? Não sei; por que estou longe de Megan? Por que estou em um ambiente novo? Por estar tão longe de casa? Quem sabe, mas a dor está sempre presente.

Mas mesmo me sentindo desconfortável com experiências novas, quero *vivê-las*. Às vezes. E se eu consegui chegar até aqui, passando por aeroportos, táxis e tantas pessoas, que diferença faz mais uma experiência semitraumatizante?

Mas, de qualquer forma, essa ideia foi rejeitada rapidamente. Por fim, minha tia conseguiu que eles concordassem em fazer um passeio de táxi. Passamos *perto* de um monte de coisas. A ponte que vai para o Parlamento e o Big Ben, e quase não vi a Abadia de Westminster. Passamos perto da Harrods, aquela loja chique de que todo mundo fala, e perto de alguns teatros.

Shane ficava apontando as coisas para mim o mais rápido que podia, mas logo a alegria de *passar* pelas coisas acabou, e tentei curtir o passeio sem brilho por esta cidade mágica.

Foi meio que um fiasco, mas aprendi uma coisa: eu me recuso a *passar* pelas coisas de novo, mesmo que tenha que morrer.

UNS DIAS DEPOIS, ESTOU andando pelo Hyde Park, porque me acostumei a explorar a cidade sozinho. Shane e eu jantamos juntos e às vezes assistimos a episódios antigos de *Drag Race*, mas não passamos muito tempo um com o outro. O que Pierce disse sobre Shane é verdade: o foco dele é só ensaiar e trabalhar.

Não vejo Pierce desde que nos beijamos, mas as dores dessa paixão não estão morrendo. Cada vez que penso em nosso passeio pela cidade, sinto uma adrenalina que começa em meu abdome e se espalha, enchendo meu peito de eletricidade. Ele me manda várias mensagens curtas. Estou levando a sério o alerta de Sophie, mas não quero que essa emoção desapareça.

— Marty! — diz Sophie, sorrindo. — Está pronto?

— Pronto para quê?

Aperto o estojo de meu oboé. Quando reclamei das inscrições que fiz que não deram em nada, ela me fez recordar que ainda não se passou uma semana e que preciso relaxar, e se ofereceu para me ajudar com os testes.

Não perguntei o que ela queria dizer com "ajudar".

— Há uma plataforma na estação de metrô onde artistas de rua se apresentam; tem uma ótima iluminação.

— E?

— E vou fazer um vídeo de você tocando lá.

— Não.

— Sim.

Meu cérebro grita um alerta vermelho. Tenho algumas peças ensaiadas que posso usar a qualquer momento, mas são para um teste de verdade, não para uma apresentação improvisada para pessoas que passam correndo para pegar o metrô. Sinto meu coração querendo sair do peito.

— Não posso fazer isso.

— Pode sim — diz Sophie. — A maioria do pessoal da Knightsbridge já fez. Vai ficar mais fácil depois da primeira vez.

— Haverá uma segunda vez?!

Sophie ri. Ela me explica o plano completo: preciso de um portfólio de vídeos que inclua mais que aquelas performances conservadoras em premiações. Presença nas mídias sociais, que mostre minha personalidade, ela explica, e entra em detalhes sobre todos os benefícios de ser ativo nas redes e ganhar seguidores. E me parece um monte de coisas que prefiro não fazer.

Mas, afinal, quero um emprego, mesmo que pra isso eu precise fazer um solo na frente de centenas de pessoas. E não me entenda mal, eu gosto de tocar meu oboé para as pessoas.

Só que gosto de tocar para pessoas que (1) queiram ouvir um dos instrumentos mais estridentes do planeta e (2) estejam sentadas prestando atenção. No metrô, as pessoas não são nem uma coisa nem outra.

— Queria que Megan estivesse aqui — digo, mais para mim mesmo.

Sophie desce da calçada e vamos pela grama.

— Quem?

— Minha melhor amiga lá onde moro. Ela sabe como me tirar da concha.

— Quer ligar para ela? — pergunta Sophie. — Acho que uma conversa positiva que o motivasse seria importante agora.

Eu dou risada. É quase cômico.

— Ela não seria positiva — digo. — Na verdade, ela pode ser bem agressiva.

Sophie para e encosta em uma árvore, e sinto um alívio enorme, porque esse pit stop pode nos atrasar por mais alguns minutos. Respiro fundo.

Ela estende os punhos em posição de luta.

— Precisa que eu lhe dê uns socos?

Reviro os olhos.

Ela me dá um sorriso.

— Estou tentando ser uma amiga solidária.

— Ela nunca me socou — digo —, mas é… digamos que é bem áspera verbalmente.

Ela fica olhando para as árvores e eu sinto sua calma. Já posso dizer que Sophie é uma pessoa animada, empolgada às vezes, cautelosa em outras, mas ela sabe escolher as palavras. Invejo isso nela.

— Mas quanto à minha ansiedade, ela não pode fazer *nada*.

Começo a suar frio; meu corpo começa a tremer sob um calor de 27 graus.

— Mas não quero ser assim, sabe?

Antes de entrarmos na estação, ela me puxa para o lado e me olha nos olhos.

— Ah, Marty, não diga isso. E não se torture. Se você precisa de um empurrão às vezes, vou tirá-lo de sua zona de conforto, mas sem violência. O que acha?

Não sei se Megan é violenta, ou se é necessária em minha vida, ou sei lá o quê. Mas nunca fui tão transparente a esse respeito.

— Obrigado. Mas ainda acho que não consigo.

Ela ri.

— Veremos.

Aperto meu estojo e subo as escadas, um degrau de cada vez, retardando tudo o máximo que posso. Sophie me pega pelo braço e me arrasta pela estação.

Ouço algo. Música; as doces batidas de um violão clássico. Quase faz sentido neste cenário, acordes minúsculos espalhados por dedos em rápido movimento.

Viro a esquina meio que na expectativa de ver um mestre de violão espanhol/toureiro, com capa e tudo, mesmo sabendo que isso é uma generalização horrível de toda uma cultura. Caramba, meu lado americano está aparecendo.

Mas quando viro, vejo... bem, um rapaz bonito, de olhos fechados, balançando o corpo ao som da música. Está todo de cinza — calça jeans e um suéter com decote V — e joga a cabeça para trás como se tivesse uma cabeleira enorme, mas seu cabelo não se mexe.

Aparentemente, parei, porque Sophie está com o rosto colado no meu.

— Este lugar é reservado para os alunos da Knightsbridge, eu consegui a vaga há pouco; não sei o que ele está fazendo aqui. Vou falar com ele.

— Não! Espere acabar esta música.

Ela revira os olhos e caminha até ele, e eu vou atrás.

Respiro fundo e tento não deixar que ele me afete, porque ando meio sensível desde que cheguei aqui. Eu odeio confrontos, só quero que acabe logo.

— Oi; não vi seu nome na agenda — diz Sophie.

Ele ergue os olhos e seus dedos param de tocar as cordas.

Ele ergue uma sobrancelha. Eu ergo meu oboé e preencho o silêncio.

— É que eu deveria tocar aqui agora, acho. Será que reservamos o mesmo horário? Não é assim que funciona? Devo voltar outra hora?

Ele sorri e seus olhos se iluminam. Não posso deixar de sorrir para ele.

— Toque comigo — ele diz.

Sua voz é extraordinariamente profunda, inconfundivelmente não britânica.

— O que disse?

— O que você ouviu — ele aponta para meu estojo. — Isso é um clarinete?

— Oboé. Olha, eu nem vou tocar uma peça inteira. Só preciso de um vídeo meu tocando alguns minutos aqui. Daí você pode tocar de novo. E — aponto para o estojo vazio de seu violão — se alguém me der algum dinheiro, o que não vai acontecer, é todo seu.

Seus dedos correm sobre as cordas, e os acordes me fazem derreter por dentro. A melodia é lúdica, debochada. Combina com seu sorrisinho de lado. Queria ter ficado de boca calada e deixado Sophie cuidar de tudo, e queria que ela viesse me salvar. Mas ela está só esperando, com um sorriso malicioso, como se estivesse se divertindo.

— Além disso, não posso tocar com você. Não conhecemos as mesmas peças. Acho que não existem duetos de oboé e violão clássico. É bem provável que eu irrite uma quantidade suficiente de pessoas sozinho com esta coisa estridente.

— Quais peças você conhece? Eu posso tentar acompanhar. As pessoas vão pensar que foi ensaiado.

— A *Partita in G Minor* de Bach foi a peça de meu teste.

Seus olhos se iluminam.

— Bem que eu achei que conhecia você. Fez o teste para a Knightsbridge ano passado, não é?

Suspiro.

— Não vamos falar sobre isso.

Pela primeira vez, é ele quem fica sem graça.

— Ah, claro, desculpe.

Começo a montar meu oboé, mais por necessidade que por qualquer outra coisa. Instrumentos de palheta dupla — com que, basicamente, fazemos barulho amarrando duas palhetas especiais —, são peculiares em todos os sentidos. Na caminhada do Hyde Park até aqui, minha palheta estava descansando com a ponta para baixo dentro de um copo d'água. Eu a tirei e a deixei descansar alguns minutos no estojo. Se você não fizer isso direito, não pode tocar bem.

Se eu esperar mais, terei que repetir todo o processo, e já joguei fora meu copo d'água. Portanto, realmente não tenho escolha.

Aceito tocar enquanto encaixo a palheta e ouço o chiado familiar da cortiça entrando. Levanto o instrumento e o levo aos lábios, respiro fundo pelo diafragma e solto o ar no oboé. Toco escalas e arpejos rápidos, faço o aquecimento o mais rápido possível.

Ele me olha de lado e para de tocar.

— Você tocou a versão mais rápida do mundo de *Gabriel's Oboe*?

— Conhece?

— Existe alguém que não conheça? É a melhor trilha sonora de todos os tempos.

Minhas feições se suavizam um pouco e mostro alguns dentes também (e os cubro bem depressa, porque os dele são dez vezes mais brancos que os meus).

— Toque comigo — ele diz. — Eu descubro o acompanhamento, é só você tocar a primeira nota.

Eu me aproximo dele e olho para a frente. A parede é revestida de azulejos brancos, onde se destaca a placa da estação Marble Arch sob o logo clássico do metrô — um círculo vermelho e um retângulo azul. Também noto os anúncios ao longo da parede. Dois anúncios de livros me encaram, perguntando o que eu faria se minha família estivesse em perigo, ou se o segredo de minha esposa pudesse acabar com minha vida inteira.

É tudo meio melodramático.

Toco a primeira nota da peça, imaginando se somos diferentes dos anúncios — tentando nos destacar quando todos querem que desapareçamos; captando a atenção das pessoas e depois fazendo-as revirar os olhos.

E, de repente, estou tocando. Tudo meio que desaparece. Menos minha preocupação, claro; ainda estou bem ciente de que as pessoas estão me vendo e provavelmente me julgando. Mas está mais suave, pelo menos. Minha emoção de tocar é maior, e o apoio do violão clássico me comove. Arrepios percorrem minhas costas quando o vejo acompanhar de ouvido as progressões dos acordes.

Balanço o corpo para a frente e para trás enquanto toco, imaginando como ficamos juntos. Será que as pessoas pensam que foi ensaiado? Um sujeito baixinho com um violão grande e outro alto com um oboé pequenino. Mas então ouço algo estranhamente validador.

Uma mulher abre o zíper da bolsa, e o som abrupto me faz abrir os olhos e olhar para ela. Ela tira algumas libras da bolsa e as joga no estojo dele.

Ennio Morricone é um mestre, e *Gabriel's Oboé* é sua obra-prima. A melodia contemporânea mais convincente tocada em cravo. É a peça que me fez tocar oboé pela primeira vez. Mamãe é fã de trilhas sonoras de filmes e tocava o CD repetidamente. Eu mexia nos CDs antigos dela, ignorava todos os gospels, encontrava a trilha sonora de *A missão* e repetia a peça. E foi aí que tudo começou para mim.

E terminamos, um tanto abruptamente, porque eu poderia ter continuado tocando até enjoar, e esse sujeito estava disposto a me acompanhar.

— Você é incrível — digo. — Como conseguiu tocar de ouvido?

— Ouvi muito essa peça.

— Eu também.

Ele olha para o estojo do violão.

— Ganhamos umas dez libras por uma música de dois minutos. Isso é um recorde para mim, ainda mais fora do horário de pico.

Ele me entrega cinco libras. A rainha me encara.

— Não posso aceitar; você me ajudou com...

— Pegue — ele diz, com tanta autoridade que aceito. — Não sou exatamente um especialista em oboé, mas já toquei uns duetos, e você é um músico e tanto.

Seus olhos queimam os meus, por isso os desvio e foco em uma sarda em seu queixo.

— Você está bem? Parece envergonhado.

Naturalmente, isso me faz sentir... duplamente envergonhado.

— Enfim, você é um músico confiante e um ótimo parceiro. Obrigado. Foi divertido.

— Vocês acabaram de fazer uma *jam session* de trilha sonora? — diz Sophie, mostrando seu celular. — Incrível. Mas eu não esperaria nada menos do menino-prodígio que se formou na academia aos dezesseis anos.

— Sempre é bom conhecer uma fã — ele ri, quase zombando de si mesmo. — Sou Sang. Sophie, certo? Eu trabalho meio período no escritório da academia, geralmente reconheço as pessoas.

— E eu sou Marty. Mas espere aí, vamos voltar um pouco — digo. Ele é tão novinho. — É verdade que já se formou na academia?

— Ano passado. Agora só toco em espetáculos pela cidade sem ganhar muito — ele revira os olhos. — Vivendo o sonho, como dizem.

Mas o que ele não percebe é que esse *é literalmente meu sonho.*

— Marty, quer assumir meu lugar aqui? — pergunta.

Meu coração acelera; sei que não estou pronto para tocar aqui sozinho. E agora que sei que este é, de certa maneira, seu sustento, não quero expulsá-lo daqui.

— Não, tudo bem. Esse vídeo é suficiente, não é?

— Já é um começo — responde Sophie, em um tom levemente decepcionado.

Eu a ignoro e começo a guardar meu oboé. Nós nos despedimos e seguimos para a saída. O toque suave do violão clássico de Sang nos segue, e uma parte de mim se sente fortalecida. Se ele pode viver aqui juntando vários espetáculos e trabalhos paralelos, eu também posso. Shane também pode.

Esse plano que elaboramos às vezes parece absurdo, mas, pela primeira vez, parece realmente possível.

12

SOPHIE E EU NOS separamos; ela ainda tem aulas hoje — história da música e teoria musical, respectivamente —, e combinamos de nos encontrar depois para almoçar no Prêt à Manger, onde toda a academia almoça.

Meu coração bate rápido, quase cantarola, enquanto como meu sanduíche com batatas fritas. Sang tocou de um jeito mágico, prodigioso. Não consigo deixar de me perguntar se eu poderia fazer outros duetos, mesmo que só para enriquecer meu portfólio. E para me divertir.

É provável que Sang e eu não possamos, mesmo que quiséssemos. A menos que ele conheça obscuros solos clássicos de oboé, não há muito mais que possamos tocar juntos. E considerando que não tenho como entrar em contato com ele, teria que ficar na Marble Arch ou no escritório da Knightsbridge de dedos cruzados, ou esquecer isso.

Mas quero saber como fazer disso uma carreira, mesmo que de meio período. Fico imaginando onde ele fez testes, ou por que ainda está pedindo dinheiro se tem apresentações de verdade.

Sophie se senta à minha frente e sinto uma presença à minha esquerda. Olho para cima.

Pierce.

Está com uma bandeja de comida e um sorriso estranho no rosto; como se estivesse constrangido — o que é impossível, porque ele não é do tipo que fica constrangido.

E puxa uma cadeira para nossa mesa. Oh, Deus, agora somos amigos que almoçam juntos?

— Espero que não se importe — ele diz.

Sento-me ereto e balanço a cabeça.

— Claro que não. Vou mais para lá.

Ele se senta e reorganizamos nossas bandejas para que haja espaço suficiente para todos. Desembrulha seu sanduíche de atum, mas eu levo uns segundos para olhar para ele. Não nos falamos muito desde o beijo, exceto pelas mensagens ocasionais e a promessa de nos encontrarmos.

Estamos nos tornando amigos?

Somos mais que isso?

Ele está com uma camisa estampada totalmente abotoada. Aparou bastante a barba. Como um ímã, eu me sinto atraído por ele.

Agarro a mesa para fazer isso parar, mas não para.
Há muita coisa em que me concentrar:

- Primeiro, os sentimentos.
- Segundo, a atitude "não se preocupem, eu sou legal" que estou tentando mostrar.
- Terceiro, o fato de que não tenho ideia do que Pierce sente em relação a mim, mas sei que ele não é a pessoa mais confiável do mundo, e além do mais...

— Você está bem? — pergunta Sophie.
— Ah, sim, só meio distraído. Ainda estou pensando no que aconteceu no metrô.
— Sophie me mostrou seu vídeo na aula de história da música — diz Pierce. — Foi incrível. Não acredito que você acabou de conhecer Sang e já conseguiram tocar juntos!

Fico vermelho, de um jeito que faz meus músculos da bochecha se contraírem. Não pude duvidar da conexão entre mim e Sang, como agora não posso duvidar da conexão entre mim e Pierce.

Sophie me dá uma piscadinha quando vê meu rosto. Essa é uma conexão inesperada também.

Isso não acontecia em Kentucky.

Megan e eu só tivemos um ao outro durante muito tempo. Ela me arrancava da concha quando minha ansiedade me retraía, e eu lhe dava uma perspectiva quando ela não conseguia ver as coisas. Se eu fosse de personalidade do tipo INFP [Introvertida, Intuitiva, Pensadora e Perceptiva, da Tipologia de Meyers-Briggs] — o que sou, já pesquisei —, Megan seria uma ESTJ [Extrovertida, Observadora, Pensadora e Julgadora].

Nós nos divertíamos muito juntos.

Estou sempre esperando sentir falta de Megan, sentir a dor de nossa separação — ela era minha muleta, meu curativo. Mas agora que estou longe dela, estou fazendo amigos e as pessoas estão se conectando comigo não por causa do humor autodepreciativo dela, e sim por mim mesmo. Por *meu* humor, *minhas* palavras.

Sophie me chuta por baixo da mesa.
— Você está viajando, Mart.
— Desculpe — digo —, não dormi bem na noite passada. É possível ainda sentir o jet lag uma semana depois?

Os joelhos nus de Pierce estão tocando os meus. Respiro fundo. Como uma batata frita. Normal, normal, estou agindo normal.

— Sang foi um menino-prodígio, mas, mesmo assim, ele tem muita emoção — continua Pierce. — As pessoas estavam jogando dinheiro em vocês! Foi brilhante.

— Tenho que concordar — diz Sophie. — Isso é o que eu estava dizendo a ele. Precisa se destacar no YouTube, em portfólios, onde for. E um dueto de oboé com violão clássico no metrô de Londres? Inacreditável!

Sorrio, e minha tensão diminui um pouco.

Comemos um pouco em silêncio, ouvindo os sons do restaurante ao nosso redor. Provo uma das batatas fritas da Sophie, porque têm sabor de pimenta agridoce que nunca vi nos Estados Unidos. Pierce volta a atenção à sua própria comida, e levo um segundo para entender o que ele está fazendo. Está lendo as informações nutricionais de seu sanduíche de atum com um olhar de desaprovação.

— Isto aqui tem muita gordura — diz distraidamente enquanto dá uma mordida. — É basicamente só maionese. Não é à toa que nunca consigo comer um inteiro. Bem, não se pode ser muito exigente.

É uma observação rápida, que ele parece fazer sem pensar muito. Sophie e eu nos olhamos, e nenhum de nós sabe como responder. Eu escondo da vista dele os farelos de meu sanduíche de atum totalmente comido.

— Mudando de assunto, tenho uma proposta — anuncia Pierce.

Nós dois nos voltamos para ele, Sophie com a sobrancelha erguida.

— Dani tem carro. Vamos para Cardiff com Ajay, e arranjamos um Airbnb barato no interior do País de Gales. Mas ficaria ainda mais barato se mais pessoas fossem. — Ele faz uma pausa. — Vocês não querem ir conosco?

Sophie arregala os olhos; ela não está acostumada a fazer parte desse grupo.

— Rio vai? — pergunta ela, curiosa para saber se a sopro esnobe de quem ela parece não gostar foi convidada primeiro.

— Ela não parecia interessada quando estávamos falando sobre isso. Rio gosta mais de viagens *europeias*.

— E o País de Gales não fica na Europa? — pergunto.

— Ela é de Belfast, Irlanda do Norte. Nada no Reino Unido lhe interessa — ele se volta para mim. — E Shane tem que trabalhar, portanto, não vai. Que surpresa.

— Eu vou… se Marty for — Sophie olha para mim, esperançosa. — Senão, eu me sentiria uma intrusa.

— Sim, eu também vou — digo antes de pensar.

Não é a Itália, mas já é *alguma coisa*. Um fim de semana com Pierce no País de Gales… quase estremeço só de pensar nisso. Ele olha para mim e parece tão verdadeiro. Inconscientemente aperto meu estômago com o braço e me pergunto por que ele está me olhando tanto.

Sophie pede licença para ir ao banheiro. Assim que ela se afasta, Pierce se inclina para mim.

— Tenho mais uma proposta.

Minhas bochechas devem estar vermelhas, pois estão quentes. É possível que ele me convide para sair? Vejo tanta sinceridade em seus olhos que não consigo conciliar isso com o monstro da história de Sophie.

Mas ele tira uma partitura da mochila antes de dizer qualquer coisa.

— Quer tocar em meu recital de fim de ano? — pergunta, quase implorando. — Eu adoro esta peça, e não está dando certo com Dani. Dr. Baverstock disse que eu poderia chamar alguém de fora. Quero passar mais tempo com você, e isso me parece um bom motivo. — Ele suspira. — Depois de ouvir você tocar no parque, já queria tê-lo convidado, mas quando vi aquela performance no metrô, não pude esperar. O que acha?

— Vamos ensaiar o verão inteiro? — pergunto. — Nem sabemos se somos compatíveis tocando juntos.

— Ah, e a melhor parte é que esses recitais de fim de ano têm uma lista de convidados bem intimidadora. Olheiros da Filarmônica, grandes produtoras... isso pode te ajudar também.

Ouço o conselho de Megan em minha mente: arrisque! Não sou ingênuo — bem, talvez seja, mas sei que ele não está fazendo isso para ser meu amigo. Talvez esteja me usando um pouco. Então, por que não posso usá-lo também? Por que eu recusaria uma chance de impressionar alguém da Filarmônica de Londres?

— Tudo bem — digo, sorrindo. — Vou tocar com você.

O restante do almoço é mais sem graça. Falamos mais sobre Sang e de como ele é brilhante. Fico concordando com a cabeça, ainda sentindo a empolgação por causa da viagem. Os diversos rumos que minha vida pode tomar giram dentro de minha cabeça. E pela primeira vez em muito, muito tempo, eu ficaria feliz com cada um deles.

* * *

Quando volto ao apartamento, Shane está na sala. Ele acena um oi e eu me sento à mesa de jantar, na frente dele. Está tomando um chá quente, e o cheiro amargo enche o ar.

Abro o vídeo de Sophie em meu notebook, sem perceber que o volume está alto demais. Minha performance atravessa o ar e Shane dá um pulo. Abaixo o volume depressa.

— Desculpe — digo, e me encolho na cadeira.

Sua risada substitui o silêncio constrangedor.

— É você? Imagino que é, porque você toca essa peça o tempo todo. Onde tocou?

— Marble Arch, a estação de metrô.

Ele me olha confuso, mas logo abre um sorriso.

— Nunca pensei que veria isso.

— Sei que não faz muito tempo, mas não consegui nada até agora. Não sei mais como me destacar. Estou vendo esses aplicativos que pedem portfólios, e Sophie achou que isso ajudaria. Vou abrir um canal no YouTube.

— Você nem tem Facebook!

— Eu tinha! — suspiro. — Mas tem razão, não tenho ideia do que estou fazendo.

— Então — ele diz enquanto se levanta e se senta ao meu lado —, vamos trabalhar sua presença nas mídias sociais. Eu faço essas coisas para a livraria, quando me deixam.

Em trinta minutos, tenho um site. É bem fraco: minha biografia, links para meu canal do YouTube (que ainda está vazio) e minhas fotos — que já estão começando a me parecer estranhas. Por que estou segurando o oboé tão perto do rosto? Por que meu sorriso é tão bizarro? É por isso que não consigo testes?

Toco o vídeo completo para Shane.

— Isso é épico! Claro que sua primeira vez tinha que ser um dueto de improviso com Sang.

— Você o conhece?

— Todo mundo o conhece. Pelo menos, sabemos sobre ele. Ele fez o curso de verão ano passado e recentemente fez uma turnê com o *Jersey Boys*. Todas as pessoas da Knightsbridge o veem como um deus.

Meu celular começa a vibrar na mesa; é Megan.

— Atenda — diz Shane. — Estou carregando seu vídeo.

Vou a meu quarto e atendo à ligação.

— E aí, perdedor? — Megan ri. — Achei que você já era bom demais para nós.

— Oi! — ouço meu eco; estou no Bluetooth. — Não são nove da manhã aí? O que está fazendo no carro?

— Skye e eu estamos aproveitando ao máximo o verão. Primeira parada, Waffle House.

— Acho que já estou com saudades dos nossos cafés da manhã. Mande cobrir duplamente suas batatas rosti.

Na gíria da Waffle House, isso significa duas fatias de queijo americano.

— O que está rolando aí? Já beijou algum britânico charmoso?

Faço uma pausa, procurando uma resposta. Uma pausa muito longa.

— Ei, eu estava brincando! — Megan suspira. — Você... *não*!

Estou envergonhado e perturbado.

— Só uma vez.

— Muito bem, Mart! — Skye grita do banco do passageiro.

Eu me encolho. A questão é a seguinte: tenho sido aberto sobre minha sexualidade aqui em Londres. Sinto-me à vontade para falar disso com as pessoas que acabei de conhecer, e é tudo tranquilo.

Mas em casa foi o caos. Não porque Skye ou Megan odeiem gays (claro que não odeiam), mas ser criado em uma cidade de merda conservadora significa que você está cercado de muitas pessoas de mente fechada. As pessoas acabam de assinar seu divórcio e entram na fila para fazer protesto em um casamento gay por esse destruir os valores matrimoniais.

E, além disso, o segredo era meu. Eu me escondi durante uma década, e ela me roubou a chance de contar a Skye do jeito que me parecia certo para nossa amizade.

— Gente, é estranho, não sei o que dizer.

— Vamos — Skye responde —, pode confiar em nós. E, aparentemente, você se abriu sobre isso em Londres.

— Conte sobre o beijo, sua puta!

— Pega leve, Meggy.

Uma pausa. Ela odeia mais que tudo ser chamada de Meggy.

— Foi bom.

Eu poderia dizer mais coisas, mas não sei como. E me sinto estranho falando disso.

— Parecia algo de verdade. Foi com aquele cara bonito que foi me buscar no aeroporto. Ele pegou minha mão quando estava me mostrando a cidade. Eu sentia uma conexão sempre que nos olhávamos, como se houvesse algo mais ali. Mas, mesmo assim, foi inesperado.

— Então vocês vão namorar? — pergunta Megan com certa seriedade. — Ou é só um lance?

— Ah, não sei. Ele não tem uma boa reputação aqui, mas tem sido muito legal comigo. Acho que quero descobrir por mim mesmo, não acreditar na palavra de outras pessoas — suspiro. — É o que eu gostaria que as pessoas fizessem se ouvissem coisas sobre mim. Acha que é bobagem?

— Eu entendo que queira ser cuidadoso — diz Skye. — Mas é muito legal! Acho que você deveria estar comemorando. Está feliz?

— Sim, estou muito feliz. — Ao perceber isso, um calor inunda meu corpo. — Aconteceu tudo muito rápido, e acho que é meio arriscado; mas *quero* correr esse risco. E eu nunca quero correr riscos.

— Nem sei como lidar com você apaixonado por alguém — Megan desliga o carro. — Acabamos de chegar na Waffle House, mas vamos nos falando, e na sexta-feira você pode nos mostrar todos os seus chupões.

— Sexta-feira?

— Sim! Você se comprometeu com nosso FaceTime semanal.

Eu rio.

— Ah, claro! Acho que minha assinatura foi falsificada, mas tudo bem. Liguem a hora que quiserem.

— Amo você, *Sir* — diz Megan.

Skye racha de rir no banco do passageiro.

— Tchau, maluca. Pra você também, Skye.

Respiro fundo quando desligo o celular, solto o ar e contraio o rosto para não chorar.

Penso em todas as experiências sobre as quais não contei a eles e tento classificar o que direi e o que não direi. Mas nem sei como contar essas histórias a Megan, especialmente porque, antes desta semana, tudo que acontecia comigo a envolvia.

12 MESES ANTES

ENTRADA DO DIÁRIO 3

Estou em solo britânico há três dias, por isso tive que contar as novidades a Megan. Ela fará sua aula ano que vem, Sr. Wei. Você terá muitas discussões com ela e perderá mais da metade delas. E já te aviso: Megan já começou a pesquisar todas as leis de educação para ver se pode deixar de fazer este projeto durante o verão, enquanto você não é, *tecnicamente*, professor dela. Você já deve saber disso, mas nenhum professor consegue passar o ano letivo ileso. Vou tentar ser mais calmo neste ano para compensar.

Temos um efeito de equilíbrio sobre as pessoas; por isso eu precisava desse telefonema.

— Tem glitter? — perguntou ela imediatamente ao atender. — Você vai fazer o seguinte.

Ela me disse, em detalhes, como eu daria uma escapada para ir à Parada do Orgulho Gay de Londres, enfeitado com glitter e arco-íris. Seria legal, mas o problema de viajar com a família é que você nunca consegue escapar. Mesmo se Shane e eu conseguíssemos sair daqui, eu nunca teria coragem de fazer isso.

Eu quis saber sobre a viagem em família dela, mas, surpreendentemente, não consegui muita coisa. Sei que está difícil desde que ficaram só ela e a mãe, e elas vão à mesma praia a que iam ano após ano quando ela era pequena.

Eu sei disso, mas ela nunca comentou. Às vezes, é difícil conversar de verdade com ela. Como é possível ser tão próximo de alguém, saber tudo sobre ela e... não a *conhecer*?

Ela é minha super melhor amiga. Mas cá entre nós, Sr. Wei, acho que ela também não me conhece. E isso me faz sentir solitário.

A PARTE DE CORTIÇA de minha palheta chia quando a coloco em meu oboé. Fecho os olhos enquanto faço isso, aproximando-a cada vez mais da base, até que fique no lugar certo. Se ficar muito para dentro, o tom será agudo, e muito para fora será bemol. Não saberei se está no lugar certo até eu tocar, mas depois de fazer isso cinquenta mil vezes, você sabe mais ou menos até onde ir.

É um ritual.

Minha respiração desacelerou um pouco e sinto a tensão diminuir em todo meu corpo. Estou trancado em uma caixa à prova de som e não poderia estar mais agradecido pelo fato de as salas de ensaio do campus da Knightsbridge serem iguais às de Kentucky. Têm até o mesmo cheiro — meio estéril, levemente perfumado pelo oboé de madeira que tenho nas mãos e a palheta perto de meu rosto.

Coloco a palheta entre meus lábios e forço o ar através dela.

Um som quente preenche o espaço, e meus dedos tocam as teclas sem que minha mente dê o comando expressamente. Sou transportado a meu quarto em minha cidade natal, ensaiando trinados até minhas bochechas ficarem dormentes. Mas logo desacelero e puxo o ar para dentro de meu diafragma.

Embora deboche dele de vez em quando, eu amo esse instrumento. Não há nada parecido. O clarinete não tem o mesmo caráter, e o som da flauta não nos atravessa da mesma maneira.

Enquanto treino, minha mente fica voltando ao colar com o crucifixo que está enfiado em minha mochila. Durante muito tempo, a música foi minha fuga da religião, da sensação de inadequação e da vergonha, e eu conseguia ser eu mesmo.

Mas tocar oboé não é muito diferente de uma religião: há os rituais rigorosos, a emoção, a crença plena em algo maior que você. Ele quase preencheu aquele vazio em forma de deus que eu tinha no coração. Eu *sempre* me dediquei à minha religião, mas minha religião *nunca* se preocupou comigo.

E acho que ainda não superei isso.

Mas me sinto pleno e encontro paz aqui, nesses momentos, conectado com a música. Encontro Deus em meus próprios rituais.

Penso em meu dueto com Sang, ou na *jam session* no parque. Sinto um sorriso se formar em meus lábios, quebrando minha embocadura e provocando um som agudo. Esse é um tipo de religião organizada também.

Uma batida na porta acaba com meu foco já abalado; dou um pulo quando olho pela janela à prova de som.

Dr. Baverstock entra, e minha mente voa.

- Eu não deveria estar aqui.
- Ele testemunhou meu fracasso absoluto no teste do ano passado.

Pela cautela em sua expressão, sem dúvida ele me reconheceu.

— Sr. Pierce, não é? — diz, interrompendo minha piração.

— Sim, mas pode me chamar de Marty. Olá, Dr. Baverstock — tiro a rolha de meu oboé e pego o estojo. — Desculpe, sei que eu não deveria estar aqui.

— Não, tudo bem. Está meio devagar aqui hoje. Desculpe interromper, mas eu estava percorrendo a curta distância entre o espaço da orquestra e meu escritório quando ouvi um som muito incomum.

Não respondo, mas ele sorri.

— Não tenho oboés em minha orquestra. É *meu* instrumento principal, por isso, sou naturalmente muito exigente em relação a ele. Tivemos um teste promissor ano passado, de um jovem que tocou essa peça. Ele veio dos Estados Unidos.

Minhas bochechas devem estar vermelhas. Queria simplesmente desaparecer. Mas ele me dá um sorriso genuíno, e sua aprovação é o que me faz suportar este momento.

— Marty, não sei o que aconteceu ano passado, mas sei que, se você tivesse tocado essa peça como tocou agora, eu o teria aceitado no curso com alegria.

A vergonha toma conta de mim. A sensação de fracasso que me acompanhou na volta aos Estados Unidos foi esmagadora. Fiquei afundado nessa sensação muito tempo, até que Shane me ajudou a sair. Até que fiz um novo plano.

— Obrigado — digo —, mas não toquei bem. Portanto...

— Teve outra ideia, então?

Faço uma pausa e deixo meu olhar vagar.

— É, acho que sim.

— Que bom. Isso que você tem é especial, esse domínio sobre a música, a conexão perfeita com suas emoções... Posso dar aula de técnica o dia todo, mas não posso ensinar isso às pessoas.

— Obrigado. Isso é muito importante vindo de você.

— E falando em técnica — ele diz, e volta uma página de minha partitura —, comece este trinado com um metrônomo primeiro. Quando você diminui e sobe depois do *sforzando*, começa a perdê-lo no final. Mas está quase lá.

Pego um lápis em minha mochila e faço umas anotações na partitura.

— Obrigado — digo. — Tem certeza de que posso ficar aqui?

— Ouvi dizer que você foi recrutado para o recital de fim de ano do Sr. Reid — ele diz. — Já que está ajudando a Knightsbridge, presumivelmente sem ser pago, o mínimo que posso fazer é lhe dar acesso às salas de treino sempre que quiser.

Ele dá uma piscadinha e sai da sala. A porta pesada range ao se fechar. Estou sozinho. Não consigo parar de pensar no teste que estraguei, em tudo que desmoronou, como *eu* desmoronei.

Os pedaços de meu oboé estão espalhados ao meu redor. E sei que a única coisa que vai *me* recompor é recomeçar o ritual.

EM CERTOS MOMENTOS, quando a paisagem passa voando por minha janela, parece que estou em Kentucky. Estradas retas, fazendas de gado e nada mais.

Mas me recordo que estamos dirigindo do lado esquerdo da estrada. Estou do lado direito do carro, mas o motorista está no banco à minha frente. E todas as fazendas têm ovelhas. Quilômetros e quilômetros de ovelhas. E a cada poucos minutos, passamos por uma rotatória, que é como um cruzamento que nunca para de girar, e por alguma mágica você sabe em qual pista deve estar quando sai.

— Incrível como Baverstock estava calmo hoje nos recitais — diz Ajay.

Toda sexta-feira, a escola inteira se reúne para uma hora de recitais curtos; os participantes apresentam uma peça cada um. São abertos ao público, por isso Shane e eu pudemos assistir.

Rio e Sophie tocaram solos — possivelmente para se autoafirmar —, e ficou claro porque o maestro, Dr. Baverstock, não consegue decidir sobre a primeira cadeira. Ambas são extremamente talentosas de maneiras diferentes, mas igualmente cativantes.

— O que foi que ele disse mesmo? Que nunca se impressionou tanto com uma safra de músicos de verão — diz Pierce, citando o maestro com um sotaque elegante.

Dani sacode a cabeça.

— Estou cansada de falar desses recitais. Desculpe, Soph, você foi épica, mas não quero mais falar sobre a escola.

— Sem problemas — responde Sophie. — Que bom que acabou.

— Quero falar — prossegue Dani — de você e Marty terem se encontrado com Sang e eles terem feito um dueto.

— O vídeo ficou muito bom, cara — diz Ajay.

Pierce concorda.

— De nada — diz Sophie. — Se mais alguém quiser me contratar para filmar com meu iPhone, enviarei minha tabela de preços.

Pierce me cutuca.

— Seu portfólio vai ficar ótimo.

— Não sei se vai fazer muita diferença. Toquei uma música, de um filme, que toco desde o oitavo ano. Estou longe de ser um Sang. Ele simplesmente tocou comigo como se houvéssemos ensaiado a vida toda.

Pierce solta uma risada seca.

— Às vezes, é bom pegar carona na cauda do cometa, se o levar onde você quer ir.

Deixo escapar uma risada e meu olhar cai para minhas mãos em meu colo. Tento ignorar as mãos de Pierce quando percebo que estão bem perto das minhas. Ficar de mãos dadas estava na moda quando eu tinha doze anos, mas eu perdi essa chance, e a única vez que fizemos isso *não foi* suficiente para saciar essa necessidade.

Pierce coloca a mão em minha perna, perto de meu joelho. Mas estou de short, de modo que ele está tocando os pelos de minha perna — é meio nojento pensar nisso, mas me provoca calafrios que sobem até minhas *regiões especiais*. Não posso demonstrar como isso está me afetando, por isso me volto para ele e sorrio o mais normalmente possível; mas por dentro estou tremendo, e a merda é que esqueci de respirar e...

Ele desliza o corpo pelo banco, um pouco para baixo. Ele é menor que eu, e quando se inclina para mim, descansa a cabeça suavemente na lateral de meu braço.

Olho por cima de sua cabeça e vejo Sophie arregalar os olhos. Ela me olha e sacode a cabeça.

É de verdade.

Nada no mundo nos prepara para um momento desses. Quando um relacionamento vai se formando, limites são testados e aprendidos. Ele fez o primeiro movimento colocando a mão em minha perna. E fez o segundo movimento, descansando a cabeça em meu braço.

Se eu não fizer algo rápido, ele vai se afastar; vai pensar que o estou rejeitando.

Respiro fundo. Meus pulmões parecem que vão explodir de excitação, mas tenho que manter a calma.

Levanto o braço devagar e me inclino contra a janela; isso faz sua cabeça descansar em meu peito.

(Nota: definitivamente, estou ficando excitado de uma maneira cem por cento inapropriada dentro de um carro cheio de pessoas.)

Passo o braço em volta dele e rezo para não parecer tão estranho quanto me sinto. Sinto o calor dele em meu peito — está quente aqui —, mas poderia deixá-lo ali para sempre. Sinto o cheiro fresco e frutado de seu xampu.

Ficamos assim por um minuto antes que eu consiga respirar de novo. Vejo sua cabeça subir e descer em meu peito enquanto respiro, mas ele não parece se importar.

Ele fez dois movimentos. Eu fiz um.

Hora de igualar o placar.

As mãos dele estão juntas, descansando no vazio entre minha perna e seu colo. Coloco a minha sobre a dele. Nossa, suas mãos estão quentes e as minhas parecem que acabaram de sair de uma nevasca.

É um momento doce que não vai durar para sempre.

Sophie não está mais olhando, mas me pergunto o que será que está pensando. Não consigo esquecer o que ela me contou. Ela acha que ele vai fazer eu me apaixonar e depois me dar um pé na bunda.

Mas, neste momento, isso está além de minha capacidade de compreensão.

Antes que eu perceba, ele está dormindo.

Antes que eu perceba, adormeço também.

**

Alguns minutos, horas ou dias depois, ele se senta e me faz acordar.

— Agora entendo por que você quis sentar no meio — diz Ajay.

— Cale a boca! Eu sei escolher quem é mais confortável.

Todos rimos, mas minha risada é oca. Eu sei que sou o mais confortável. Sou o único com um peito extra acolchoado aqui, e em qualquer outro lugar também.

Passo o braço em volta de minha barriga de novo e contraio o abdome. Volto a pensar no papo de Pierce sobre atum, maionese e teor de gordura, e a cara de nojo dele quando disse que nunca conseguia comer o sanduíche inteiro. O mesmo sanduíche inteiro que já estava na minha barriga.

Lembro que ele não quis dizer nada com isso, assim como agora. É só mais uma reação exagerada minha; autossabotagem. Fico tenso e praguejo a cada respiração superficial por fazer minha barriga se destacar. Megan chamaria isso de bloqueio, mas não me importo.

Eu me inclino contra a janela de novo e finjo dormir.

15

ENQUANTO DESCANSO A cabeça contra a janela, planejo meu próximo passo.

Há duas interpretações para o que ele disse. Uma é que ficar abraçado, em geral, é confortável. Ele enfatizou o "mais confortável" sem nenhum significado especial. A outra é que ele quis dizer que sou mais confortável porque estou acima do peso, o que significa que quis dizer que eu não era nada mais que um travesseiro para ele.

Abro os olhos.

A segunda opção é ridícula.

Mas por que não consigo me livrar do medo de que seja verdade? Ou de que tenha sido um lapso freudiano? Mas, provavelmente, também não foi isso que aconteceu. Respiro fundo e tento me livrar da angústia. Mas não consigo; sinto-me como um pássaro ferido tentando se esconder do predador. Mas o predador não está no carro; está em mim.

Quando conseguirei me libertar de meu próprio cérebro?

No meio de minha piração, percebo que o carro está diminuindo a velocidade. Sophie está espiando pela janela, e eu olho ao redor em busca de alguma pista do que está acontecendo.

Ajay resmunga:

— Por que você insiste em pegar esta estrada? É muito fora do caminho.

— Porque é legal para os virgens em Stonehenge — diz Dani —, e são só vinte minutos a mais.

Pierce dá um tapinha em meu joelho. Eu me volto para ele, meio confuso.

— Se tiver uma câmera, é hora de usá-la — diz, apontando para minha janela. — Estamos chegando ao Stonehenge em toda sua glória decepcionante.

— É aqui? — pergunto. — Na beira da estrada, a poucas horas de Londres?

Ele revira os olhos.

— Sim. As marcas da civilização mais antiga de todos os tempos tratadas como algo normal, como ver, sei lá, um daqueles celeiros vermelhos dos Estados Unidos.

— Obrigado pela analogia americana — digo, inexpressivo.

O carro avança lentamente pela colina e, ao longe, ergue-se o Stonehenge. É, literalmente, um monte de pedras à beira da estrada. Sei quantos anos elas têm — mais de cinco mil —, e é impressionante e confuso.

— Aí está — diz Pierce, rindo. — Uma pilha de pedras bem velhas.

Mas quando Pierce olha para mim, vejo um sorriso sincero. Ele até se inclina para trás para eu ver melhor. O carro avança em meio ao trânsito quase parado enquanto observo o monumento megalítico e, de novo, percebo como estou longe de minha cidade natal.

— Tudo bem, nem tudo é lixo — ele diz, olhando para o local.

Sua admiração resignada me faz sorrir. Pelo menos, conseguiu me tirar um pouco da piração para eu curtir o momento. Desligo-me um pouco da minha preocupação e aperto a mão de Pierce; e olhamos para a pilha de pedras como se fosse a coisa mais maravilhosa do mundo.

* * *

Chegamos ao chalé pouco depois das nove, mas os céus já se desvaneceram em uma deslumbrante noite galesa. Fico parado para absorver tudo: o cheiro da grama e das árvores é o mesmo que em Kentucky. A floresta gira em volta de nós, e se eu não soubesse, diria que estava em casa. O ar frio da noite sob um céu estrelado me traz de volta. Sei que as constelações são diferentes aqui (eu pesquisei), contudo a sensação é a mesma. Faz só uma semana, mas estou começando a ficar inquieto. Tenho só mais onze semanas para arranjar *alguma coisa*. Não é tempo suficiente.

O cheiro do chá chama minha atenção. Pierce já ligou a chaleira elétrica e fez uma xícara. Há um prato com biscoitos cobertos de chocolate em cima de uma mesa de jantar antiga e ornamentada.

— Dani e Ajay pegaram um dos quartos de cima — diz Sophie. — Pierce pegou o outro. Podemos dividir o sofá-cama aqui, ou...

Ela olha na direção de Pierce.

— Alguém quer uma xícara? — pergunta ele. — Earl Grey, camomila, Twinings. Só coisa boa.

Sophie olha para mim. Pierce olha para mim.

— Não. Sim — olho de um para o outro. — Digo, chá não, obrigado. Sim, Sophie, o sofá-cama.

Deixo minha mochila no chão e subo as escadas até o banheiro para me recompor. E para me aliviar depois de uma viagem de quatro horas. Antes de descer, dou uma olhada nos dois quartos de cima. Ajay está sentado em uma das camas e olha para mim.

— É meio estranho ficar na casa de outras pessoas, não é? — digo.

— Normalmente não. Airbnb é ótimo e barato, e você não fica limitado a albergues. — Ajay aponta para cima. — Mas, de vez em quando, você encontra uma foto de dois metros de comprimento do neto do anfitrião pendurado acima de sua cama.

Rio e sigo pelo corredor. Há fotos de uma família na parede; acho isso esquisito. O segundo quarto de cima é muito menor; só uma cama de casal e uma cômoda pequena, e não muito mais. Pierce esteve nesse quarto menos de um minuto e tudo já cheira a ele. É impressionante. Vejo um frasco de perfume pequeno na cômoda. Quando o levo ao nariz, começa a fazer sentido; ele deve ter passado antes de descer.

E então, sinto sua mão em meu ombro.

Ele se afasta, gentilmente, e eu me viro. Ele está com uma xícara de chá na mão e a estende para mim.

— Já tomou chá antes? Digo, chá de verdade, com leite e açúcar?

— Minha mãe normalmente esquenta a água no micro-ondas e mergulha o saquinho de chá — sorrio. — Não é assim que vocês fazem?

Ele joga a cabeça para trás, derramando um pouco do chá no chão.

— Sua mãe é má. Americanos são os piores.

— Estou brincando. Minha mãe se converteu ao café, mas é irlandesa — reviro os olhos. — Pesquisei um monte para saber como me encaixar aqui e encontrei um discurso de três mil palavras de um britânico dizendo que os americanos estragam o chá. Pensei que ele estava exagerando, mas descobri que todos os britânicos são igualmente intensos.

Ele leva o chá a meus lábios. O líquido marrom sobe em minha direção; penso que este é um momento íntimo no qual eu deveria ser sensual e estar excitado, mas estou mesmo é preocupado, com medo de que ele queime meu rosto com essa água quente.

Mas ele é cuidadoso. Encosta a borda da xícara em meus lábios e a inclina levemente, até que o líquido encontra minha boca. Tomo um gole. Ele se afasta.

É quente, reconfortante. Sinto o sabor amargo e terroso do chá, mas suavizado por um toque de doçura. Eu poderia me acostumar a isso.

Ele deixa a xícara na cômoda e passa os braços em volta de meu pescoço. Olha para mim, e ficamos ali como se estivéssemos prestes a ser retirados de um baile da escola por estar muito colados. Sinto vontade de balançar para a frente e para trás, de dançar com ele. De refazer minha noite de formatura e levá-lo. Ele ficaria muito bem de smoking.

Minha respiração fica pesada; ele pousa a cabeça em meu peito.

Eu sei escolher quem é mais confortável.

Isso ecoa em minha mente, não consigo esquecer. Não posso deixar o momento passar, mas não consigo baixar a guarda. Não posso deixá-lo me machucar se eu mesmo já estou me machucando.

Gentilmente, o afasto de mim e ele me olha nos olhos. E eu me perco nos dele. Sei que é extremamente clichê dizer isso, mas você já olhou nos olhos de alguém? Eu me recuso a acreditar que qualquer outra pessoa tenha olhos como os dele, com tons de marrom e verde e um milhão de outras cores no meio.

Estou quase cedendo, e ele não está me impedindo. Não tenho ninguém para me dizer o que fazer. Devo beijá-lo? Devo ficar com ele? Como faço para não me machucar? Por que não existe um guia, um recurso fácil que eu possa pesquisar no Google para saber como racionalizar o que estou sentindo? Socorro, ele é fofo demais, e muito legal, e seus lábios são muito macios, eu não posso, não posso, mas talvez eu possa...

Eu cedo, e levo meus lábios aos dele.

Ele fecha a porta e me aperta com tanta força que dou uns passos para trás, sabendo o que está atrás de mim. Mas não quero parar. Puxo seu rosto mais perto e ele me abraça pela cintura. E então, caio na cama.

Fico apoiado nos cotovelos. Ele me encara. Será que está tentando me interpretar? As mensagens de meu rosto podem variar de "gosto muito de você como amigo" a "possua-me agora".

— O que se passa nessa sua cabeça?

— Como assim? — pergunto.

— Você parece assustado, mas excitado.

— Pierce, eu... eu não sei. Não consigo explicar algo que nunca senti. — Que eu nunca pensei que sentiria. — Os outros não estão nos esperando lá embaixo?

Ele balança a cabeça e se senta ao meu lado.

— Não pense neles; pense em você. Em mim e você. O que você quer?

Não preciso pesquisar no Google para entender o que ele quer dizer. Está me perguntando até onde quero ir. Até onde vamos levar isso esta noite — se um dia sairmos deste quarto. Ele quer dividir o quarto comigo, e essa é a coisa mais alucinante que já experimentei. Mas parece errado.

Preciso decifrar se parece errado porque é errado, ou porque fui criado para pensar assim. Ou porque já vi muitos filmes em que a pessoa A é fodida pela pessoa B porque B estava brincando, mas A amava B e B não se importava com ninguém além de si mesmo.

— Sinceramente, não sei.

— É, você já disse isso.

Sorrio.

— Podemos nos beijar mais um pouco e descer antes que os outros comecem a comentar?

— Eles já estão comentando.

Ele se inclina para mim e beija a lateral de meu nariz, provocando arrepios em minhas costas. Aparentemente, é onde todas as minhas terminações nervosas estão escondidas.

Eu o puxo para mim. Nossos lábios se encontram. Sua língua força a entrada e eu permito. Provo seu sabor tão único... a Pierce, chá e açúcar; e protetor labial de hortelã. Eu o inspiro quando ele expira. Não me lembro de já ter me sentido tão próximo de outro humano.

Deitamos os dois na cama, com os lábios ainda colados, mas agora eu o puxo o mais perto possível. Um milhão de primeiras vezes já, mas quero que ele seja meu primeiro em tudo. Quero ficar com ele, desde almoçar entre as aulas até voltar aos Estados Unidos para apresentá-lo a meus pais.

E isso é o que me impede.

Eu quero algo de verdade. Talvez ele queira algo de verdade também, mas não vamos descobrir nos pegando.

Estou ofegante. Ele também.

Meu rosto ainda arde por causa de sua barba áspera.

— Vamos descer agora — dou-lhe um último beijo —, senão, nunca vou sair dessa cama.

Seus lábios se abrem em um sorriso, e isso me faz querer começar os amassos de novo, mas não posso. Meu peito dói com ele perto de mim. Mas não posso, não posso, não posso, não vou. Sou mais forte que isso.

16

NÃO HÁ NADA NO mundo mais nojento que café instantâneo.

Mas é tudo que encontro aqui. Por isso, tomo um gole, porque é *cedo*. O País de Gales é mais iluminado que a Inglaterra, mas pode ser impressão minha. Sophie ainda está no sofá-cama — como ela ronca! — e os outros estão dormindo lá em cima.

Então, estou sozinho na cozinha com meu lodo tóxico.

Fico animado quando ouço alguém descendo as escadas, e meu coração dói, pois tem uma chance em três de que seja Pierce.

Mas não é. É Dani. Seu cabelo está todo bagunçado e ela está vestindo a mesma roupa de ontem.

— Bom dia, amor. Tudo bem?

Aponto para a sala de estar, de onde o ronco de Sophie ecoa por toda a casa.

— Não exatamente — sussurro.

Enquanto tomo outro gole e luto contra a vontade de vomitar, ela pega a bolsa, que tinha deixado na mesa da cozinha na noite anterior, e um molho de chaves.

— Não acredito que você está bebendo isso! Vou ao café que vimos no caminho. Quer ir?

Estalo a língua na esperança de que o gosto melhore. Mas logo largo a xícara e digo:

— Sim, pelo amor de Deus.

Saímos do chalé e entramos no carro. O banco do passageiro é um mundo totalmente novo. Estamos muito perto do meio-fio esquerdo, e tudo parece errado. Mas também é emocionante. Diferente.

— Pronto para a opinião mais incendiária sobre compositores de trilhas sonoras que você já ouviu? — pergunta Dani.

Eu dou risada.

— Pode falar.

— Ennio Morricone é um amador.

— Como é que é? — finjo um choque. — Está dizendo que não gostou da minha peça?

— Acho que sua performance com Sang foi mais que épica. Mas sou aficionada por trilhas sonoras, e as dele não são as melhores.

— Entendi — reviro os olhos. — Aposto que você é fã de Hans Zimmer.

— Nossa, essa doeu! — Ela me dá um soquinho. — Amor, eu sei que todo mundo está aqui para se apresentar, participar de orquestras e sinfonias e fazer turnês pelo mundo, mas eu quero ser compositora de trilhas sonoras. Como Carter Burwell: emotivo e simples.

Ela mexe as mãos enquanto fala, e sua paixão faz seu rosto brilhar.

— Sim. Mas eu realmente queria que a trilha de *Crepúsculo* fosse melhor — admito.

— Isso é um desafio! Mas e de *Carol*?

— Essa eu não conheço. Acho que não sou muito fã. Minha mãe ouvia muito trilhas sonoras, por isso conheço as mais antigas.

— Bem, você vai conhecer as minhas, garanto.

— Dou a maior força — digo, sorrindo. — Mas você tem que dar as melhores partes aos oboés. E me contratar para tocar, senão, vou ficar arrasado.

Paramos no estacionamento. Assim que entramos, sinto o cheiro forte e rico de café. Só tem café expresso de máquina, o que não é minha praia, mas vai ter que servir.

— Tem gravações suas? — pergunto.

— Estou trabalhando em uma peça para piano e flauta, no momento. Está um lixo.

Pego nossas bebidas e saímos.

— Você deveria tocar na apresentação semanal. Baverstock ficaria louco, não acha?

— Talvez eu tenha exagerado um pouco sobre minhas habilidades; finja que nunca lhe contei isso. Quero tocar na Orquestra Sinfônica de Londres e outras coisas totalmente clichês!

Sacudo a cabeça e sorrio durante todo o caminho de volta ao chalé.

***

— Quais são os planos? — pergunto enquanto Dani para em um estacionamento no meio da cidade.

Saímos do carro e vejo Pierce e Ajay sorrirem um para o outro.

— Planos? — diz Pierce. — Vamos passear, talvez almoçar e encontrar um lugar para beber.

— Ah.

Eu gosto de ter planos. Sinto a ansiedade tomar meu corpo e fico agitado. Não que eu me importe com o que vamos fazer ou não, mas odeio não saber e não ter um objetivo. Poderíamos voltar para o chalé daqui a uma ou quinze horas, quem saberia dizer?

Eu não toco de ouvido.

— Podemos fazer algumas coisas turísticas? — pergunta Sophie. — Podemos beber cerveja ruim em algum lugar. O Castelo de Cardiff fica em Cardiff, sabiam?

Ajay ri.

— Tudo bem, turismo primeiro, depois bebidas.

Quando saímos do estacionamento, fica claro que estamos em um lugar bem diferente de Londres. Acabaram-se as bandeiras da Inglaterra, a cruz vermelha dentro de um retângulo branco, e vemos as bandeiras oficiais do País de Gales: um maldito dragão.

Este lugar cheira à modernidade. Pessoas da nossa idade enchem as ruas, metade falando inglês, um quarto falando coisas sem sentido (ok, galês), e o último quarto falando línguas do mundo todo.

— Não faltam pubs aqui — diz Dani. — Pubs e igrejas do século XIV. Esquisito isso.

— Lá na minha cidade, há dezessete igrejas e nove bares — digo, dando de ombros. — Só umas duas mil pessoas vivem aqui.

— Bem — diz Sophie —, acho que isso é uma coisa universal.

Descemos a rua, uns mais à frente que outros. O que ela disse naquela primeira noite sobre o ex de Pierce queima profundamente em meu âmago, alertando-me sobre o sofrimento que pode acontecer se eu continuar fazendo… o que quer que esteja fazendo com ele.

Ele está na minha frente, e eu o observo por um segundo. Como pode a calça de alguém cair tão perfeitamente? Acaso foi feita no corpo dele?

Sim, esses pensamentos fazem de mim um pervertido, mas não ligo.

Dani lidera o grupo, mas é evidente que ela não tem ideia do que está fazendo. Acabamos em um calçadão na praça da cidade. Passamos por lojas, até nos depararmos com uma confeitaria. É um conceito maravilhoso: todos os ingredientes que você sempre quis recheando massa folhada crocante.

Noto a hesitação de Pierce daqui.

Estou com fome, mas não estou. Só de pensar em comer algo assim (cheio de gordura e manteiga), sinto nojo. Se bem que a cara está ótima. Mas a insistência de Pierce em ler as informações nutricionais de tudo que come está começando a me afetar. Como o teor de açúcar dos biscoitos com cobertura de chocolate que comemos ontem à noite, por exemplo.

Percebo que comecei a ler essas informações nesta semana, e é meio difícil tirá-las da cabeça. O teor de sódio daquelas caixas de Mac & Cheese que tia Leah comprou para nós, as calorias de um saco de batatas fritas…

Eu não conseguia parar de pensar nisso, então fiz contas ontem à noite. Na verdade, peguei emprestado o celular de Dani, porque não há wi-fi aqui e não tenho pacote de dados, e um site fez as contas para mim. Coloquei minha altura e peso e o site calculou meu IMC, que é um número que, supostamente, corresponde à quantidade de gordura corporal que a pessoa tem.

O embasamento científico disso é questionável, mas faz você se sentir mal consigo mesmo. O IMC normal vai de 18,5 a 25. O de obesidade é trinta. O meu é 27.

Cada doce que vejo tem a forma do número 27, porque é tudo que vejo.

Tudo me afeta mais aqui, e não sei se é porque estou longe de casa, ou se é porque, pela primeira vez, fui deixado à minha própria sorte. Sinto falta de quando as coisas eram simples e bem pensadas. Quando eu tinha tempo e espaço para me recuperar ou me esconder. Quando eu tinha Megan para tomar decisões por mim; para me dizer quando me forçar a algo. Tudo aqui provoca pânico em meu peito e tensão em cada músculo.

Sei que deveria comer alguma coisa, mas não consigo fazer o pedido.

— Meu estômago está meio zoado — digo —, acho que não vou comer nada. Sophie olha para mim.

— Está sem grana? Eu empresto.

— Não, não é isso — sorrio para que ela acredite. — Tudo bem, sério.

Os outros não parecem particularmente preocupados, exceto Pierce, que pousa brevemente a mão em minhas costas antes de, com relutância, pedir um enroladinho de salsicha.

Bebo a água que pedi e fico olhando a praça pela janela. Enquanto os outros comem, noto a bandeira vermelha, verde e branca do dragão se agitando em frente a uma loja de souvenirs, simplesmente chamada Shop Wales.

Digo que vou dar uma olhada e, ao entrar na loja, vejo fileiras de copos, cartões-postais, bandeiras, canecas com fotos da família real britânica, e um monte de camisas de futebol.

Penso que deveria comprar algumas lembranças em cada lugar a que for. Posso mandar algumas a meus pais ou a vovó, mas algumas vou deixar para mim, de lembrança da viagem.

Como estou tentando controlar as despesas, fico na seção de cartões-postais baratos. Muito sem graça, para dizer o mínimo. Fotos históricas da cidade, um milhão de fotos do castelo que ainda não vimos... Nada me impressiona, até que encontro os mais bregas da loja.

O que é o amor? — pergunta o cartão-postal, seguido pela foto de uma ovelha galesa e um trocadilho brega com uma música brega dos anos 1990.

Perfeito.

Sophie entra enquanto estou pagando e ri do cartão-postal.

— Bem maduro — ela diz. — Vai mandar para sua mãe?

— Não! Ela odeia trocadilhos — eu dou risada. — Parece que esse grupo viaja muito. Se continuarmos indo com eles, quero ter um cartão-postal de cada lugar.

— Boa ideia.

Ela pega um no balcão. Fica olhando para o cartão-postal, mas sinto a tensão em sua postura. Passo o braço em seu ombro e me inclino para ver seu rosto.

— Desculpe — ela diz —, estou perdida em pensamentos. Esse pessoal é... legal. Mais do que eu esperava.

— Claro que são legais. O que está querendo dizer?

Ela sacode a cabeça.

— Não sei, eles nunca me pareceram assim. Já me ferrei com amizades; normalmente, sou aquela amiga que é trocada quando aparece alguém melhor.

Ela não me olha nos olhos, mas eu olho para o rosto dela. Megan e eu sempre fomos os melhores amigos um do outro. Temos nossos problemas, mas não consigo imaginar minha vida sem ela, minha verdadeira melhor amiga.

O galês do caixa sorri para nós enquanto cobra.

— *Diolch* — diz Sophie, sorrindo.

Eu a encaro, e o caixa ri.

— Obrigado a vocês. Que bom que gostou do trocadilho. — Ele se inclina sobre o balcão e baixa a voz. — Sabiam que Cardiff é a cidade do amor?

— É mesmo? — diz Sophie, fazendo charme, enquanto minhas bochechas ficam vermelhas.

— Não, mas eu digo isso a todos os casais. É legal, não acham?

— A cidade do amor — repete ela, dá meia-volta, fazendo suas tranças girarem, e sai pela porta. — Pelo menos para um de nós, é sim.

***

Suas palavras me acompanham na caminhada até o Castelo de Cardiff. E é uma longa caminhada. Deveria ter sido uma viagem de quinze minutos, mas acho que as placas são difíceis de ler e ninguém se deu ao trabalho de pesquisar.

Aperto os dentes enquanto atravessamos os portões do Castelo de Cardiff.

Eu consigo seguir o fluxo. Sou superdesencanado. Até parece...

Assim que entramos na área do castelo, fico impressionado. Como os Estados Unidos são jovens! Um extenso gramado se espalha diante de mim, com árvores e algumas dúzias de turistas por todo lado. Estamos ladeados pelas muralhas que dividem o terreno do castelo da cidade de Cardiff. É diferente aqui; pacífico e imponente. Sinto o cheiro da grama recém-cortada.

Dani e Ajay tiram fotos um do outro em uma recriação turística de cenas medievais. Ela abaixa a cabeça e coloca as mãos nos buracos. Eles formam um casal fofo; seria legal sair com eles em um *double date*. Eles se complementam, e nenhum dos dois parece estressar com nada. Vão se afastando juntos, de mãos dadas.

Sophie também sumiu, possivelmente para aprender mais frases aleatórias em galês.

Isso deixa Pierce e eu sozinhos na falsa cidade do amor.

— Este castelo foi construído nos anos 1000 — explico. — Mil anos depois de Cristo. Que loucura, não? É mais de setecentos anos mais velho que os Estados Unidos.

Pierce me olha.

— Que foi? Eu...

— Pesquisou no Google, não é? — Ele ri de mim. — O que você não pesquisa no Google?

— Gosto de estar preparado, saber no que estou me metendo, entende?

— Por isso você sabia que o ingresso do castelo custava sete libras, e quantos quilômetros teríamos que dirigir, não é? Se você não admitisse que pesquisa tudo no Google, as pessoas iam pensar que é um sabichão.

— Ei!

Atravessamos o fosso e começamos a subir a antiga escadaria de pedra para chegar ao torreão do castelo. Ele dá de ombros e pousa sua mão quente em minhas costas.

— Estou provocando você, amor. Fale mais sobre essas rochas.

Hesito antes de continuar falando.

— Este lugar remonta ao primeiro século depois de Cristo. Foi um forte defensivo para os romanos, mas ficou abandonado, em grande parte, até o século XI. Existem teorias conflitantes sobre quem o construiu, mas foi erguido no final do século XI e prosseguiu durante a maior parte do milênio.

Silêncio.

— Está me ouvindo?

Passando as muralhas do castelo, no torreão, há um pátio simples, mas deslumbrante. O topo do castelo fica para trás, e tento imaginar as atividades que aconteceram aqui. É um espaço pequeno, mas um solo sagrado. Stonehenge é impressionante, afinal, aquelas rochas estão ali há milênios. Mas isto aqui é diferente. É um rico patrimônio.

Uma fortaleza.

Pierce já está subindo para o topo da fortaleza e eu o sigo, passando por um grupo de estudantes mais jovens que estão descendo.

Está escuro. Estamos sozinhos.

Há uma janela de pedra retangular de uns dez por cinquenta centímetros. Pierce olha pela abertura. Eu me inclino sobre ele e olho pela metade superior da janela, e vejo a cidade de Cardiff além das muralhas do castelo. Há outra torre antiga no terreno, com um estádio de rúgbi atrás. Que estranha combinação entre design moderno e arquitetura medieval!

— Nunca vi nada parecido — admito. — Há muita coisa aqui. Nunca conseguirei ver tudo.

— Pensando assim, não vamos mesmo.

Não vamos? Ele está falando de nós, no plural? Gostei.

Meu estômago ronca, mas ele ignora. Eu também. Ele passa os braços em volta de minha cintura e sorri.

— Vamos levá-lo à Itália, não se preocupe.

Eu o puxo para mim e o abraço. Beijo sua testa. Ele pousa a cabeça em meu peito, que se enche de excitação, energia e...

Esperança.

Abrir-me para Pierce revela uma dor, uma vulnerabilidade que eu desconhecia. Mas eu me agarro a esse garoto. Vou me agarrar a meus novos amigos e à minha nova vida. Faz só uma semana, mas estou começando a sentir que este lugar pode ser meu lar.

Cardiff realmente deve ser a cidade do amor.

17

O CENTRO DA CIDADE de Cardiff não é muito diferente das ruas mais modernas de Londres. Largos calçadões são cercados por edifícios novos impressionantes; arte pública se entrelaça com mesas de restaurantes ao ar livre, árvores gigantescas surgem do concreto, dando sombra aos diversos bancos públicos. As pessoas conversam em uma infinidade de idiomas, e os turistas correm em todas as direções — está lotado, mas não tanto a ponto de me provocar aquela pontada no peito que me faz querer me esconder em um banheiro.

É legal.

E, aparentemente, é um local perfeito para uma performance de rua.

— Vocês fazem isso em todos os lugares? — pergunto a Pierce, que se senta ao meu lado em um banco com vista para a imponente Cardiff Central Library.

Dani monta sua flauta, enquanto Ajay anda em volta dela, tentando descobrir a melhor iluminação para o vídeo que vai gravar.

— Ela faz — diz Pierce, rindo. — Ela não tem vergonha, é impressionante. Não que devesse ter. Dani é boa demais.

— Verdade, eu dividi partituras com ela no parque; ela é ótima. Mas é meio estranho. Não me incomoda me apresentar em público. Consigo me desligar e sentir a música. Mas aquele dueto com Sang no metrô foi uma experiência totalmente diferente. Eu me senti muito exposto.

Pierce se acomoda ao meu lado. Há espaço suficiente para nós dois neste banco, mas ele está encostado em mim, apoiando o ombro em meu braço. Meu estômago ronca, e eu o aperto com um braço para tentar suprimir o som.

— Vamos, Dani! — grita Pierce. — Precisamos de dinheiro para a cerveja!

Ele ri e eu reviro os olhos. Mas ele começa jogando uma nota de cinco libras no estojo da flauta. Dani balança a cabeça aprovando e começa.

A peça é melódica e lenta. Nosso *pot-pourri* de banda marcial estava cheio de músicas rápidas, altas e divertidas, mas o que sai de seu instrumento é totalmente diferente. Suave, triste, às vezes quase inaudível sob o barulho da multidão, mas quando ela cresce — e uau, como cresce! —, faz todo mundo parar.

— Queria ter trazido seu oboé? — pergunta Pierce.

Dou de ombros.

Forma-se um grupo perto dela; não um semicírculo óbvio, mas uma mini multidão espalhada pelo calçadão. Uma mulher entrega algo a seu filho, que vai até o estojo da flauta, joga umas moedas e volta para a mãe, que fica para ver a apresentação completa.

Outros seguem o exemplo deles, principalmente quando passam, mas acho difícil me concentrar neles. Fecho os olhos enquanto o tilintar das moedas acrescenta um som fora do ritmo à peça, destacando as subidas e descidas das passagens.

— Até que é legal — admito. — Ninguém parece se incomodar. Na verdade, parecem encantados com a música que interrompe o dia. Muito louco.

— Às vezes as pessoas se irritam — diz Pierce —, especialmente quando eu trago meu trompete, que é um pouco *mais alto*. Mas é surpreendente ver quantas pessoas param para assistir.

— É legal termos esse poder de aparecer do nada e fazer um grupo de pessoas se unir pela música.

— Então, você gostaria de ter trazido seu oboé.

Dou risada, mas sinto uma onda de ansiedade. Eu não conseguiria fazer aquilo de novo. Ou conseguiria?

— É, mais ou menos — respondo por fim.

***

Estamos de volta ao chalé, que é bem legal. O objetivo deles era encher a cara, de modo que cada um comprou algumas latas de 440 mililitros de cerveja barata, financiadas pela performance espontânea de Dani. Sophie e eu ganhamos uma sidra cada um, porque beber sendo menor de idade me provoca mais ansiedade que alívio. Por que ela está só dando pequenos goles na sua sidra é uma incógnita, mas pela maneira como observa casualmente as conversas, vejo que *ainda* não confia neste grupo.

— Vamos lá fora? — diz Sophie.

Arqueio as sobrancelhas; que proposta estranha... Mas vou, e ninguém parece notar ou se importar. Quando saímos, ela caminha um pouco pelo cascalho e respira fundo, e eu a observo. Respiro fundo também, inconscientemente. O ar é bom aqui. Amadeirado, verde.

— Deveria ter trazido uma jaqueta. Você não fuma, né?

Ela pega um saquinho amarelo, um pacote de chiclete e umas borrachas.

Sacudo a cabeça; quando me aproximo, vejo que o saquinho é de tabaco, o pacote de chiclete é, na verdade, um pacote de papel, e as borrachas são filtros. Ela enrola um cigarro.

— Eu não sabia que dá para fazer cigarros — tem como ser mais ingênuo? — Isso não afeta seu jeito de tocar clarinete?

— Todo mundo é fumante casual em Londres. Menos você. Acho que esse grupo também não.

Dou de ombros.

— Eu te faço companhia.

— Que bom. Posso te dizer uma coisa que você não vai gostar?

Eu me volto para ela, que está olhando a lua.

— Acho que vou contar direto — ela diz. — Quase contei ontem à noite, depois que você saiu do quarto dele.

— É sobre Pierce.

— É — ela puxa a fumaça e a solta rapidamente. — Estou começando a simpatizar com ele. E me sinto mal pelo que disse no pub; descarreguei tudo aquilo em cima de você sem contexto. Mas... acho que você precisa saber a história toda.

— Tudo bem — digo.

— Sabe o flautista de quem lhe falei, o ex de Pierce? — Ela olha para mim em busca de um sim, mas meu rosto está congelado. — Sim, você sabe. Achei que ele e eu seríamos muito amigos. Nós nos demos muito bem, e ele e Pierce também.

Eu me afasto dela porque, seja o que for que vá dizer, não quero que veja minha reação às suas palavras. Ela continua.

— Quando tudo terminou, Colin ficou arrasado. Pierce nem terminou com ele, ficava só ignorando suas ligações e mensagens. Pierce encontrou outra pessoa bem depressa, e revelou essa informação a Colin quarenta minutos antes do recital de sexta-feira. Parafraseando Taylor Swift, ele deu tudo a Pierce, que mudou de ideia. Colin ficou arrasado, chorou em meu ombro até que o diretor de palco nos separou.

Aí está ela: a dor que rasteja para dentro de meu peito, deixando uma trilha ardente enquanto desliza por minhas entranhas. Nós nem temos nada, mas é complicado. Será que as coisas nunca podem estar bem? As pessoas não podem simplesmente cair, sem desmoronar?

— A performance dele foi como o esperado — ela diz. — Seu jeito de tocar *mostrava* que havia terminado um relacionamento minutos antes. Fraco, triste, morto por dentro. Após o recital, não consegui encontrá-lo. Ele desapareceu; foi à sala do diretor no dia seguinte e abandonou a academia.

Respiro fundo. Aperto os punhos e luto contra a vontade de me esconder da minha ansiedade. Parece que nunca tenho essa opção aqui. Em Avery, eu deixava Megan assumir o controle de minha vida, mas aqui, estou sozinho.

Tenho que encarar as coisas, de novo e de novo, mas é muito cansativo. *Eu sou* muito cansativo. Os outros devem achar que minhas reações não fazem sentido, mas eles não veem que tudo vai se agravando ao longo do dia.

- O estresse de uma viagem de carro.

- As dores do amor precoce.
- A preocupação constante com a maneira como todos os meus movimentos e minhas palavras são interpretados.

Mas eu respiro, porque isso é a única coisa que me dá um alicerce.

— Acho que... que poderia ser diferente; eu espero que seja. Só não quero ver um amigo passar por isso de novo.

— Sophie — digo —, eu não sou Colin, não vou desaparecer.

Ela joga o cigarro no cascalho e eu aperto a lata de sidra que mal toquei, amassando-a. Nunca me senti tão jovem.

— O que devo fazer, então? Como faço para parar? — Eu me volto e tomo um gole. — Nunca me senti assim. Quando o vejo, parece que meu coração para. Não consigo respirar. Não posso ouvir tudo que você está dizendo e não pensar que comigo é diferente. Mesmo que não seja, como posso não pensar assim?

— Marty...

— Às vezes, quando fico com muita ansiedade, faço uma lista no celular das coisas que me preocupam. Às vezes são três itens, às vezes vinte. Mas não importa quanto eu tente, não consigo me livrar das preocupações. É o que eu faço, é como eu funciono, mas me preocupar com as coisas não me ajuda a tomar as decisões certas, e com certeza não me prepara para o que pode acontecer. Sei que o risco é alto. Me apaixonar por alguém de meu único grupo de amigos, viajar com um garoto quando eu deveria estar ensaiando e me candidatando a vagas de emprego 24 horas por dia, sete dias por semana... não poderei ficar aqui se não conseguir um emprego. Meu tempo está acabando, e estou me distraindo. Mas também é a primeira vez que consigo fazer algo assim.

Ela me abraça forte.

Começo a respirar de novo.

— Você vai ficar bem — ela diz. — Você gosta mesmo de estar preparado para todos os resultados, hein?

Balanço a cabeça.

— Com Pierce, esse é um dos possíveis resultados. Prepare-se para isso. E não fuja de mim como Colin, porque estou cansada de verdade de fazer novos amigos.

Eu abro um sorriso, mas estou meio irritado com ela por ficar o tempo todo me alertando sobre Pierce. Somos muito parecidos — calmos, mas preocupados; alegres, mas sarcásticos —, mas ela parece mais estruturada. Ela foi instantaneamente receptiva comigo, mas é mais que isso. Ainda é o início de nossa amizade, mas já posso dizer: nós combinamos.

— Soph — digo —, sou seu amigo. E não temporariamente, até que apareça alguém melhor.

A porta da frente range e Pierce sai sob o céu noturno. Ele trocou de roupa; pôs uma camiseta estampada e um short de malha. Ele olha para mim e sinto aquilo de novo: boca seca, falta de ar. Estou apaixonado.

— É, veremos — diz Sophie, rindo.

Ela dá um tapinha no ombro de Pierce quando vai entrar. Ficamos só nós dois.

Ele vem até mim, beija meu pescoço e me olha. Levo minha boca à dele e trocamos um beijo leve.

— Fique comigo esta noite — ele diz —, no meu quarto.

As palavras de Sophie passam pela minha cabeça repetidamente, manchando meus pensamentos felizes e deixando espaço para os duvidosos. Quero dizer não. Quero dizer sim.

Não sei.

Quero que ele seja meu namorado. Quero que ele se apaixone por mim. Existem muitos fatores fora do meu controle, e geralmente isso me deixa em pânico. Estou meio estressado, mas não diria que estou em pânico. Ainda não.

Talvez seja por isso que eu digo:

— Ok.

* * *

Troco um longo olhar com Sophie antes de Pierce e eu subirmos. Há muita coisa que eu não levei em conta antes de a porta se fechar. Por exemplo, o que eu sentiria quando ele arrancasse a camiseta e a jogasse na cadeira vintage do quarto. Ele se volta para mim; tem uma estrutura esbelta, peito musculoso e um leve tanquinho. Meu Deus, esses braços...

Este é o momento em que eu deveria dizer alguma coisa. Deveria tentar agir com calma. Mas não consigo fazer nada disso. Olho para seu corpo, que lentamente se aproxima de mim. Os pelos de seu peito são poucos mas presentes, e descem, acumulando-se levemente em seu ventre antes de desaparecerem sob o short.

Pensei muito neste momento.

Ele passa o braço em volta de mim; sinto o cheiro persistente de desodorante e de almíscar, e sei que é uma sensação, um cenário, que nunca vou esquecer. Apago a luz. Nós nos beijamos, nos puxamos um para o outro sob a frágil luz das estrelas. Ele tira minha camiseta e eu congelo. Ele me olha nos olhos e eu colo meus lábios nos dele, mantendo minha barriga longe de seu corpo.

Ele se senta na cama.

Lentamente, tiro os sapatos e as meias.

— Deixei meu pija... digo, meu short lá embaixo.

— Tudo bem.

Ele tira o dele, revelando uma boxer preta justa.

Tiro a calça, dobro-a sem pressa e vou até a cama. Entramos debaixo dos lençóis. Estou deitado de costas, ele está de lado, olhando para mim. Nós nos beijamos de novo, passo o braço por suas costas. Nossa respiração se intensifica, ele me faz ofegar. Sua respiração quente em meu pescoço me provoca calafrios.

Ele passa as mãos por minha clavícula e vai descendo. Roça minha barriga com os dedos, e eu estremeço. Ele para; desce mais e eu quase gemo. Respiro fundo — se ele descer mais, teremos ido longe demais. Eu serei Colin, que teve seu primeiro tudo com Pierce antes de ele passar para outro.

Não quero que ele pare, mas quero.

Mas não quero.

Ele olha para mim enquanto sobe os dedos até meu peito.

— Você está em pânico.

— Estou.

— Tudo bem — seu sorriso atravessa a noite. — Vamos ficar só nos beijos, então?

18

A VOLTA É TRANQUILA. Shane está trabalhando quando chego, estou sozinho no apartamento. As coisas boas de meu fim de semana com Pierce fazem que coisas chatas como essa pareçam pior ainda. Abro meu notebook para procurar emprego, ciente de que preciso fazer isso como fazia todos os meus deveres de casa na Avery High.

Sou superdotado por natureza. Não daqueles superinteligentes que sabem tudo, mas o medo do fracasso me deixa mais forte que qualquer coisa. Na escola, nas poucas vezes em que eu deixava de fazer o dever de casa por não cumprir o toque de recolher, acordava às 5h da manhã para terminar. Skye entregava os trabalhos com alguns dias de atraso e tirava a nota mais baixa. E Megan calculava sua nota geral e se convencia de que nem precisava fazer o trabalho.

Essas pequenas peculiaridades de meus amigos passam pela minha cabeça. Quando abro meu e-mail, vejo uma dúzia iluminando a tela.

A maioria é de Megan.

— Caralho — digo em voz alta, para ninguém. — Caralho, porra, caralho!

Conecto o wi-fi e ligo para ela. É domingo de manhã em Kentucky, mas ela vai atender. Dois toques. Três.

Ela atende.

Mas não diz nada.

— Megan? Megan, desculpe.

— Você acabou de voltar do hospital? — pergunta ela. — A energia de Londres acabou?

— Não. Desculpe ter perdido nosso FaceTime; esqueci totalmente. Fui para Cardiff, no País de Gales, sabe? Com aquele cara de quem falei e uns amigos.

Mais uma vez, ela fica em silêncio.

Até que começa a falar.

— Foi muito angustiante. Você está a milhares de quilômetros de distância de mim e desaparece totalmente, não consigo encontrar nem um post nas redes sociais *porque você não tem redes sociais* e não posso nem deixar uma mensagem de voz.

Apoio o rosto na mão.

— Você sempre faz essas coisas, Mart. Desparece e fica alheio a todos ao seu redor.

— Isso não é...

— Não é verdade? Ah, claro. Conversou com seus pais sobre essa viagem ao País de Gales? É domingo, por isso você sabe que eles vão querer um relatório completo sobre sua "nova igreja" ou qualquer outra coisa. Qual foi o sermão? Fale sobre seu novo pastor. Eu não deveria ter que te lembrar de fazer isso, mas conheço você, e *conheço seus pais*.

Ela se cala, respira pesado.

Inferno!

— Eu sei, eu sei — digo —, desculpe. Diga a Skye que pedi desculpas.

— Não sou sua empregada. Limpe você mesmo sua merda.

É difícil. Ela tem razão, eu sei. Quero me desligar... estou me desligando. Como sempre pude fazer com ela. Como nunca posso me dar ao luxo de fazer aqui.

— Eu... tenho que ensaiar.

— Minha família vai para Outer Banks semana que vem, então, vou deixar passar — ela diz. — Coloque a sexta-feira que vem em sua agenda agora, se quiser se redimir.

Ela desliga. Eu me desligo. Ignoro os e-mails, já que nenhum deles é sobre testes. Pego meu oboé e saio do apartamento, ignorando a dor de barriga, que é metade por pular algumas refeições e metade pelo horror desprezível que acabou de acontecer. Eu sei que tenho que me redimir com ela, com eles, mas não sei como.

Mas ela estava errada sobre eu me afastar. Pela primeira vez, eu me sinto presente. Estou apaixonado por alguém e incrivelmente consciente dos pontos de dor por todo meu corpo: peito, ombros, pescoço. A tensão me mantém unido como uma ponte suspensa, e imploro por essa normalidade, essa tolerância, que me acompanhou a vida toda. É como se me jogassem ao volante de um caminhão e eu tivesse que fazer de tudo para não capotar e causar um engavetamento de sessenta carros.

Passo pelas salas de prática na Knightsbridge, mas as dez estão ocupadas. Anoto mentalmente que domingo ao meio-dia não é uma boa hora para conseguir uma sala. Eu poderia ensaiar no apartamento, mas não quero nem estar lá, com meu computador e todos os e-mails me perturbando.

Meu estômago ronca. Preciso comer alguma coisa. Mas toda vez que penso em comida, lembro das mãos de Pierce roçando minha barriga. Me sinto preso, encurralado. Não posso ensaiar e não posso comer.

Ando pela rua arborizada e pavimentada até chegar ao Regent's Park. Não é tão longe. Uma garota passa correndo pela minha direita; dois cães brincam na coleira à minha esquerda. Todo mundo parece mais contente que eu, ou mais motivado. Não consigo fingir. Será que os adultos aprendem a fingir? Pode ser. É provável.

Há poucos parques na parte em que eu morava em Kentucky, e geralmente são sem graça. Normalmente, são delimitados por uma faixa. Alguns têm quadras de tênis ou balanços, mas isso é o mais exótico possível. Os parques de Londres são enormes, extensos; dá para correr aqui todos os dias sem nunca fazer o mesmo caminho.

Não me importo de me perder aqui. Curva após curva, passo por pontos turísticos incríveis — um charmoso teatro ao ar livre, um minijardim de rosas —, e agora me vejo imerso em um caminho escultural, ou seja, um caminho com muitas estátuas por todo lado.

É arte moderna. É onde eu levaria meus pais se eles viessem para cá. Algo majestoso para mostrar a mamãe como minha mudança foi culta. Ela sempre me pressionou a tirar notas melhores e me incentivava a ensaiar diariamente. Eu não estaria aqui se não fosse por ela, mas me pergunto se eu seria diferente se tivesse puxado a meu pai. Engraçado, expansivo, alguém que domina um ambiente. Eu seria mais como Megan, como Pierce.

Não tenho ideia de como vou responder a todas as perguntas sobre a igreja que sei que eles farão, mas pego meu celular para ver se consigo encontrar um wi-fi e ligar para minha mãe, quando...

Quando a música chega a meus ouvidos. Paro. Um dedilhado delicado de violão clássico perto do arbusto logo ali. É uma música que exige tanta concentração, até para ouvir, que parece que me leva. Que me cura, até.

Viro a esquina e vejo Sang sentado de pernas cruzadas na grama, de olhos fechados. Seu cabelo escuro curto escapa de um boné velho virado para trás. Tem um enorme sorriso no rosto.

Meus pés me levam até ele e sua música alegre. Tenho certeza de que já ouvi isso antes, alguma balada clássica de violão espanhol. Seus dedos voam sobre as cordas, mais rápidos que na Marble Arch. Mais rápidos do que eu jamais pensei ser possível.

Sento-me ao lado dele, a uma distância segura.

Sua música me faz balançar o corpo para a frente e para trás. Estamos sozinhos, entre duas fileiras de arbustos. A música vai sumindo após um decrescendo. Noto que quero tocar com ele de novo. Deixo as notas finais subirem ao céu e limpo a garganta.

Ele abre os olhos.

— Marty!

— Sang — digo, abrindo um sorriso tão grande que meu rosto dói. — Que coincidência!

Ele ri.

— Não muito. Eu trabalho na academia, lembra? Tenho a vida glamorosa de selecionar e copiar música de coro e orquestra.

— Gostei dessa peça que acabou de tocar. Quais mais você conhece? — pergunto. — Temos que fazer um dueto de novo um dia. O vídeo que publiquei teve só umas dezenas de visualizações, e uns dois comentários.

— Ah, eu posso compartilhar. Não tenho uma tonelada de seguidores, mas vale a pena. Conhece alguma música pop? — ele pergunta. — Essas sempre fazem sucesso no metrô, e no YouTube também. Eu faço alguns arranjos de tudo, de Rihanna a Spice Girls. O pessoal ainda ama as Spice Girls aqui.

Dou risada enquanto monto meu oboé.

— Minha mãe se vestiu como uma delas na faculdade com suas colegas de quarto.

— Qual delas?

— Não faço ideia. Nunca consigo lembrar os nomes delas.

Ele sorri e balança a cabeça.

Passamos a hora seguinte procurando e encontrando, no celular dele, partituras para qualquer música que podemos pensar. Toco uma música apaixonada da Adele, enquanto ele faz uma faixa da Rihanna caber embaixo dela. Sua compreensão da música é diferente de tudo que eu já ouvi. E da minha, com certeza.

A dor em meus ombros passou. Respiro mais fácil, mas estou meio sem fôlego por causa do oboé. A música é calmante, assim como os amigos.

— Meus dedos estão doendo. Acho que chega por hoje. Está a fim de jantar? Posso lhe dar umas dicas para seu portfólio, inscrições e tal. Não que eu seja um grande sucesso, mas consegui alguns espetáculos pagos.

Aperto meu estômago. Ainda dói, mas menos. Eu poderia passar o restante da noite sem comida, acho, mas gosto de tê-lo como amigo e quero passar mais tempo com ele. E preciso de toda a ajuda possível.

Engulo a culpa que sobe do meu estômago e concordo.

— Posso chamar meu primo? — pergunto. — Ele está fazendo o mesmo que eu, e uns conselhos cairiam bem.

19

— CONTE SEUS SEGREDOS — digo, passando o ketchup para Sang, para pôr em suas batatas fritas. — Todo mundo fala de você como se fosse um deus.

— É verdade — diz Shane, tirando o crachá do trabalho de sua camiseta polo. — É meio louco isso.

Um sorriso surge no rosto avermelhado de Sang.

— Não tenho como responder sem parecer arrogante, mas vou tentar. É mais fácil se você for um prodígio.

— Ah, você é um *desses* músicos — balanço a cabeça. — Socialmente atrofiado, arrogante, pronto para se apresentar a qualquer momento?

Rindo, reviro os olhos, para que ele saiba que estou brincando.

— Método Suzuki desde o primeiro dia — ele diz, falando sobre o esquema de aulas de música que produz prodígios, iniciando-os cedo e usando métodos de ensino comprovados. — Por isso entrei na academia tão novo.

— Achei que Suzuki fosse só para piano e violino. Pelo menos você é um virtuoso em algo incomum. Bem, fora da Espanha.

Fico revirando minha salada. Saladas de pub não são lá muito apetitosas, mas, no menu, cada item tinha as calorias ao lado, por isso me obriguei a pedir uma das opções menos calóricas. Que, aparentemente, também são *menos saborosas,* por isso tomo um gole de água e deixo meu estômago roncar.

Não me lembro de ter tomado a decisão de fazer dieta ou tentar emagrecer, mas parece que essa insegurança me domina há muito tempo. E talvez isso seja algo que eu possa controlar. Algo que eu possa consertar. Claro, Pierce não questionou meu peso nem me pressionou para me alimentar de forma mais saudável, mas ele deve pensar nisso. Está nas entrelinhas de cada refeição que compartilhamos e em cada comentário incisivo que ele faz sobre sua própria alimentação.

— É, mas isso não é tão legal assim — explica Sang. — Sou um estagiário glorificado na academia e toco no metrô por algumas libras, já que não há espetáculos suficientes de violão clássico por aí — ele balança a cabeça. — Mas chega de reclamar. Que tipo de espetáculos você está procurando?

Eu dou risada.

— Do tipo que paga, de preferência.

— Um brinde a isso — diz Shane entre mordidas no seu hambúrguer.

— Shane, eu meio que conheço sua história, mas Marty... por que aqui?

Suspiro, sem saber como resumir tantas emoções, tantas esperanças e sonhos, em uma resposta curta.

— Eu queria sair de Kentucky. Dos Estados Unidos, na verdade.

— Marty está fugindo — diz Shane, rindo.

— Nada tão dramático. Um dia eu percebi o quanto aquela cidade me amarrava. Ou eu que sentia como se eu precisasse me manter preso lá. Meus amigos são ótimos, mas eu sempre estive à sombra deles. Sempre à sombra de todos.

— É, bastante coisa do que fugir. E não está à sombra de ninguém aqui?

Dou de ombros.

— Pode ser, mas acho que não. Estou tomando minhas próprias decisões, fazendo amigos; as pessoas aqui são ótimas. E adoro estar em um ambiente mais... gay-friendly.

Brindamos.

— Eu sinto o mesmo — diz Sang.

Dou uma mordida no tomate e sinto o remorso tomar conta de meu corpo. Eu não pretendia jantar. Não estava em meus planos, e se quiser emagrecer para me preparar para minha próxima experiência sem camisa com Pierce, tenho que me controlar.

— E o que o trouxe aqui? — pergunta Shane.

— Sou de Calgary — ele se volta para mim especificamente. — Canadá.

Reviro os olhos.

— Eu sei onde fica Calgary.

— Você deve ser o único americano a saber — ele diz, e sorri.

— Eu pesquiso muito. E gosto de mapas — meu rosto queima de vergonha. — Não vamos falar sobre isso.

Ele joga as mãos para cima, deixando cair uma batata frita. Meu constrangimento desaparece quando começamos a rir. Seu sorriso mexe comigo, o que atribuo a uma boa amizade. Nunca fiz amigos com tanta facilidade na escola, mas aqui estou eu: Pierce, Sophie, Dani, e agora Sang.

Tenho consciência de que Sang é uma graça. Não estou cego para esse fato. É como se nossas bochechas estivessem unidas: ele não pode sorrir sem que meu rosto o imite. Ele é cheio de energia, e seu cabelo e jeito de ser são muito naturais. Talvez eu esteja com algum problema hormonal, mas *não* serei aquele cara que se apaixona por todos os garotos que conhece.

— Você é engraçado — diz Shane.

É quase um sussurro. Ele morde o lábio e olha para o copo de água.

Que bom que estou focando em um garoto de cada vez. Senão, percebo que já teria concorrência. Chuto Shane por baixo da mesa e vejo suas bochechas ficarem vermelhas.

— Enfim, meus pais encontraram a academia — explica Sang. — Parecia uma experiência divertida. Vim para cá e amei tanto que não pude voltar — ele olha para baixo. — E ficarei aqui se conseguir um emprego para prolongar meu visto.

— E isso é difícil?

— Tentei arrumar emprego, mas nem todos contam para estender os vistos aqui; aquele período no *Jersey Boys* foi só para cobrir uma licença-maternidade. Preciso achar uma oportunidade de tempo integral e longo prazo, e depressa.

Ele aperta o guardanapo com mais força e ainda não olha para nós.

— Que bom que estamos todos juntos nessa — Shane cautelosamente pousa a mão sobre a de Sang. — Todos lá na Knightsbridge são muito sonhadores e recebem reforço dos professores. Eles se apresentam em muitos lugares legais, mas estão apenas adiando o inevitável. Nós somos bons o bastante para conseguir oportunidades, eu sei disso. Especialmente vocês.

— É que estou procurando há mais tempo, talvez esteja cansado.

Sang dá um sorriso triste para Shane, que o olha desafiador.

— Há dias — continua Sang — em que parece que o universo está me dando um sinal, dizendo para eu voltar para casa, aposentar meu violão e desistir de tudo.

Shane limpa a garganta e, hesitante, pega a mão de Sang.

— Não quero ser dramático, mas há dias em que o universo está errado.

Sang levanta o olhar, mas vejo a exaustão nele. Ele é o mais experiente do grupo, mas tem só dezoito anos.

— Posso ajudar de alguma maneira? — pergunta Shane.

— Já está ajudando — ele sorri para nós. — Não saí da academia com muitos amigos. E você vai descobrir quanto mais tempo ficar nessa confusão: Londres não é fácil sozinho. É tudo caro, moro com dois colegas no maldito Tooting.

Dou risada.

— Onde fica isso?

— No sul — responde Shane.

— Em um lugar nada encantador — complementa Sang.

Olho para o celular. Suspirando, pego minha mochila.

— Odeio ter que dizer isso, mas tenho que ligar para meus pais antes que eles tenham um ataque. Só mensagem não está segurando as pontas. Vamos indo, Shane?

Ele olha de mim para Sang, que está com os olhos fixos em Shane.

Sinto minhas bochechas queimarem diante da tensão romântica.

— Acho que vou ficar para tomar uma xícara de chá.

O sorriso de Sang mostra todos os dentes.

— Eu também.

* * *

Já no apartamento, ligo para minha mãe. Ela atende no primeiro toque.
— Oi!
— Oi, mãe.
— Finalmente! Estou com saudades. Não ficamos tanto tempo sem nos falar desde...
Desde que eu saí do armário? — termino a frase em minha mente.
— Bem, faz séculos — diz mamãe, decidindo não tocar no assunto.
Conversamos sobre tudo; uso toda minha lista de mentiras:

- Tia Leah está muito bem. Ela não está chateada por você ter desfeito a amizade com ela no Facebook ano passado e não atender às suas ligações, mas, mesmo assim, confiar a ela seu único filho.
- A escola é ótima. Os professores são muito dedicados e já aprendi muita coisa. O curso vai ser ótimo.

Mas ela traz à tona o tópico sobre o qual menos quero falar; menos ainda que sobre garotos: igreja.
— Pegou o colar?
— Sim, uso todos os dias — minto. — Obrigado por colocá-lo na minha mochila.
— Que bom. Você teria adorado o sermão de hoje; era sobre pôr a vontade de Deus em primeiro lugar. Sobre treinar a mente para conhecer e escolher o caminho do Senhor, para que, quando se deparar com escolhas difíceis e tentações, seja mais capaz de tomar a decisão certa.
Não sei se ela está recapitulando seu dia ou se está tentando me dizer alguma coisa. Ser gay assumido em uma casa cristã não é só aguentar o tratamento passivo-agressivo clichê e versículos bíblicos jogados por todo lado. Para mim, é o conhecimento de que a única coisa que traz segurança e paz à minha família é a mesma que ameaça meu bem-estar emocional (e, em alguns casos, minha vida).
— Foi ver aquela igreja em frente ao café? Seu pai me falou sobre isso, mas não consegui encontrar muita coisa na internet sobre o pastor ou seus sermões.
Lenta, mas dolorosamente, percebo que é só sobre isso que minha mãe quer falar comigo. Eu não falo com ela há uma semana, e nesse tempo bebi álcool pela primeira vez, beijei pela primeira vez, estou totalmente apaixonado e não sei o que fazer. Quero falar sobre meus amigos, sobre a audácia de Dani de chamar Morricone de amador. Estou vivendo minha vida sozinho, em uma cidade nova e linda, cheia de pessoas incríveis.

E tudo de que podemos falar é de um sermão sobre aprender a colocar a vontade de Deus em primeiro lugar?

Sei o que devo fazer, conforme Megan me treinou. Escolher um sermão novo, resumi-lo brevemente, mas o suficiente para tranquilizar meus pais, e acrescentar alguns detalhes específicos, mas menores, sobre a igreja — os bancos que rangem, o piano desafinado, a falta de ar-condicionado, qualquer coisa.

Não posso evitar todas as minhas mentiras — são a única coisa que me mantém são e seguro. Mas também não posso fazer isso.

— Não fui à igreja — digo. — E desculpe, mas também não tenho usado a cruz.

Faz-se silêncio do lado dela.

— Não sei o que a vontade de Deus diz sobre isso, mas não vou procurar uma igreja aqui. Estou começando a me sentir à vontade nesta cidade nova para mim, sobre a qual você nem me perguntou, a propósito. E não vou acrescentar nenhum trauma bíblico.

— Bem — diz mamãe —, nem sei o que dizer. Eu só queria ter uma boa conversa com você, mas não sei o que mais eu esperava. Uma semana com ela e você já está assim.

Tia Leah nem está aqui! — grito mentalmente. Mas não deixo escapar, porque isso não seria bom para mim. Ainda não sei se eles poderiam me obrigar a voltar; acho que, legalmente, poderiam, mas enquanto acharem que estou tecnicamente seguro aqui e ocupado com a escola (e que só ficarei mais onze semanas aqui), não vão fazer nada.

Pelo menos, espero que não.

— Não faça isso, mãe — não é uma exigência, mas também não estou implorando. — Tia Leah está me deixando ficar aqui de graça, abasteceu a despensa com coisas americanas para mim, Shane está se esforçando para que eu me sinta bem e faça amigos. Eles são gente boa.

Ela suspira.

— Cuidado, Marty. Não posso cuidar de você daqui.

Não digo, mas penso: *graças a Deus*.

12 MESES ANTES

Entrada do Diário 7

Se eu tivesse que descrever meu primo Shane, escolheria palavras como "tranquilo" ou "doce", ou talvez "que se distrai facilmente". Mas o Shane sentado no chão ao meu lado não está assim. Ele está *puto da vida*. Irritado, explosivo, propenso a entrar em combustão espontânea se alguém não jogar um pouco de água fria nele.

Tudo parece meio sem esperança agora; ok, totalmente sem esperança.

Não posso envolver Shane e tia Leah nisso. São *meus* pais e esta confusão é *minha*. Foi o que tentei dizer a Shane, mas ele não aceita.

— Eles estão errados, Marty — ele já disse isso umas oito vezes. — Em tudo no mundo há uma área cinzenta; eu tento entender as perspectivas dos outros, tento entender todos os lados da história, mas isso é obviamente errado.

Ele disse algo assim. Na verdade, falou muito rápido e estou tão ocupado tentando esquecer tudo que aconteceu que até minha lembrança dos últimos minutos está ficando confusa.

Essa pode ser uma desvantagem para esta tarefa, para todo o conceito de ter um diário. Se eu ler este diário daqui a uns meses, saberei o que aconteceu, como tudo desmoronou, e lembrarei exatamente como me senti. E como me sinto? Horrível.

Meus pais estão fazendo eu me sentir horrível por existir. Minha igreja me diz que minha existência é errada.

Quando essa dor vai passar? Quando vou poder parar de fingir e simplesmente ser a pessoa que quero ser?

A raiva cresce dentro de mim também, e acho que não irá embora desta vez.

20

— NÃO — *não*. — Absolutamente não.

Há um milhão de pessoas aqui, todas irritantes.

Estamos na estação King's Cross, que é cerca de um décimo mais chique do que parece, e oito vezes mais estressante que qualquer outra estação que já vi até agora. Estou me esquivando de pessoas que correm para a esquerda e para a direita. É como se todos tivessem perdido o trem. É como se ninguém soubesse para onde a porra da mala com rodinhas deveria ir. Já faz duas semanas que me mudei para Londres e ainda não consigo lidar com multidões. Estou começando a me perguntar se um dia vou me acostumar com isso.

A estação é limpa. Pelo menos, posso me concentrar nesse fato. É tudo totalmente branco, o piso e as paredes limpos. Quando olho para cima, vejo vigas brancas cruzadas no teto abobadado, deixando uma luz suave entrar por suas frestas. É aberto e iluminado aqui. Esses são os pontos positivos.

Mas sinto aquela dor no peito. Estamos aqui para filmar uma performance de Sophie para uma aula, mas ela conseguiu me convencer a fazer outro vídeo para minha coleção. Pelo menos o meu será feito na Marble Arch, já que esse é o único local reservado pela Knightsbridge ao qual Sophie poderia me levar em cima da hora.

Ela se volta para mim, inspira, expira e me olha nos olhos.

— É um inferno, eu entendo — ela me entrega seu celular, que é um milhão de vezes melhor que o meu —, mas você me deve uma por fazer seus vídeos para o portfólio, e este é meu território.

— Você *escolheu* este lugar?

Ela dá de ombros e coloca uma palheta de clarinete na boca.

— Quem viaja a trabalho não liga para moedinhas. Além disso, veja esta iluminação!

Passamos pela escada, onde há um piano vertical solitário. A madeira pálida está rachada, e imagino que a afinação não seja ótima, mas o fato de haver um piano no meio do caos é nada menos que incrível.

— Preciso de cinco minutos de um bom vídeo — ela sorri. — Acha que consegue?

Acaricio seu rosto e dou uma piscadinha.
— E você, consegue? Cinco minutos é muito tempo.
— Não esqueça que você e sua cornetinha são os próximos.

Ela respira fundo e se senta no banco do piano, de frente para mim e para milhares de pessoas. Faz uma pausa mais longa do que eu esperava. Afasta-se um pouco, focando o olhar atrás de mim.
— Soph? — pergunto. — Está pronta?
Ela balança a cabeça.
— Estou.
Ligo a câmera e aponto para ela.
— Ária para clarinete e piano — ela diz —, sem piano. Eugene Bozza.

Com meia respiração, ela começa. É uma peça lenta, mas cheia de emoção. Do tipo que você pode até aprender as notas no ensino médio, mas nunca será capaz de extrair a emoção, o tom claro. Entre as passagens, sua respiração é tranquila. Ela faz um crescendo de oito, dez compassos. Até mais.

E desce.

Sorrio. Sinto meu sorriso puxar minhas bochechas antes de registrar como estou feliz por ouvir música. Sim, ainda estou ciente das pessoas ao meu redor, mas estar ansioso e feliz é melhor que só ansioso.
— Foi demais — digo assim que ela termina a peça.
Ela ri.
— Não é um dueto prodigioso de oboé e guitarra, mas serve.
— Por favor, o prodígio é ele. Estou aqui porque era o único que conseguia aguentar as dores de cabeça do oboé.
— Não é dor de verdade, é?
— É sim. Você sopra muito ar, mas a palheta do oboé só permite a passagem de pouquinho, e o resto vai para seu cérebro — reviro os olhos.
— Ou os seios nasais; não sou médico. Não deve ser saudável, mas me trouxe até aqui.

Ela pega o celular de volta e o estojo de meu oboé.
— Tome. Você deveria tocar aqui.
— De jeito nenhum — ela deve estar maluca. — Vamos para a Marble Arch.
— Marty, lá é a mesma coisa, só que aqui é mais iluminado. As pessoas vão ignorar você do mesmo jeito.

Sento-me no banco.
— Você não entende. Eu tenho certas peculiaridades, vou tentar explicar de uma forma normal. Se você não se incomodar.
— Claro que não. Diga.
— A multidão aqui é imprevisível. Você não sabe para onde as pessoas estão indo, e elas também não, então ficam se cruzando e se esbarrando.

Isso é ruim para mim — suspiro, percebendo que devo parecer louco. — Na Marble Arch, as pessoas vão só em duas direções. É lotado, mas há um fluxo. Não é caótico como aqui, ou como o Big Ben.

— Acha que isso atrapalharia seu jeito de tocar? — pergunta ela.

Concordo com a cabeça.

— Há fatores estressantes que não quero encarar. O pior é que isso não fazia parte de meu plano. Quando as coisas mudam em cima da hora, fico estressado.

É o tipo de discurso que preparei para dizer a Megan uma centena de vezes, mas nunca consegui.

— Nós planejamos ir à Marble Arch depois daqui. Não que seja uma experiência mais segura e calma lá, mas já é o esperado.

Ela balança a cabeça, meio confusa, meio processando tudo. Eu me levanto e fico mudando o peso do corpo de uma perna para outra. É meio estranho.

— Duas coisas — ela diz. — Um, sua jornada é difícil, você sabe disso, não é? Não dá para ter planos nessa carreira nesta cidade, especialmente se você começar a namorar um cara como Pierce. E dois, felizmente você tem uma amiga como eu, que está disposta a atravessar a cidade para fazer você relaxar. Vamos para a Marble Arch.

Mas quando chegamos lá, vinte minutos e dois metrôs depois, percebo uma sensação de vazio no peito. E de novo minha mente compara minhas melhores amigas, a velha e a nova. Megan teria me forçado a sair da minha zona de conforto. Talvez eu topasse, mas ficaria chateado também. Teria passado a semana seguinte me recuperando, escondido no meu quarto depois da escola, lendo alguma coisa ou jogando videogame. É por isso que a resposta de Sophie foi a melhor para mim.

Então, por que, enquanto molho minha palheta e ando pela estação de metrô, sinto que perdi uma nova experiência, que poderia ter sido boa?

Monto meu oboé e faço meus aquecimentos, escalas e arpejos desde o terceiro Si até o sexto Fá e vice-versa. E me sinto à vontade e seguro.

Seguro?

Desde quando sentir-se desconfortável significa sentir-se em perigo? É assim que sempre encarei tudo — grandes multidões, novas experiências, fazer novos amigos. Medo agudo apertando meus ombros e me puxando para trás, me segurando.

— Está pronto? — pergunta Sophie, levantando a câmera. — Começo a filmar quando quiser. Vai tocar a peça de seu teste, não é?

Mas não preciso que Megan me force a sair dos meus limites.

Eu mesmo preciso fazer isso. Preciso ser meu próprio advogado, dizer tudo bem e seguir em frente, e entrar em pânico depois.

— Não — digo —, estou trabalhando em algo novo. Acho que já decorei.

Ela aperta o play e começo a tocar. Concerto para oboé em ré menor de Bach, segundo movimento. A melodia flui pelos meus dedos; aperto os lábios, sentindo o oboé reverberar por todo o espaço. Cometo alguns erros e esqueço um compasso inteiro, mas toco.

Meu braço formiga; meus dedos estão pesados. Nunca toquei uma peça assim, despreparado e de improviso. É como se eu tivesse bebido cinco litros de café; meu corpo está vibrando, cheio de energia.

Mas uma energia boa.

— Nossa, você é bom mesmo! Quer tentar de novo e corrigir os erros?

Dou de ombros.

— Não, quero esse momento registrado. Foi muito legal.

* * *

Shane está na sala, mexendo os braços irregularmente, regendo... alguma coisa. É fim de tarde; tomo um banho e, quando saio e me enxugo, subo na balança.

Não vejo diferença quando me olho no espelho, e isso é meio desanimador. Mas perdi peso, e acho que isso é o mais importante. Baixei de cem quilos para 93 em duas semanas. Não consigo ver muita diferença, mas a balança do banheiro diz que estou no caminho certo.

Meu IMC também caiu. Toda vez que vejo uma mudança na balança, pesquiso o IMC. Eu me peso depois de ir ao banheiro todas as manhãs, e antes de tomar banho. E de novo no final do dia, para ter certeza de que o que comi não me fez engordar.

Estou passando um produto no cabelo quando ouço a porta da frente se abrir. De repente, a voz de Pierce ecoa pelo apartamento e fico paralisado. Estou atrás de uma porta fechada, mas, mesmo assim, cubro minha barriga.

Vou para o quarto enrolado na toalha, sem demonstrar que sei que chegou alguém. Visto-me em pânico e checo mais duas, três vezes se estou apresentável. De repente, alguém bate na porta e ele está no meu quarto.

Olhando para minha cama.

— Oi, Mart.

— O que está fazendo aqui? — é meu cumprimento.

Ele revira os olhos.

— Estava aqui no bairro.

— Moramos no mesmo bairro.

— Já viu alguma série de comédia? É assim que funciona uma amizade; as pessoas aparecem sem avisar.

— Ótimo — digo —, adoro espontaneidade.

Olho para Shane, que está no final do corredor. Ele me olha com cansaço — coisa que tem feito muito mais, ultimamente. E se há uma coisa que me deixa pior ao ter que lidar com as pessoas, é lidar com quem não sabe lidar comigo.

— Enfim — digo, fazendo a eterna transição para vamos-fingir-que-nada-aconteceu. — Obrigado pela visita. Este é meu quarto, esta é minha cama.

Estremeço. Não há mais nada para mostrar a Pierce neste quarto, mas será que apontar para a cama pode dar uma ideia errada? Especialmente depois da última vez que estivemos juntos em uma cama.

Fico imaginando se minha cabeça um dia vai conseguir desligar.

Provavelmente não.

— Estou vendo — ele se joga na cama. — Achei que você era do tipo que arruma a cama todas as manhãs, não que deixa tudo tão bagunçado.

Ele balança a cabeça, porque sabe que eu sou exatamente esse tipo de cara e está tentando me irritar.

E está conseguindo.

— Normalmente, sim. Mas eu dormi hoje à tarde.

Ando dormindo muito, na verdade. E queria dar um cochilo antes do jantar. É um efeito colateral de pular refeições, mas dormir também me ajuda a passar o tempo e esquecer a fome.

— Tem planos para hoje à noite?

Balanço a cabeça, já que um cochilo provavelmente não conta como plano.

— Quer fazer alguma coisa?

Minha resposta habitual seria um rápido não. É minha resposta padrão sempre que alguém quer fazer alguma coisa que não estava planejada.

Recordo a conversa com Sophie.

— Isso é um não?

— Não é um não — digo rapidamente. — Por que, o que pensou em fazer?

Ele abre aquele sorriso que me faz derreter todas as vezes. E eu quero dizer sim, seja para o que for, só para estar com ele. Mas provavelmente isso também não seria saudável, então respiro devagar e tento fingir que sou uma pessoa calma e razoável.

Mas não está dando certo.

Sento-me ao lado dele na cama, de pernas cruzadas. Minha cama. Ele se volta para olhar para mim, e eu me sinto encantado e envergonhado. E tonto também, mas isso não tem nada a ver.

— Você nem está me ouvindo, não é?

Pestanejo. Ele ri.

— Você estava perdido, olhando para aquela parede. É algum tipo de mecanismo de defesa para quando eu convido você para fazer coisas divertidas? Você parece bem avesso a diversão.

— Não — grito —, eu gosto muito de diversão!

Ele se reclina na cama e vejo seu abdome se contrair a cada risada profunda. Normalmente ele usa camisas, de preferência xadrez, mas neste dia quente está com uma camiseta fina, que sobe quando ele se inclina para trás, me mostrando seu abdome e os pelos de sua barriga. E eu estaria mentindo se dissesse que não senti *todos* os tipos de emoções agora.

— Perguntei se você sabia onde fica Brighton.

— Eu... — não pesquisei, por incrível que pareça. — Não sei.

Ele sorri.

— É uma praia, fica a duas horas de carro. Está muito calor, pensei que você gostaria de descer um pouco e peguei emprestado o carro da Dani. Está a fim?

— Ah — digo, tentando recordar todas as minhas responsabilidades. — Quem vai?

— Só eu e você, espero. Tenho um amigo da escola que mora lá, ele disse que podemos dormir na casa dele.

Sinto minhas bochechas quentes.

— Hmmm... quando?

— Agora. Queria pegar a estrada antes que o trânsito fique muito ruim.

Agora, estão pegando fogo.

— Uau! Acho que tudo bem.

Então me lembro que dia é hoje. Sexta-feira; meu encontro remarcado no FaceTime com Megan e Skye. Não posso furar de novo, eles jamais me perdoariam.

— Espere, não. Esqueci totalmente — e agora percebo que quero muito ir. — Tenho um encontro pelo FaceTime com meus amigos de Avery hoje à noite.

— Ah — ele diz. — Hoje à noite? Você pode usar o wi-fi de meu amigo. Costuma fazer isso pelo celular, não é?

Fico mais animado.

— Isso mesmo. Pode ser! Se você achar que ele não vai se importar. Não vai demorar muito, mas não posso cancelar; esqueci totalmente do último porque fomos a Cardiff, e meus amigos ficaram muito chateados. Não posso fazer isso de novo com eles.

Ele pousa a mão na minha perna, e acho que sente meu pânico. Dá uma piscadinha.

— Tranquilo. Ligaremos para eles hoje à noite.

— Nós? — pergunto. — Somos um *nós*?

Sua resposta é simples, doce. Dá um beijo em meus lábios e eu derreto.

Somos um nós.

21

ELE ME DÁ TEMPO suficiente para me trocar e fazer uma mala. Eu poderia ter pedido mais, mas não conseguia nem pensar por causa do meu coração batendo forte e as endorfinas entrando no meu cérebro como num comercial de medicamento antidepressivo. Então, decido imediatamente: quero estar com ele. O fim de semana inteiro, o mês inteiro, o ano inteiro. Não quero nem saber.

Quando estou saindo pela porta, Shane me detém.

— Tome — diz, entregando-me uma barrinha de cereais. — Caso você fique com fome no caminho.

Ouço suas palavras e luto contra o constrangimento. Estou morrendo de fome, talvez até literalmente, mas viro a barra para ler os...

— Não — as feições de Shane estão tensas e ele está mordendo o lábio. — Não leia, simplesmente coma. Por favor.

Saio do apartamento desembrulhando a barrinha de cereais. Por um momento, penso em realmente comê-la; mas aí vejo o chocolate, e a barra pesa em minhas mãos. Jogo-a na lata de lixo antes de encontrar Pierce na esquina.

Esta viagem é diferente. Minha mente é uma névoa só enquanto Pierce fala e fala, sobre o curso de verão, sobre nosso futuro dueto, para o qual ainda não nos reunimos para ensaiar. Sento-me no banco do passageiro no carro de Dani e em poucos minutos estamos dirigindo pelas ruas de Londres.

— Pegamos a estrada a tempo.

Pierce é pura energia. Depois de semanas vendo outros lados dele, alguns meigos, outros desanimados, ele voltou a ser como era quando nos conhecemos. Deixou a barba crescer um pouco, e as partes louro-acastanhadas ficam mais aparentes com pouca luz.

— Vou fazer o caminho mais longo — diz.

— Tudo bem.

Estou estranhamente contente com esse ser humano.

Há maneiras melhores de dizer isso, tenho certeza, mas é como me sinto. Estou acostumado a esse tipo de parceria, andar no banco do passageiro e sentir essa conexão com alguém — uma amizade baseada no mesmo destino. Mesmo sem saber aonde estou indo, como quando Megan e eu tentávamos nos perder nas estradas sinuosas do vale de Ohio.

Ele está com a mão no câmbio. A minha está no meu colo. Quero que pareça mais que amizade. Para mim é, e espero que para ele também. E me sinto ridículo, porque não temos doze anos nem estamos no cinema. Mas mesmo não tendo doze anos e não estando no cinema, quero segurar a mão dele.

Estendo a mão; hesito.

Ele vira a mão para cima e encontra a minha. Entrelaça os dedos nos meus, e eu me sinto inteiro e à vontade. E suas mãos são grandes. Não pego uma mão quente e pesada desde o ensino médio.

Ele leva minha mão a seus lábios e dá um beijo leve. Inclina a cabeça e aquele sorriso aparece de novo, decidido a derreter meu coração. Ele solta minha mão e sinto sua falta imediatamente. Meu peito sobe e desce com violência.

— Preciso trocar de marcha com esta mão, amor. Tente de novo quando estivermos na estrada.

Dou risada.

— Pode deixar.

Corremos pelas ruas, parando bruscamente a cada semáforo. Ele fica olhando o mapa no celular e eu fico olhando pela janela. Parece que estamos pegando um desvio para chegar à estrada, mas não me importo.

— Você não viu muito mais da cidade, não é?

— Não tive tempo. Fui a King's Cross e St. Pancras para a performance de Sophie, e andei pelo Soho algumas vezes.

— A performance dela foi excelente esta semana — ele diz. — E parece que ela e Rio estão se dando um pouco melhor ultimamente. Acho que ambas descobriram que são músicas épicas e que essas briguinhas não levam a nada. Já passou por isso na escola de música?

— Não — digo categoricamente. — Peguei todos os solos.

Ele explode em gargalhadas.

— Imagino. Nenhuma oposição?

— Claro, alguns. Sempre há competição, acho. Mas me formei cedo, então, as brigas acabaram rápido.

— E por que se formou cedo? Sei que você queria esta experiência, e fugir da terra do frango frito, mas para que se formar mais cedo? Não se dava bem com seus colegas?

— Quando você aceitou que era gay?

— Ah, a velha pergunta — ele diz. — Está me perguntando isso porque estamos indo para Brighton, que, como você vai ver, é a capital LGBTQIA+ do Reino Unido?

— Não; toda garota heterossexual na televisão pergunta quando a pessoa percebeu que era gay, ou todo mundo pergunta quando se assumiu. Mas o que estou perguntando é quando *você* se aceitou.

Ele balança a cabeça devagar.

— Há alguns anos, acho. Foi na escola. Terminei com minha namorada e disse pra ela o motivo. Acho que Shane e eu fomos os únicos da escola a sair do armário, e ele só no fim. É uma pena que não fôssemos mais próximos.

— Ele é uma ótima pessoa — digo.
— E você? Quando se aceitou?
— Eu tinha seis anos, Pierce. Pensava muito em homens. Pensava em beijar alguns meninos da minha classe e me parecia muito errado. Mas acabei aceitando que não era todo mundo que pensava isso secretamente; eu pensava, e eu era gay. Mesmo no ensino médio, quando tentei gostar de garotas, eu sabia.

Paro um instante e limpo a garganta.

— Adoro Kentucky; é meu lar. Eu me sinto mais à vontade nas estradas secundárias de lá do que jamais me sentirei aqui. Pelo menos, acho que isso é verdade. Eu tinha meus espaços seguros, sabia sobreviver, mas lá não pode mais ser minha casa. Quando eu era criança, houve um crime de ódio contra um gay a poucos metros de distância. Meus pais sempre ficavam horrorizados com a violência, mas nunca reconheceram que aquilo foi um crime de ódio, e para mim isso foi foda. E umas pessoas da minha escola concordavam com o ataque e faziam piadinhas a respeito. Mesmo depois que Kentucky foi forçado a permitir o casamento gay, aquele péssimo funcionário público homofóbico, cujo nome eu nunca direi em voz alta, recusava-se a emitir licenças para casais do mesmo sexo. Todos os domingos íamos a uma megaigreja que sempre tinha sermões que não passavam de homofobia velada. Essa é minha casa, Pierce.

— Amor...

— Terminei o ensino médio em três anos, mas queria ter terminado em dois. Mas aqui eu me sinto aceito. Estou em uma cidade com uma verdadeira Parada do Orgulho Gay, com bares gays... viu quantas bandeiras do Orgulho há no Soho? É incrível!

Ele desacelera o carro, até que paramos. Estamos presos no trânsito; um caminhão basculante bloqueia todas as pistas. Vejo mãos se agitando nas janelas do carro à minha frente. Ele pousa a mão na minha perna, que se acende, provocando ondas de paixão por todo o meu corpo.

Roço os dedos em sua mão, absorvendo seu calor. Ele se inclina a meio caminho. Eu o olho nos olhos, profundos, leves e perfeitos. Tudo nele é perfeito, mesmo não sendo; seu cabelo está meio comprido e bagunçado nas laterais, e sua barba parece ainda mais falhada quando cresce tanto. Mas nada disso é negativo.

Eu me sinto magneticamente atraído por ele. Sinto sua respiração no meu rosto. A lateral do nariz dele toca o meu. O segredo da detenção do tempo está em algum lugar entre seu nariz adunco, a covinha no queixo e esse seu sotaque. Estou suspenso no tempo e no espaço enquanto a realidade se dobra para nos aproximar.

Ele sobe a mão pela minha perna e eu estremeço. Seus lábios estão perto dos meus, mas nenhum dos dois avança. Eu sei o que aconteceria. Eu não daria conta; não conseguiria parar. Ele sobe mais as mãos, amontoando meu short e apertando partes de meu corpo nunca exploradas por outros.

Hesito perto de seus lábios, sabendo que não haveria limite que ele não pudesse derrubar; que eu não derrubasse. Ele me acaricia e eu suspiro.

E o motorista de trás me traz de volta ao presente buzinando.

Dou um pulo para trás e vejo uma estrada aberta à minha frente.

Minhas bochechas ficam quentes, e Pierce morre de rir.

— Nem ouvi o caminhão passar — ele diz, e dá uma piscadinha. — O cara do carro atrás viu tudo.

Concordo com a cabeça, sorrindo, mas envergonhado demais para raciocinar.

— Não, ele não viu tudo.

Algumas curvas depois, ele aponta para a janela.

— Reconhece isso?

Chegamos a uma ponte levadiça. Duas grandes torres se projetam para fora do rio, conectadas por uma ponte e cabos azuis brilhantes. É enorme; as pessoas passam como formigas. Já vi isso em todos os filmes passados em Londres.

— Uau — digo —, a ponte de Londres!

Um suspiro escapa de seus lábios e, quando me volto, ele balança a cabeça intensamente.

— Ah, não, você é um *desses* turistas! Achei que pesquisava as coisas.

Cruzo os braços.

— E o que quer dizer com isso?

— Esta é a Tower Bridge, que leva à Torre de Londres. A de Londres é uma porcaria comparada a isto.

— Tudo bem — digo, totalmente ciente de que minhas orelhas e rosto estão queimando e vermelhos —, não pesquisei tudo.

— Que bom que posso te ensinar alguma coisa.

Ele aperta minha nuca, aliviando um pouco minha tensão.

Tudo com ele é uma montanha-russa emocional. Se estou triste, ele me faz feliz. Se estou em paz, ele me deixa frustrado. Se estou estressado, ele me acalma. Pelo menos por alguns segundos, até eu voltar ao começo e surtar de novo.

Durante meia hora não falamos muito, só comentamos sobre o tempo ou as coisas britânicas peculiares que vemos. Pub após pub, rua após rua. A cidade é uma fera, mas consigo encarar melhor com ele ao meu lado.

— Desculpe por resmungar tanto, antes.

— Para ser sincero, gosto quando você divaga.

Balanço a cabeça, olhando fixo para a frente.

— Lamento por você ter se sentido tão deslocado a vida toda. Ninguém merece passar por isso.

Quanto tempo leva para se apaixonar por alguém? Horas, dias, anos? Mal parecem válidas essas emoções que controlam meu corpo e nadam em meu sangue. Os lugares em que vivi, as pessoas que conheci, todos parecem abrigos temporários agora. O amor é algo totalmente diferente. É perceber que a tempestade dura há tanto tempo que você esquece que está encharcado, até que o sol beija seu rosto, enxuga suas lágrimas e mostra onde é seu verdadeiro lar.

22

BRIGHTON É PULSANTE. Londres é quieta, com seu charme pitoresco e sua seriedade fervilhante, mas Brighton é expansiva, orgânica, muito gay. Pierce me leva por ruas de pedra onde há cafés e butiques, e por parques cheios de cães minúsculos.

Escolhemos um cartão-postal juntos.

Estamos de mãos dadas. E em público.

Esse é o tipo de vulnerabilidade que, estranhamente, me faz sentir bem. *Olhe para mim agora, funcionário público de Kentucky cujo nome me recuso a citar!* O vento chicoteia meu rosto, uma mudança bem-vinda depois da Londres abafada e chuvosa. O gosto salobro no ar, o grasnar das gaivotas no céu...

— Faz muito tempo que não vou à praia — digo.

Brighton me faz pensar como alguns lugares podem nos parecer tão familiares, sem que nunca tenhamos estado neles.

— Eu ia à praia com minha família quando era mais novo, mas não vamos há séculos.

— Eu vinha aqui com meus pais também. Mas eles nem moram mais em Londres. Minha avó ficou doente logo depois que eu entrei na academia, e todos voltaram para Leeds.

— Lamento por sua avó — digo. — Deve ser difícil ficar longe deles.

O vento é forte aqui. Solto a mão dele e estendo os braços por um breve segundo. Deixo o ar envolver meu corpo. Nada é melhor que isso depois de uma longa viagem de carro.

Descemos em direção à praia, e Pierce aponta para um píer que se projeta para dentro da água. O vento traz o som animado de um parque de diversões, e fico maravilhado com as luzes brilhantes. Ao nosso redor, a Brighton Marina está cheia de atividade, mesmo com o sol já quase se pondo.

Estamos na praia. Em vez da areia fofa que eu esperava, parece que a praia é feita de seixos de tons de marrons. Decido pesquisar no Google depois por que essa praia não tem areia; deve ter algo a ver com a maneira como a água interage com a costa.

— Obrigado por me contar sobre seus pais e sua avó — digo, sentindo as pedrinhas rangendo sob nossos pés. — Você não se abre muito.

— O que quer saber de mim? Eu sou um livro aberto.

— Como é a cidade onde sua família mora?

Ele pega minha mão de novo e sorri.

— Pitoresca, em termos americanos. Pensando bem, deve ser parecida com Kentucky. Mais grama e árvores do que se pode imaginar, calma, tranquila. Eles moram perto de uma estação de trem, nem preciso de carro para chegar lá.

— Que legal!

Uma paz cai sobre ele quando fala sobre sua família, além de um leve sorriso.

— Eu nasci e cresci lá. Nos mudamos para Londres por causa do trabalho da minha mãe, mas ela pode trabalhar de casa agora. Estão todos lá, naquela pitoresca cidadezinha de Leeds. Todos menos eu.

Vamos até o calçadão; olho para o píer. Parece que não temos nenhum plano para esta viagem e, pela primeira vez, não ter um plano é incrível. Pierce e eu não tivemos muito tempo para conversar — tipo, conversar de *verdade*.

Caminhamos passando por máquinas de fliperama e os brinquedos do parque. Eu o puxo para perto de mim quando sinto uma brisa fresca.

— Quer voltar para Leeds um dia?

— Provavelmente. No mundo dos meus sonhos, quero trabalhar em Londres, tocar para os velhos, viajar de trem e viver uma vida tranquila no campo.

— Bem legal.

Não consigo parar de pensar em como seria nós dois seguindo o mesmo caminho, morando juntos no campo. É um sonho, mas quase palpável.

Ele limpa a garganta.

— Só isso?

Estou à vontade com ele, mas não a ponto de perguntar o que realmente quero saber. Especialmente porque não posso irritá-lo muito, pois estou a quilômetros de Londres e a volta seria um inferno se ele simplesmente terminasse porque eu pedi demais.

Que idiotice!

Encostamos em uma grade quase no fim do píer e eu pego sua mão.

— O que aconteceu entre você e Colin? Preciso saber seu lado da história, senão, vou surtar.

Ele suspira.

— Eu sabia que ela ia te contar.

— Sim, Sophie me contou porque queria me proteger, e Colin era amigo dela, e tocou mal demais naquele recital...

— Acha que eu não sei disso? Todos me culparam por aquele desastre. Mas — ele limpa a garganta — Colin e eu tivemos problemas. Nosso relacionamento foi um turbilhão; não, foi um ciclone. Ele era codependente demais, e eu não funciono assim.

Solto sua mão.

— Não, amor, não é isso — ele pega minha mão de novo. — Ele precisava de mim muito mais do que eu podia dar, especialmente tendo acabado de começar a academia.

— Isso é muito vago. Do que ele precisava?

E se eu precisar das mesmas coisas?

— Gato, eu poderia ficar o resto da noite falando sobre as necessidades dele. Ficamos juntos três semanas apenas, mas ele queria um marido para ontem. Queria ficar comigo o tempo todo, que fôssemos vistos juntos o tempo todo, e quando eu ficava ensaiando, ele surtava.

Ele vai até o outro lado do píer e eu o acompanho. Olha para a água, para a praia, como um marinheiro desolado de um livro. Seus ombros estão curvados, e eu odeio fazê-lo se sentir assim. Gentilmente acaricio suas costas.

— Desculpe — digo —, eu não queria... você sabe.

— Sabe o que mais me assusta de estar com você?

Eu me afasto, e ele se volta para mim.

— Você é diferente de Colin — diz —, mas as circunstâncias são as mesmas; não, são piores. Todos os seus sonhos estão em Londres. Você é um grande oboísta, e sei que logo vai conseguir um espetáculo. Você usa a emoção melhor que qualquer um, o que, como me disseram, não é algo que eu possa aprender.

Dou de ombros e me afasto.

— Por favor, não fique assim toda vez que recebe um elogio. Se quiser ficar aqui, terá que saber que é muito talentoso.

— Está tudo bem — jogo as mãos para cima. — Quer dizer, o último vídeo que fiz para meu portfólio é inútil. Dói de assistir, errei muitas notas.

— Vou te dizer uma coisa que Baverstock me diz toda semana. Fazer música não é tocar todas as notas certas. É causar uma reação, mostrar emoção.

— Mas isso é um elogio.

— Não é isso que ele quer dizer. Quer dizer que eu toco todas as notas certas. Consigo tocar mais alto e mais rápido que qualquer trompete por aí, mas estou tendo dificuldades na escola. Semana passada, Baverstock me chamou de desistente. Mas tenho certeza de que Sophie te contou tudo isso.

— Ei — digo, puxando-o pelos ombros para perto de mim —, ela não me contou nada disso; ela não é assim. Sophie só quer evitar que eu siga o mesmo caminho de Colin. Mas isso não vai acontecer. E quanto a você — beijo-o levemente —, eu já senti sua emoção. Você é um terremoto de emoções, gato, e sei que vai encontrar uma maneira de desenvolver mais isso no seu jeito de tocar.

— Acho que não quero tocar nossa peça no recital de fim de ano — ele diz.

Eu me afasto um pouco.

— Ah... tudo bem.

— Não, não é isso — ele passa as mãos pelos cabelos. — Acho que podemos dar um passo à frente, tipo, tocá-la em um dos recitais das sextas-feiras. Estou escalado para daqui a duas semanas; sei que é meio em cima da hora, mas sinto que minha carreira está escapando de minhas mãos.

— Eu consigo — digo, apesar de que minha principal motivação para fazer isso fugiu pela janela.

Já vi algumas apresentações dessas, sem dúvida não há olheiros lá. Mas se é para ajudar Pierce, tenho que fazer isso.

Ele me dá um beijo no rosto.

— Obrigado, Marty.

* * *

Depois de caminhar pelo píer e pela praia de seixos, estamos de novo nas ruas de Brighton. Paramos para Pierce tomar um café gelado em um dos três milhões de cafés que há nas ruas daqui. E paramos para um jantar orgânico e vegano, no verdadeiro estilo Brighton.

Ainda estou me sentindo vulnerável depois da nossa conversa anterior, por isso, tento aliviar o clima com perguntas menos complexas.

— Qual é sua peça de trompete favorita?

— Fácil — ele diz —, o concerto para trompete de Haydn. Funciona muito bem com o restante da orquestra e é intenso tecnicamente. Requer muita habilidade. Sempre me imaginei tocando essa peça, e aí, a orquestra inteira me acompanhava e eles me davam o solo.

— Sonhar é de graça.

Ele me chuta por baixo da mesa.

— Deixa de ser insolente!

Estamos acabando de comer quando seu celular vibra em cima da mesa; ele sai para atender à ligação.

A garçonete traz a conta e eu pago.

— Algum problema com sua comida? — pergunta, vendo que mal toquei no prato.

Nego com a cabeça.

— Não, estava ótima. É que eu já tinha comido antes de vir — digo, mas a verdade é que comi uma banana no café da manhã e mais nada até agora. — Poderia embrulhar para viagem?

Desperdiçar comida faz me sentir mal. Mas comer também faz me sentir mal. Meu plano é "esquecer" a embalagem aqui. Assim, a garçonete vai julgar meu esquecimento, não meu desprezo pelos famintos.

Minutos depois, Pierce volta, visivelmente abalado. Está apertando os punhos, seu humor mudou. Ele olha para a mesa e suspira.

— Eu deveria ter te falado que meu amigo daqui é meio furão. Ele disse que podíamos ficar na casa dele, mas acabou de ligar dizendo que está em Canterbury e vai passar a noite lá com os amigos. Dei um esporro nele, mas acho que ele nem ligou. Pessoas são foda.

Pouso a mão na dele na tentativa de acalmá-lo.

Estou meio assustado, mas não posso perder meu FaceTime com Megan e Skye de novo. Já são dez da noite aqui, tenho duas horas e meia para estar em algum lugar com wi-fi.

Vamos dar um jeito. Vai dar tudo certo.

Espero.

— Desculpe, mas seu amigo é foda, hein? Quais são as nossas opções?

— É tarde demais para procurar um Airbnb. Poderíamos ficar em um hotel, mas é caro nesta época do ano. Não sei você, mas eu não posso bancar.

Finjo fazer contas de cabeça, mas sei que isso consumiria cerca de um terço de meu saldo, e ainda não tenho nenhuma perspectiva de fonte de renda.

— Não sei... é muito dinheiro. Você não conhece mais ninguém aqui?

— E você?

Bato no braço dele.

— Você queimou seu filme comigo.

— Nossa, voltamos aos anos 1990?

— Sei lá — digo. — Às vezes, meu pai diz umas coisas com tanta frequência que acho que ainda se usam.

— Que doideira!

— Mas não temos tempo para isso — digo. — Lamento ter que sugerir isso, mas será que conseguimos chegar a Londres até meia-noite e meia?

Ele baixa a cabeça e diz com voz abafada.

— É nossa única escolha, não é?

Passo os dedos pela sua cabeça, porque parece certo. É o que um namorado faria. Pego o celular e tento encontrar wi-fi. Depois de algumas tentativas malsucedidas — se sua internet está desbloqueada, por que vocês pedem senha, malditos restaurantes? —, encontro uma que consigo conectar. O sinal é fraco, mas sei que funciona, porque chegam notificações de e-mails e mensagens.

Escrevo um e-mail para Megan e Skye.

```
Oi, pessoal,

Pierce (sim, aquele cara) e eu íamos fazer o FaceTime
de Brighton (que deve ser a cidade mais gay do Reino
Unido), mas o lugar onde íamos ficar não deu certo e
precisamos voltar para Londres. Talvez cheguemos tarde.

Marty
```

Respiro fundo e guardo o celular no bolso. Meu pânico está sempre presente, escondido nas sombras; e está dizendo que é hora de me preocupar. Que o carro vai quebrar ou que vamos ficar presos no trânsito e não vou conseguir chegar. Procuro planos B no meu cérebro, mas não há muitos para encontrar.

Vamos indo para o carro e Pierce pousa a mão nas minhas costas. Olho para ele, que olha para a frente. Seu passo confiante me acalma. É como se ele se recusasse a reconhecer que nossos planos mudaram, ou que há algo no ar. Isso também me conforta, e sua presença calmante me diz que vai dar tudo certo.

Olho de novo as luzes da cidade e percebo que é a primeira vez que faço uma viagem com um cara de quem gosto, por mais curta que tenha sido.

É a primeira vez que caminho com confiança pelas ruas, mostrando publicamente meu relacionamento. Este dia foi libertador, inclusive saber mais sobre sua experiência com Colin e que ele não quer me machucar desse jeito.

Sei que se eu me preocupar demais com a viagem ou por me atrasar para a ligação, vou acabar estragando este momento lindo. É tudo meio perfeito, mesmo com as diversas imperfeições de hoje.

— É bonita esta cidade — digo suavemente.

— Ficou ainda mais bonita com sua presença. — Ele me cutuca com o ombro e cai na risada. — Desculpe, parecia bem mais legal na minha cabeça.

Dou risada também, e é aí que percebo que, apesar de todos os altos e baixos desta curta viagem, acho que nunca estive tão feliz.

23

COMEÇO A SURTAR quando o trânsito para, mas vejo Pierce sorrindo. Eu também tive um dia legal, mas sinto a necessidade de expressar exatamente como essa ligação é importante.

— Estou começando a entrar em pânico — digo. — Já se passou uma hora e meia e ainda estamos na metade do caminho. — Megan é vingativa pra caralho. Tipo, eu e Skye sempre estivemos ao lado dela, mas ela não lida com conflitos. Termina amizades como se fosse seu trabalho, sua vocação.

— Se ela ainda não terminou a amizade de vocês, não vai terminar só porque você perdeu uma ligação.

— São duas ligações! — Passo as mãos pelo meu cabelo, que ainda está revirado por causa da caminhada pelo píer. — Eu estava vagabundeando com você em Cardiff da última vez e esqueci de ligar para eles. Ela ficou puta. E eu deveria me redimir na ligação de hoje.

— Pode acrescentar "vagabundear" à lista de palavras que não se usam mais — ele ri. — E que lance é esse das sextas-feiras? É algo especial para vocês?

O trânsito melhora e passamos voando por uma rotatória. Não sei qual é o limite de velocidade, mas ele está acima.

— Nossa escola era pequena, e algumas pessoas que conhecíamos faziam fogueiras todas as sextas-feiras no verão. Todos eram convidados, menos nós, e sempre nos sentíamos excluídos. Passamos anos sem sermos convidados, mas conforme fomos crescendo e as pessoas foram ficando menos elitistas, começaram a nos chamar. Mas Megan sempre dizia que não podia ir, que tínhamos planos. Acho que foi daí que surgiu. É meio bobo, mas nós somos assim mesmo.

— E você não ligava de não ir a essas festas? — pergunta ele, e eu quase dou risada.

— Eram festas enormes. Pelo menos pareciam, pelas fotos. Um caos, muito barulho, como aqueles encontros pré-jogos de que tínhamos que participar na escola para torcer pelo nosso time. Eu não queria ir; gostava de ficar com Megan e Skye. Era muito mais legal. Mais...

— Seguro? — completa ele.

E então percebo que, apesar de todos os seus defeitos, ele realmente me entende; ele sabe o que desencadeia minha ansiedade; sabe como respondo às coisas.

À luz dos outros carros, vejo-o balançar a cabeça. Escureceu depressa, mas está tranquilo aqui fora. Não consigo ver as estrelas, mas daria para confundir esta estrada com uma estrada rural de Kentucky. Isso se não passássemos por rotatórias a cada poucos quilômetros e se não estivéssemos do lado errado da estrada. É, é meio diferente.

Ele enfia a mão no porta-luvas acima dos meus joelhos.

— Eu ia te dar isso esta noite, mas acho que devo dar agora, já que você está no humor certo.

Pego o envelope de suas mãos e tiro dele um pedaço grosso de papel. Uso meu celular para iluminar, e quando a luz brilha nele, minha frequência cardíaca dobra. É uma passagem. Uma passagem com meu nome. Examino os detalhes freneticamente.

— Florença, amor. Bem, a passagem é para Pisa primeiro, mas pegaremos o trem para Florença e depois daremos um jeito de chegar a Siena.

Eu me desmancho quando ele diz "amor", e derreto totalmente quando diz "Siena".

— Por que meu nome está aqui?

— Normalmente, o nome do passageiro tem que constar na passagem. Ou, se quiser a resposta verdadeira, consegui fazer Shane roubar seu passaporte para eu poder comprar essa passagem para você.

— Eu vou para Florença? Você vai *me levar* para Florença?

— É isso aí. Conversei com Dani e Ajay e os convenci de que poderíamos ir para a Toscana mês que vem. Preciso muito disso. Uma semana tranquila de aulas, seguida por um lindo fim de semana com... — ele faz uma pausa — meu namorado?

Não imaginei que o dia poderia melhorar, mas ele usou a palavra, o rótulo que eu desejo há anos. Sempre quis ter um namorado, porém nunca me permiti sentir isso.

Mas Pierce é diferente de todo mundo. Ele não é um garoto comum, mas também não é um homem estabelecido. Está em algum lugar no meio. E é aí que vou encontrá-lo, em algum lugar no meio.

Eu me sinto leve, tranquilo, à vontade.

— Parece que você está presumindo isso. Mas se está me perguntando, sim. Sim, quero ser seu namorado.

Pego sua mão; ele continua olhando para a frente. O sorriso não abandona seu rosto. Nem o meu.

***

Fazemos o restante da viagem em um bom tempo. Estou atrasado, é mais tarde do que eu pensava, mas quando chegamos a Londres, meu peito fica mais leve e, pela primeira vez, penso *estou em casa* sobre um lugar que não é Kentucky.

— Merda! — grito quando me dou conta. — Eu deveria ter avisado Shane de que ia voltar. Seria estranho chegar assim, ele pode estar com alguém.

— Ou eu poderia estar com alguém esta noite — ele faz uma pausa. — Estou me referindo a você. Foi uma maneira estranha de dizer isso.

Não digo nada.

— Quer ficar comigo esta noite?

Sorrio.

— Quero, contanto que eu possa usar seu wi-fi para ligar para Megan.

É uma sensação estranha ir ao apartamento de alguém pela primeira vez. No País de Gales foi divertido, mas era território neutro, tão longe de nossa vida corriqueira que parecia normal dividir uma cama — com ele ou com Sophie. Mas seria bom dormir com alguém que eu possa abraçar.

Pegamos o elevador até o quarto andar e atravessamos o corredor para chegar ao apartamento dele.

Imediatamente sinto inveja de sua casa. Não é enorme, mas é toda dele. Cheira a chá e a ele. A cozinha está impecável, mas não sei se é porque ele nunca cozinha ou porque é maníaco por limpeza. Ele me mostra o apartamento, da sala ao quarto (e nada no meio), e se senta no sofá. Sento-me ao lado dele, e ele me entrega um cartão com a senha excessivamente complicada do wi-fi.

Digito a senha e meus níveis de ansiedade começam a aumentar. Megan vai ficar puta da vida. Mas se eu conseguir falar com ela, poderei explicar. Ela vai entender, e terá que se comportar se Pierce estiver na tela.

O wi-fi conecta. Paro de respirar e espero a chegada do e-mail de ódio. Mas nada chega.

Respiro aliviado.

Mas então, recebo uma ligação no aplicativo que me dá chamadas gratuitas por wi-fi. Só dei meu número a poucas pessoas — aquelas que não tinham iPhone e não podiam fazer FaceTime, basicamente —, mas o aplicativo não pesquisa meus contatos pelo número, de modo que não sei quem é. Quem decora números de celular?

— Alô?

Ouço aplausos, música e gritos.

— Finalmente! Oi — diz Skye, mas o ouço mal pelo barulho de fundo. — Conseguiu voltar!

— Sim, Skye, desculpe. Chamo Megan pelo FaceTime agora, ou... que barulho é esse?

Acima de tudo, ouço sua respiração ofegante.

— Estamos na fogueira.

— Megan? Em uma festa?

É a primeira vez. Eu deveria estar impressionado, mas estou inseguro.

— Por que está me ligando? Não está usando seu pacote de dados?

— Vale a pena. Eu precisava falar com você.

Ele suspira; ouço apenas o crepitar do fogo.

Começo a andar de um lado para o outro. Mordo o lábio. Quero que ele fale logo, mas não posso forçá-lo. Não adiantaria.

— Ela está puta da vida comigo?

— Mais que isso. Literalmente, não sei como te dizer. Caralho!

— Skye — digo com a voz mais firme que consigo. Sei que Skye não diz "Caralho". — O que está acontecendo?

— Você não se revelou para todo mundo, não é? Ainda não devemos falar com os outros sobre esse tema, certo? Porque Megan me arrastou para a fogueira, e está, tipo, conversando com as pessoas, e elas ficam tipo "por que você está aqui? Você odeia esta merda".

Ele fica se repetindo, usando a palavra "tipo" para atrasar o máximo possível. Preciso que ele vá direto ao ponto, senão, vou quebrar o celular de tanto apertá-lo.

— E está dizendo que havia combinado de conversar por vídeo com você, mas que você também está...

Ele para.

— Caralho!

Caralho!

— Diga.

— Ocupado demais com seu namorado pra dar atenção pra ela. Ela disse isso para, tipo, umas dez pessoas. Estou tentando impedi-la, mas não consigo.

Que merda! Caio de joelhos. Depois sentado. Pierce se aproxima, e acho que deixei cair o celular, porque Skye ainda está falando, mas muito longe e não entendo o que ele está dizendo; então me desligo; eu me desligo porque o que mais posso fazer? Não, na verdade, estou perguntando que diabos vou fazer.

24

— MARTY.

Dor de cabeça. Dor de cabeça latejante. Está tudo girando.

— Marty.

Sim, esse é meu nome. Mas quem está me chamando? Meus olhos estão abertos?

— Ai — eu resmungo.

Minhas pálpebras se abrem e a luz inunda minhas pupilas. Estou deitado em uma cama, com a cabeça apoiada em um travesseiro macio e algo gelado na testa. Pierce aparece diante de minha visão, e quando tira o pano pingando de minha testa, a água cai em meu rosto.

— O que aconteceu?

Ele se inclina, segura meu rosto com as mãos e dá um beijo em meus lábios secos. Quando se afasta, vejo as rugas em sua expressão, o brilho em seus olhos.

— Você desmaiou. Tomei um puta susto, Mart.

Gemo.

— Jura? Achei que as pessoas só desmaiavam nos filmes. Por que eu...

A ligação. A voz de Skye.

Megan.

A fogueira.

Todo meu mundo desmoronando.

— Ah...

— A-ham — murmura Pierce. — Falei com Skye quando você derrubou o celular; ele também ficou assustado, mas eu avisei que você está vivo. Não acredito que ela fez isso! Achei que ela fosse sua amiga. Sua *melhor* amiga.

— Não sei. — Não sei mesmo. — A visão de certo e errado de Megan é distorcida. Quando se indispõe com alguém, ela justifica qualquer coisa.

Ele dá uma risada seca.

— Ela tem outra versão sobre o que aconteceu. Nunca vi alguém tão delirante.

— Como você sabe? — pergunto.

— Seu amigo Skye ficava dizendo que havia tentado impedi-la, mas parece que ele é meio frouxo. Ele tem medo dela, assim como você.

— Eu não tenho...

Ele coloca um dedo diante de meus lábios.

— Ela controlava você, usava sua ansiedade contra você, tanto você quanto Skye têm pavor dela. Mas eu não.

Sinto um gosto amargo; sei que ele tem razão.

— Eu não queria me meter, mas fiz Skye passar o celular para ela e informei que revelar a sexualidade de alguém era um abuso, que ela estava colocando você em perigo e que talvez tivesse problemas com a Justiça. Disse que falaria com um advogado na segunda-feira. Acho que ela sabia que eu estava blefando, mas parou.

— Mas o estrago já estava feito — digo, abraçando-o. — Mas obrigado por lutar por mim.

Minhas emoções estão embaralhadas. Estou com raiva, derrotado e quase desestruturado, mas meu lar aqui suavizou o golpe. Sinto esperança de que um dia poderei voltar a Kentucky totalmente assumido, sem me importar com o que as pessoas vão pensar. *Quase posso* ver esse Marty.

— Acha que seus pais vão descobrir? — pergunta ele.

Dou uma risada rasa.

— Já saí do armário, Pierce. Na verdade, contei primeiro aos meus pais, depois a Megan. Mas ninguém mais lá precisava saber. São poucas as pessoas em quem confio lá, mas, mesmo assim, nunca se sabe se são pessoas legais e respeitosas por fora e que vão às reuniões da Ku Klux Klan à noite.

— Isso ainda existe?

— Infelizmente, sim. A questão é que não contei a mais ninguém porque queria poder voltar sem virar notícia. É uma merda saber que, agora, as pessoas estão falando sobre isso. Eu morar em Londres já era uma coisa que as pessoas nunca entenderiam, mas isso é outra coisa. É assim que eles definem as pessoas por lá. Eu gostava de ser o cara que ficava em segundo plano, tocava oboé e depois foi para o exterior em busca de uma vida melhor do que eles poderiam compreender. Agora, está tudo arruinado.

Ele larga o pano no chão e se deita na cama comigo. Não com instinto predatório, sexual, mas de um jeito que me mostra que posso contar com ele: aconchegado em mim, com os lábios em meu pescoço. Ele passa o braço sobre mim, e eu permito. Quero ficar assim até me sentir melhor. Até que meus pedaços estejam colados de novo.

Já saí do armário. Obviamente, não tem sido fácil, mas minha sexualidade é coisa *minha*. É minha vida, e eu deveria escolher quem vai saber. Dou uma olhada em meu celular e vejo que há duas ou três mensagens.

Nenhuma é ruim. Nenhuma me alerta de que vou para o inferno, nada melodramático. Uma é solidária, outras perguntam se é verdade. A maioria começa com "eu estava conversando com Megan", o que significa que Skye estava dizendo a verdade.

— Ei — diz Pierce; vejo-o lentamente entrar em foco —, quem se importa com o que eles pensam? Você está a milhares de quilômetros de distância.

— Uns anos atrás, quando eu era calouro, um sujeito saiu do armário. A maioria das pessoas foi muito legal com ele. Tipo, legal *demais* — balanço a cabeça —, diziam que ele era corajoso por ser gay, seja lá o que isso signifique; ou demonstrando apoio e dizendo quantas pessoas gays conheciam. Ele era uma novidade, virou uma caricatura de si mesmo. Não era um astro do tênis ou o grande ator; era o garoto gay.

Pierce ri, mas pega minha mão depressa.

— Desculpe, é que isso me lembra quando eu contei às pessoas; meus amigos, de repente, começaram a me pedir dicas de moda. As pessoas são horríveis, não pensam.

Respiro fundo e prendo o ar. Meus pulmões doem, mas depois de alguns segundos a pressão diminui.

Faz poucos meses que me formei, mas mal consigo me lembrar como foi andar por aqueles corredores. Ver os mesmos professores, os mesmos alunos, enfiar a cabeça no armário para respirar quando a multidão que corria para as aulas era muito barulhenta, muito caótica.

— A decisão de contar ou não era minha — digo. — Acho que... que eu queria desaparecer. E ela tirou isso de mim.

Minha lista de amigos sempre foi pequena, fácil de administrar. Até este mês, o último acrescentado à minha lista de amigos havia sido Skye, e isso foi há anos. Imagino os nomes de Megan, Shane e Skye em uma lista, seguidos por Pierce, Sophie, Sang, Dani e Ajay. Mas esse primeiro nome, em destaque, acabou de ganhar um grande X em cima.

— Agora sou o garoto gay — murmuro.

Ele dá um leve beijo na minha mão.

— Que garoto você quer ser? O do oboé? O de Londres? Vou te chamar do jeito que você quiser.

Esboço um leve sorriso.

— Só "Marty" está bom.

25

NO DIA SEGUINTE, ESTOU bem confuso. Voltei para casa e contei a Shane a versão editada — sem o desmaio — do que aconteceu, mas não tive coragem de escrever para Megan. Nem sei se devo fazer isso; e não dá para pesquisar no Google qual é a melhor maneira de responder quando uma amiga pisa feio na bola. Mas todas as nossas boas lembranças ficam voltando à minha mente. Waffle House tarde da noite, cappuccinos no posto de gasolina antes da escola; uma vez, decidimos que seríamos excelentes tenistas, mas descobrimos que ela não conseguia controlar a raquete e eu não conseguia sacar nem se minha vida dependesse disso.

Mas também tenho lembranças ruins. Ela me provocava implacavelmente na escola. Chamava-me de veado (mas também chamava todo mundo assim) e dizia a todos que eu estava com a cabeça no rabo do professor. Dizia isso palavra por palavra. Aos doze anos. Fico pensando no que me levou a ser amigo dela. Foi por necessidade? Nossa relação realmente é boa?

Ainda estou na cama — estou sempre na cama — quando ouço vozes na sala. Quase me dá vontade de ver quem Shane convidou. Quase.

Nunca passei por uma separação, mas imagino que seja assim. Megan e eu meio que combinávamos. Ela me tirava da concha. A morte de nossa amizade pesa muito no meu peito, porém não estou sem amigos. Não estou sozinho. Posso ignorar os e-mails dos meus conhecidos de Kentucky e esperar que tudo passe.

Estou ferido, mas não estou quebrado.

Digito uma mensagem para Pierce.

> Obrigado por tudo ontem à noite. Que bom que posso oficialmente te chamar de meu namorado.

Sophie abre a porta e entra no meu quarto. Olha para mim com uma espécie de pena, mas também com um fogo que não vi antes. Shane parece arrasado e se senta na cadeira em frente à minha cama.

Ouço um som rítmico batendo na janela ao lado da cama. Chuva. Descobri que o verão de Londres é bem molhado. Chove sempre, forte o bastante para molhar, mas é uma chuva leve, que o vento leva para todo lado, de modo que os guarda-chuvas são inúteis. Sophie está com uma capa de chuva nas mãos.

— Você está bem? — pergunto.

Ela balança a cabeça.

Sinto uma dor estranha no estômago, e não é fome desta vez. Quero que ela fique bem, quero saber o que ela tem. Porque, e se eu for o motivo? Não posso perder minhas duas melhores amigas em doze horas.

— Eu é que deveria te perguntar isso — ela diz por fim.

— Fala comigo.

— Não sei como.

— Como assim? — pergunto.

— Marty, você fodeu tudo, sabia?

— Soph — alerta Shane.

— Eu *o quê*? Do que está falando?

Ela fica andando pelo quarto e eu me sento na cama, com as pernas para fora.

— Nem sei por onde começar, cara. Na verdade, tudo começa do mesmo jeito: falei com Pierce hoje.

— Merda — sinto um aperto de medo no peito. — Pierce te disse que eu contei o que você disse sobre Colin? Era importante, eu precisava saber.

— Mart, não é isso. Você fez bem em confrontá-lo. Mas ele me contou o que aconteceu com sua amiga e que você desmaiou no apartamento dele.

Shane limpa a garganta.

— Desmaiou? Você não me contou isso, eu não deveria saber pelos outros.

— Foi meio melodramático, acho.

— Você acha? Marty, você sabe por que desmaiou? — Sophie cruza os braços, com a capa de chuva sobre um deles, e olha pela janela. — Preciso saber se você entendeu.

— Porque eu fiquei estressado depois de saber o que Megan fez; acho que simplesmente perdi a cabeça, não sei. Isso acontece.

— Não acontece! Só acontece nos filmes, a menos que a pessoa esteja doente. Me fala o que você comeu ontem, porque Pierce disse que você nem tocou no jantar.

— Belisquei algumas coisas.

— E quando foi a última vez que comeu antes disso?

— Aonde você quer chegar? Estou de dieta, Sophie, estou acima do peso.

— Você está *bem* do jeito que está, mas não é essa a questão. E isso não é dieta. Quando você comeu antes disso? Comeu alguma coisa ontem?

— Algumas coisas — digo. — Não foi por isso que eu desmaiei.

Eu sei que comi só uma banana. E que não jantei na noite anterior também. Será que comi na quarta-feira? Fiz um lanche, pelo menos.

— Com certeza, foi, em parte.

— Caralho — diz Shane —, eu vi que isso estava acontecendo e não fiz nada. Estava preocupado, porque todo mundo me acha superprotetor, então fiquei só observando. A culpa é minha.

— Não é culpa sua — digo. — E não aconteceu nada. Vocês acham que sou anoréxico? Pareço anoréxico?

— Não estou aqui para diagnosticar você, Marty — diz Sophie. — Estou aqui para salientar que se tentar sobreviver com uma colher de comida por dia, vai desmaiar, vai se machucar e vai chegar a causar danos que não poderá reverter.

— Eu sei o que estou fazendo.

— Não sabe.

Ela ri. Ri loucamente na minha cara.

— Vou parar quando atingir meu peso ideal — digo.

— E qual é seu peso ideal? — pergunta Shane, sério. — Quando você vai magicamente se sentir bem com seu corpo?

— Quando começar a ver suas costelas? — diz Sophie — Por favor, se abra com a gente para que possamos te ajudar.

— Está funcionando — digo. — Perdi quase cinco quilos esta semana.

— Você *o quê*? — grita Shane.

— Não sou médica — diz Sophie, balançando a cabeça —, mas sei que isso é mais do que se pode perder com segurança em uma semana.

Estou quase saindo do IMC de gente acima do peso. Todos os dias emagreço um pouco. Vejo os números caindo, e isso é tudo que importa. E desmaiar uma vez não significa nada. Mas não argumento. Estou com muita raiva, e ela não entenderia.

— É por causa de Pierce?

— Bem, eu emagreci e agora estamos namorando.

Até eu estremeço com minhas palavras. Não queria que saíssem assim, mas são palavras verdadeiras.

— Vocês *o quê*? Ele não contou essa parte.

Eu me levanto e vou até Sophie. Ela está me irritando; está me intimidando como Megan fazia. E está muito errada.

— Olha — digo. — Qual é o sentido de tudo isso? Vou ter o cuidado de não desmaiar da próxima vez que outra amiga se virar contra mim. Parece que estou me saindo muito bem até agora.

— Estou preocupada com você, Marty. Se você não se cuida, alguém tem que cuidar — ela suspira. — E se Pierce estiver te pressionando para deixar de comer, ou para emagrecer para ficar com ele, não pode ajudá-lo, sendo seu namorado ou não.

Caio de volta na cama. Quero defender Pierce; quero explicar que estou fazendo dieta por causa dele, mas que ele não está me obrigando a nada. Na verdade, ele não comentou nada sobre meu peso nem minha alimentação. Só sobre a dele mesmo. Em voz alta, na minha frente, mas não *para* mim.

Digo, por fim:

— Aí é que está. Pierce não está me pressionando a fazer nada.

— Mas você começou a ler as informações nutricionais como ele — Shane coça a cabeça. — Até diz as mesmas coisas que ele. Como no jantar do outro dia: *não acredito que este prato tem mais da metade do sódio que se deve consumir em um dia*. Tudo bem querer comer de forma mais saudável, mas o que você está fazendo não é saudável.

— Algumas pessoas fingem não ver quando seus amigos fazem más escolhas — diz Sophie, olhando para Shane. — Mas eu não sou desse tipo. Não sei como chegar até você. Mas já que estamos falando dele, adivinha o que Pierce anunciou para a turma toda? Que vocês vão apresentar um dueto daqui a *duas semanas*.

— E?

— Eu levaria dias para enumerar todas as razões contra essa péssima ideia. Primeiro, Pierce é instável e tem um histórico que depõe contra ele. Mas você sabe disso — murmura entredentes. — Segundo, ele não é um bom músico. Ele manja de história da música, mas você precisa ouvi-lo tocar; é tão xoxo que parece executar os movimentos automaticamente. Mas aqui não dá para disfarçar um músico sem graça com uma personalidade vibrante. Sabe por que ele quer fazer o recital com você?

— Porque ele gosta de mim.

— Como oboísta! – ela diz.

Sinto a frustração crescer dentro de mim e me levanto de novo.

— Como namorado! Como ser humano!

Shane se remexe na cadeira, mas não levanta.

— Não creio que seja verdade — ela diz com voz suave, olhando para as próprias mãos. — Se você realmente achasse que ele gosta de você, não ficaria assim. Não estaria fazendo dieta radical, não acharia que precisa fazer mal a si mesmo para fazer alguém gostar de você.

Não digo nada. A chuva aumenta lá fora; Sophie veste sua capa.

— Tenho que ir — ela diz. — Tudo isso terá sido perda de tempo se você tiver que ser levado daqui de maca, ou se fugir depois de uma briga inevitável com Pierce. Não posso me aproximar de outra pessoa que vai desaparecer de novo. A academia é difícil o bastante com Rio querendo meu sangue. Preciso fazer um amigo de verdade e me proteger.

Ela se afasta. Quase não a ouço. Mas só quase, e o que escuto é uma frase que nunca vou esquecer.

— Boa sorte com a mudança de volta para Kentucky.

26

PIERCE AINDA NÃO respondeu à minha mensagem.
Mas preciso dele.
Mando outra:

> O que está fazendo?

E outra:

> Tive uma briga com Sophie.

Saio para dar uma volta com Shane; encontramos um banco onde podemos simplesmente nos sentar na chuva; já estamos encharcados.

— Podemos conversar sobre alguma coisa? — pergunto. — Qualquer coisa que não seja sobre você sabe quem.

— Não sei se é um bom momento para anunciar isso, mas eu consegui.

— Você *o quê*?

— Você está olhando para a nova quarta trompa do *Les Mis*. Fiquei sabendo logo depois que você viajou.

— Parabéns, Shane — digo. — Que coisa boa!

Eu deveria ficar com inveja, mas sei que não fiz o esforço que deveria. A palheta que fiz quando cheguei aqui está começando a rachar ao meio, e ainda não arrumei tempo para fazer outra. Da última vez que ensaiei, percebi um leve zumbido que não desaparecia.

Estou expandindo meu portfólio, mas não tenho feito mais nada. Não procurei emprego, mas é difícil fazer isso quando estou tocando no parque com Sang ou explorando a Europa com meus novos amigos.

Mas isso é especial e importante.

Nunca tive um grupo grande de amigos, nem um namorado, e eu nunca toquei em *jam session*s só para curtir a música. Só que talvez eu tenha focado muito nisso ultimamente.

— Terei que largar o emprego na livraria — prossegue Shane —, mas tudo bem para mim. Posso tentar arranjar uma entrevista lá, se você quiser, é um ótimo trabalho e superflexível.

— Não parece; afinal, você nunca mais saiu com o grupo; e perdeu a última *jam session* por causa do trabalho. Parece que atrapalha muito.

Ele faz uma pausa. Respira fundo.

— Então, é por outra coisa. Estou meio que saindo com uma pessoa. E nos divertimos tanto que não queríamos contar a ninguém para não trazer má sorte. Mas acho que vamos contar em breve. Por isso, quero que você seja o primeiro a saber.

Cubro a boca com as mãos.

— Meu Deus, é Sang, não é?

— Pois é — ele passa a mão nos cabelos, formando uma auréola ao redor de sua cabeça. — Estamos juntos.

Shane então sai para se encontrar com ele; peço que dê um abraço em Sang por mim.

Tenho a sensação de que preciso agir. Preciso fazer uma mudança em breve, se quiser que as coisas saiam do meu jeito. Se eu não quiser voltar para Kentucky. Mas minha mente está em Megan, Sophie, Shane e Pierce — especialmente em nosso recital. Estou preocupado, nunca o ouvi tocar sozinho. Tudo que sei é que ele admite que tem dificuldade. Sophie disse que ele tem dificuldades; e ele ainda é o terceiro trompete.

Mas será que ajudar alguém é tão errado assim? E talvez, com minha ajuda, possamos surpreender todo mundo.

Nós dois.

— Namorado — pronuncio a palavra de novo, mas não parece real. — Namorado.

Meu estômago ronca. E não posso negar que Sophie tem razão. Aperto a barriga para silenciar o ronco, está começando a ficar constrangedor. As pessoas me olham quando acontece em público. Isso costumava despertar sorrisos engraçados, mas passou a ser uma preocupação de verdade. Será que todo mundo sabe o que estou fazendo comigo mesmo? Será que eu mesmo sei?

Meu celular vibra enquanto volto para o apartamento. É Pierce. Minha tensão diminui, até que leio.

> Estou no trem, vou para Leeds visitar minha família.
> Lamento por Sophie.

E:

> Vamos ensaiar a peça do recital quando eu voltar?

Antes que eu possa reagir, meu dedo mantém pressionado o botão liga/desliga, até a tela ficar preta. Um fogo vive e respira dentro de mim. Meus passos ecoam contra as paredes de tijolos da ponte. Afasto-me do parque, do apartamento; continuo andando. Queria ter trazido meus fones de ouvido para abafar a cidade. Preciso de uma fuga.

Uma fuga da minha fuga.

Parece que tudo está desmoronando, e o universo, definitivamente, está me dando um sinal. Shane disse a Sang que o universo está errado, mas ele não sabe de nada. Pierce foi embora quando preciso dele e já está demostrando que seu maior interesse é no recital.

Ou talvez eu esteja interpretando mal as coisas, graças a Sophie.

Continuo andando uns dez minutos. Vinte. Mais ainda. Sigo a mesma rua para o norte, até ver turistas começando a se aglomerar.

De repente, estou na capa dos Beatles. Abbey Road. *A* Abbey Road, com a icônica faixa de pedestres e os turistas nela para tirar uma foto. Eu me recosto na parede de tijolos que cerca uma residência próxima ao caos; vejo perfeitamente a faixa.

E a observo.

Abbey Road é uma rua de verdade. Os carros ficam furiosos com os pedestres que bloqueiam o trânsito. Tiro uma foto — não que eu queira lembrar deste momento, mas quero lembrar deste lugar. Da raiva dos motoristas e da distração dos turistas.

Sento-me em um banco em frente ao Abbey Road Studios e observo o fluxo interminável de pessoas e carros, alegria e frustração. Uma mulher começa a tocar *Hey Jude* no violão, mas ninguém lhe dá muita atenção.

Mas eu dou. Sua voz me embala em uma espécie de transe, até que meus lábios se animam em uma tentativa de sorriso. Quando estou muito para baixo, a música me puxa para cima e me lembra por que estou aqui.

Ficar me lamentando não está ajudando. Preocupar-me não está ajudando.

Tenho que me tirar dessa escuridão.

27

— SOPHIE ESTAVA TENTANDO ajudá-lo — diz Shane, encostado na parede do meu quarto. — Ela quer que você se recupere, que fique mais forte para se defender, entende?

— Acho que não consigo. Nem sei o que é isso, estou muito confuso.

— Coma, então — ele me joga um saco de batatas fritas. — Eu não queria admitir, no começo, e não sei como falar com você sobre isso, mas me preocupo às vezes. Seus olhos ficam vidrados e você aperta seu estômago. E além disso, dorme o tempo todo. De quantos cochilos uma pessoa precisa?

Puxo as duas pontas do saco. Está aberto.

Sinto o cheiro de batatas fritas sabor churrasco. Fico olhando o saco, viro-o e leio as informações nutricionais. Não sei se devo.

Ele revira os olhos.

— Coma. Você não está se ajudando.

Quero acabar com essa dieta radical, mas já posso sentir Pierce se afastando. Ele mal falou comigo nesta semana, e fico imaginando se acaso tudo não foi demais para ele. Se *eu* não fui demais para ele.

Mas faremos nossa viagem a Florença em breve, depois nosso recital, e se eu conseguir perder mais uns cinco quilos, estarei mais perto de meu objetivo.

Se bem que ainda não sei qual é meu objetivo.

— Vou comer um pouco — digo, e coloco duas batatas na boca.

Duas se tornam quatro, o que se torna metade do saco. Ele me observa comer como se eu fosse um espetáculo à parte. Dobro o saco e o deixo de lado. Chega disso, por enquanto.

O estranho de morar com alguém é que sempre há uma conversa aberta, nunca se encerra. Shane está aqui quando acordo e quando durmo, e o tempo todo entre uma coisa e outra. Fica ensaiando para seu novo emprego enquanto eu vejo um filme. E minha linha de pensamento viaja, dia após dia, em um fluxo e refluxo que parece nunca ter fim.

Faz uma semana que Sophie tocou no assunto pela primeira vez, e ele finalmente está falando sobre isso. Quer trazê-lo à tona de novo, mas, por enquanto, eu me escondo. No meu computador, no celular na minha mão.

Meus dedos digitam os números que sei de cor. O *único* número que sei de cabeça que não é meu telefone fixo.

E pertence a alguém que me destruiu.

Skye mandou mensagens frequentemente nos últimos dias, mas não respondi.

Seria muito fácil tirá-la de minha vida, mas não posso. Não posso me esconder em minha carapaça de tartaruga e esperar que tudo acabe, porque sei que isso nunca vai acontecer. Preciso encerrar isso de uma vez por todas para poder cuidar da minha vida aqui.

— Oi. — Limpo a garganta para baixar a voz, que faz eco. — Desligue o Bluetooth.

— Sim, senhor. Não acredito que você me ligou. É um confronto?

— Achei que já era hora — digo. — Não sei por onde começar.

— Que tal começar pelo momento em que você ficou bom demais para nós?

Será que Skye está com ela?

— Megan, quer saber a verdade? Acho que isso foi há séculos. Anos, antes mesmo de sermos amigos — seguro uma lágrima. — Eu nunca me encaixei na vida que me foi dada.

— Porque você é *gay*?

— Sim. E em um estado em que metade das pessoas prefere que você morra a que seja verdadeiro, ou você se força a se sentir superior ou deixa que o façam se sentir inferior. Não tem meio-termo.

— Então, ótimas notícias. Estou te dando asas, Mart. Você está por sua conta. Cansei de segurar sua mão, e está claro que você *acha* que pode se virar bem sem mim. Pronto, estou expulsando você do ninho.

— E esperando que eu me espatife na calçada.

Ela ri.

— E vai se espatifar. Nossa, odeio conhecer você tão bem, de verdade. Eu estava dizendo a Skye que...

— Mantenha-me fora dessa — ele diz. — Isso é coisa sua, você passou dos limites.

— Ora, Skye, eu te disse o que ia fazer; você ainda foi à fogueira comigo.

— Não acreditei que você faria mesmo!

— Skye — digo —, ela te contou que eu era gay, mesmo sabendo que eu não queria. Por que achou que ela estava blefando, que não ia falar de mim para todo mundo?

Aperto a almofada ao meu lado. Shane está recolhendo suas coisas para sair do quarto. Dividir um apartamento pode manter sempre uma conversa aberta, mas esta ele quer encerrar agora, e não o culpo.

Skye fica em silêncio. Megan fica em silêncio. Eu fico em silêncio.

Ouço o clique quando Shane entra no seu quarto. Aperto os dentes.

— Megan — digo, para dar mais seriedade à conversa. — Eu não sabia aonde você queria chegar, mas agora sei. Desculpe, eu me atrasei trinta minutos para uma ligação e você interpretou isso como se eu tivesse te trocado pelo meu namorado. Sim, ele é oficialmente meu namorado. Mas me arrependo de muitas coisas. Eu me arrependo por nunca ter enfrentado você e ter permitido essa sua superioridade perversa, pela qual acha que pode controlar tudo que acontece na minha vida. Você ficou puta por eu ter contado pros meus pais primeiro e depois pra você, e me arrependo por isso. Porque, na verdade, você deveria ter sido a última pessoa a saber. Porque cada lembrança sobre eu me assumir está ligada a você. Porque você alegou que sempre soube. Porque começou a perguntar se todo cara que eu via era gostoso ou não. Porque achava que precisava me empurrar cada vez mais para fora do armário, como se isso fosse o que me segurava.

Eu me calo e dou a ela uma última chance de intervir.

— Tinha uma coisa me impedindo de ser eu mesmo, e você sabe o que era?

— Posso adivinhar — ela diz com deboche.

— Você — deixo a palavra no ar. — Acho que terminamos por aqui.

— Acho que terminamos há muito tempo.

28

A ÚNICA COISA DE que me arrependo, dias depois da briga com Megan, é de ter deixado que ela tivesse a última palavra.

Ela é muito hábil em discussões, sabe como virar o jogo e atacar na jugular. Não dá para brigar com ela com palavras (nem com os punhos; ela tem a força de uma lutadora de MMA), mas eu me mantive firme.

Eu disse o que precisava, coisa que nunca fiz antes.

Além disso, estou focando os pontos positivos: vou para Florença daqui a dois dias, e hoje é a primeira vez que verei Pierce depois que desmaiei, pois ele ficou em Leeds mais tempo que o planejado e não chegamos a ensaiar. Ainda estou emagrecendo, mas comendo mais, se não por outro motivo, pelo menos para não desmaiar. Ainda me sinto estranho às vezes, aí deito e cochilo. E um cochilo resolve tudo.

No momento, estou voltando para o apartamento depois de um ensaio sem muita concentração. Quando paro para ver se há correspondência, vejo um pacote. Pego-o e leio de ponta-cabeça.

É dos Estados Unidos. Kentucky.

Não é o endereço de casa.

Minhas mãos começam a tremer, a ponto de o conteúdo da caixa tremer também.

Dou passos largos até o apartamento. O conteúdo da caixa chacoalha com meus batimentos cardíacos. Abro a porta e coloco a caixa e meu oboé na mesa de centro e me afasto.

Shane estranha.

— O que está fazendo?

— Ela sempre tem que ter a última palavra.

— O quê?

— Ah, desculpe. É Megan — digo, indicando o sofá de onde fiz a ligação que acabou com nossa amizade. — Ela me mandou isso.

Ele fica em pé, descalço, e olha de mim para a caixa.

— Você vai...

— Não sei!

— Ignorar não vai parar...
— Eu sei!
— Então, abra!
Suspiro.
— Ok!

Shane corre para a cozinha e volta com uma faca. Ignoro os pedaços de curry e cordeiro na parte serrilhada (só identifico porque foi nosso jantar de ontem). Corto a fita adesiva tigrada; minha ansiedade cresce a cada movimento.

Abro as abas, uma a uma, retardando o processo o máximo possível.

É um scrapbook de capa vermelha com uma foto no meio. Uma foto que não vejo há anos. É do nosso baile de boas-vindas da escola. A primeira foto de nós três.

— É você? — pergunta Shane. — E ela?

Dou risada.

— Megan e Skye foram ao baile juntos, e até aí chegou o romance deles. Eu não era amigo deles ainda. Eu sou esse no fundo, de boca aberta, olhando surpreso para o flash.

— Como você é fotogênico! Por que ela mandou isso? Está arrependida?

— Demora mais de uma semana para a correspondência chegar aqui — digo, passando a mão no tecido do scrapbook. — Ela o mandou antes de nossa briga.

Abro-o.

A primeira página é uma carta:

> Feliz Dia dos Namorados, VADIA. Opa, peguei pesado.
> Eu sei que é julho, mas leva alguns meses para os pacotes chegarem ao exterior. Ou era o Mayflower que demorava? Responda você, que já se formou.
> Com minha absoluta necessidade de fazer scrapbooks, reuni algumas lembranças nossas que tinha no celular.
> Eu poderia ter feito um arquivo digital e economizado muito tempo, mas minha mãe adora scrapbooks e me comprou todas essas coisas, então, aí está.
> Com todo o amor de meu coração... VADIA!
>
> Megan

Se tivesse poderes mágicos, eu os usaria para parar de rir. Cada risada parece uma traição, mas não posso evitar. A carta é a cara dela, mas o scrapbook *não*. Sento-me no sofá, e Shane vê isso como uma deixa e sai da sala. Vejo página por página.

Vejo uma foto perfeitamente emoldurada do carro dela, com um estêncil de letra cursiva acima que diz: "Onde tudo começou". Nós nos odiávamos havia anos, principalmente porque ela não parava de falar por cima de todo mundo na aula de história. Ela era uma sabichona que não sabia nada, mas não deixava ninguém falar. Eu havia brigado com ela uma vez, eras antes, e ela guardou rancor durante anos. Revirava os olhos quando eu entrava na sala, olhava feio quando passava no corredor... tudo por nada.

Para mim, estava tudo bem; até que precisei dela.

Shane volta com um prato de minisamosas que fez para nós e aponta o lugar ao meu lado.

— Posso ver?

Concordo balançando a cabeça.

— Belo carro — diz e se senta.

— É dela. Eu geralmente pegava o ônibus para ir à escola, mas, um dia, estava terminando o esboço do anuário e tive que ficar até mais tarde. Não moro longe da escola, mas seria uma longa caminhada, e eu estava com a perna engessada; longa história. Quando saí, havia só um carro no estacionamento: o dela. Em casa ninguém atendia, e eu não tinha muitos amigos que já sabiam dirigir. Não tive opção: pedi uma carona a ela e, em algum momento durante aquela viagem de seis minutos, nasceu uma amizade.

Viro a página e respiro fundo. Meus olhos começam a arder; sei que as lágrimas estão vindo e não vão parar.

— Quer um lenço de papel?

Desmorono. A tristeza rasga meus músculos e me sinto vazio e sobrecarregado ao mesmo tempo. Essa foto... o pai dela me abraçando, ambos sorrindo...

— Nós... — começo a soluçar, mas me controlo e forço as palavras a sair. — Tínhamos acabado de ganhar no jogo de saco no buraco. É um jogo comum nos Estados Unidos. Não sei se você... enfim, nós ganhamos, vencemos Megan e a mãe dela e tiramos esta foto. E ele morreu dias depois.

— E vocês eram próximos?

— Não, mas é que ver o pai de sua melhor amiga morrer é complicado. Você fica triste, mas nem se compara ao que elas estão sentindo. Você fica triste, mas elas devastadas, sem fé, assustadas. Mas têm que aguentar firme. Megan falou na cerimônia.

Uma lágrima desce pelo meu rosto.

— Como é difícil quando uma amizade termina — digo.

Shane passa o braço em volta de mim, e eu prendo a respiração para que o ar não desapareça.

— Espero que possamos manter a nossa mais um pouco, se você não se importa.

— Vai fazer as pazes com ela? — pergunta Shane, balançando a cabeça calmamente, como se essa fosse a escolha óbvia entre amigos antigos.

Até seria, mas...

— Um pouco de perspectiva ajuda — digo —, mas isso não resolve nada. Você devia tê-la ouvido se justificando por ter me exposto. Não acredito que a mantive em minha vida por tanto tempo.

— É verdade. Que bom que conseguiu sair dali — diz Shane. — Aquela cidade está cheia de idiotas.

— Semana passada, eu teria concordado com você, mas acho que não é verdade — balanço a cabeça. — Desde que ela fez isso, recebi muitas mensagens de apoio de pessoas de lá. De Skye também, o tempo todo.

— Então Avery tem mais coisas boas do que parece?

— Eu não dei a ninguém a chance de me conhecer de verdade, por isso, acho que nunca vou saber. Quando encontrei Megan, pensei que ela era tudo de que eu precisava. Isso até eu vir para cá. — Shane sorri; eu continuo. — Com Pierce, Sophie e os outros, pude ser eu mesmo *imediatamente*. Eu não sabia que era de um grupo como esse que eu precisava. Tenho minha família aqui.

Quando consigo controlar mais minhas emoções, vou ao banheiro e, por reflexo, pego a balança. É meio-dia e já me pesei uma vez, mas gosto de ver como o peso muda ao longo do dia. Pierce me convidou para almoçar hoje, de modo que possivelmente vai aumentar mais tarde. Tiro os sapatos, a calça, e subo.

Meu peso é quase o mesmo. Não sei o que esperava e não posso explicar por que me sinto obrigado a fazer isso com tanta frequência; mas, sem dúvida, houve progresso. Puxo a frente da camiseta e vejo o espaço que sobra onde antes ficava minha barriga. Ela ainda está aí, mas um pouco menor.

Coloco a calça de novo. É meio justa — tive que comprá-la na Primark ontem, pois as minhas estavam enormes —, mas gosto dela. Meus ombros se aprumam sozinhos e me sinto confiante.

Até ouvir alguém bater na porta da frente.

Shane sai para um de seus últimos turnos na livraria quando Pierce entra no apartamento. Ele me dá um abraço breve, sem olhar muito para meu jeans novo ou reconhecer o fato de que não nos vemos há dias. Senta-se no sofá e acena.

— Oi — digo.

É estranho, mas não sei por quê. Há tensão no ar, mas não consigo identificar por que seus ombros estão caídos, por que seu olhar está fixo no chão.

— Oi — ele diz. — Desculpe, não sei se estou a fim de almoçar, mas quis passar por aqui de qualquer maneira.

Sento-me ao lado dele e levo a mão às suas costas.

— Tudo certo?

— Essa escola é difícil, às vezes. Estou cada vez mais frustrado; ninguém me ouve. Parece que não percebem que estou me esforçando, ou acham que estou deixando minha arrogância atrapalhar. Sou uma pessoa razoável, estabeleço metas para mim e as cumpro. Eu... caralho, eu não sei!

— Pierce — digo, acariciando sua nuca.

Ele afasta minha mão.

— Não quero dó de ninguém. Só preciso treinar mais, sei lá.

— Não estou com dó de você. Você é meu namorado, é isso que fazemos: ouvimos e apoiamos um ao outro.

O silêncio dura muito tempo. Até que ele balança a cabeça.

— Acho que sim. Eu nunca fui de namorar.

Não sei o que dizer, então fico quieto.

Ele suspira.

— Falei com o Dr. Baverstock ontem sobre a peça do recital.

— E o que ele disse?

— Que estava muito animado para ouvir *você* tocar. Aparentemente, ele andou ouvindo seus ensaios ultimamente. Tive que ficar sentado lá, sorrindo e ouvindo, enquanto ele elogiava você por tudo que critica em mim. Fiquei arrasado.

— Desculpe — digo lentamente.

— Não é sua culpa. Enfim, é melhor eu ir. Deve haver uma sala de prática aberta. Isso aqui não está ajudando. Desculpe, mas às vezes tudo é tão difícil...

Eu sei o que ele quer dizer.

Ele se levanta e a tensão toma meu peito e meus ombros. Eu me levanto e tento segui-lo, mas ele já saiu. Nem cheguei a contar sobre o scrapbook ou o telefonema que acabou com minha amizade. Poderíamos ter ficado juntos, ajudado um ao outro, mas ele não queria isso. Uma parte de mim sabe que ele está certo sobre uma coisa, e isso me preocupa: talvez ele ainda não seja do tipo que namora.

Lembro o dia que estávamos em frente ao Parlamento e a onda de emoções que eu não conseguia controlar diante daquela versão de Pierce, fosse qual fosse. Ele ficou ao meu lado, ouviu-me e se adaptou. E por mais que eu queira me fechar e deprimir, acho que é minha vez de fazer o mesmo.

Saio correndo pela porta, com o oboé na mão, e o vejo a alguns passos, passando as mãos por seu cabelo curto. Ele está andando de um lado para o outro, dominado pelas suas emoções. Conheço esse sentimento, ou algo parecido.

— Pierce — grito.

Ele olha para mim e eu sorrio.

Preciso me esforçar muito para sorrir. Sim, sou um bom mentiroso em alguns casos, mas, na maioria das vezes, sou péssimo. Especialmente quando se trata de meu humor e de como me sinto em relação a alguém.

Quando o alcanço, passo o braço em volta dele, forte o bastante para demonstrar apoio, mas com leveza, para que ele não pense que o estou prendendo.

— Talvez não seja a melhor solução passar o resto do dia na sala de prática. Vamos almoçar rapidinho e depois vamos à *jam session* de Rio. Você vai poder praticar, mas de um jeito divertido. Assim, você sai dessa vibe. Eu sei que vai te fazer bem.

Vejo hesitação em sua expressão, mas ele acaba aceitando.

— Ok, tem razão. Vou pegar meu trompete e vamos.

***

Atravessamos o parque de mãos dadas, sob uma brisa excepcionalmente fresca. É, literalmente, uma rajada de ar fresco. O tempo está se redefinindo, e *eu* tive o poder de mudar as coisas.

Ouço o som dos clarinetes, não muito diferente da última vez que fizemos isto. Mas não parece uma disputa. Sophie não está se exibindo; está fazendo escalas e aquecimentos com Rio. Seus dedos voam cada vez mais rápido, até que ambas ficam sem fôlego. Paro e puxo Pierce um pouco para trás, sentindo minha ansiedade crescer.

É o sorriso de Sophie. Não quero estragar tudo, mas sei que minha presença atrapalharia.

— O que está acontecendo com elas? — sussurra Pierce. — Não! Você não acha que elas...

Ele para, mas entendo o que ele quis dizer. Rio sorri para Sophie e, para ser sincero, eu *nunca* vi um sorriso feliz nela. Sempre vi sorrisos confiantes, meio rancorosos, claro. Mas puramente felizes, nunca.

— Parece que acharam uma maneira de resolver o problema do primeiro clarinete — diz Pierce, vendo Rio se aproximar de Sophie e lhe dar um leve beijo.

— Dani e Ajay estão aqui — diz Pierce, indo em outra direção, e eu o sigo.

Mas antes de ir, o olhar de Sophie encontra o meu por um momento, e vejo ali uma riqueza de emoções, até que ela desvia o olhar. Há certa gravidade em sua expressão. Fico imaginando se é decepção, raiva, ou talvez algo mais.

Não forço a barra. Sigo Pierce e pego minha música com Dani. Ele me dá um beijo nos lábios antes de ir com seus companheiros de trompete, e noto a alegria em seus passos enquanto ele anda.

— Vai tocar comigo de novo? — diz Dani. — Consegui um monte de Queen, desta vez, e um *pot-pourri* de *Star Wars* para Ajay, que passou o verão todo me pedindo. Prepare-se para uns trinados.

Dou risada.

— Vamos arrasar!

29

SÃO SETE DA MANHÃ, e não só estou acordado como também suportei uma viagem de metrô de quarenta minutos com Pierce dormindo no meu ombro e todas as nossas malas ao meu redor. Agora estamos em um café do aeroporto, poucas horas antes de eu realizar o sonho da minha vida: ir à Itália.

Para me retribuir por ter servido de travesseiro para ele e assegurar que não perdêssemos a estação, Pierce se ofereceu para pagar nosso café da manhã.

O cheiro de café expresso e bacon me conforta, me envolve e me diz que estou bem. Mas sinto falta de Megan. E saudades dos meus pais.

Caralho, sinto até falta de Kentucky!

O café não é bom neste país. Eu nem sabia quanto queria uma boa xícara de café até perceber que nunca mais teria uma. A comida é boa, mas os produtos frescos de hortifrúti são uma porcaria. Gostaria de poder comprar frutas que não viessem empacotadas.

Mas o queijo é ótimo. O bacon é diferente aqui, mais grosso e meio duro, mas também é bom. Acho que vou fazer uma lista de prós e contras.

Sinto-me preso neste aeroporto, no lugar exato de onde eu poderia ir a qualquer outro lugar do mundo. Mesmo indo para Pisa daqui a uma hora.

É quando decido olhar meus e-mails e encontro dois dos meus pais que nunca abri. Suspiro. Não preciso de muito convencimento para não abrir e-mails com potencial de me machucar, mas me forço a ler o do meu pai (como ainda não falei com mamãe desde o incidente, nem quero saber o que há nele).

> Marty,
>
> Mamãe e eu temos conversado muito; na verdade, muito mais do que costumávamos falar sobre você e seu relacionamento com a religião. Estou decepcionado por você não ter sido mais honesto conosco, mas entendo por que não se sentiria bem-vindo. Mamãe ainda não entende, mas acho que está tentando.

Fizemos uma grande festa de Quatro de Julho, como sempre. Anexei algumas fotos da família. Pela primeira vez, todos os meus irmãos e irmãs vieram! Foi muito bom ter todos aqui. Mas também foi meio estranho, porque ficavam fazendo perguntas sobre você e nós simplesmente não sabíamos responder.

Não sei mais o que dizer. Vou tentar convencer mamãe a falar com você. Acho que ela está com medo. Espero que todos possamos nos recuperar em breve.

Com amor,

Papai

O buraco que sinto no estômago aumenta e as lágrimas marejam meus olhos. Não falo com eles há semanas. Temos uma família típica e enorme, e não consigo imaginar como eles se sentem sem saber as respostas às perguntas de todos.

Vou abrir o e-mail de mamãe, mas vejo o assunto e fico paralisado: *Fogueira*.

Não tenho ideia do que ela vai dizer, mas sei que não vai ser bom. Um dos seus maiores medos era que outras pessoas "descobrissem" sobre mim, e ela deve saber que todo mundo sabe. Odeio gastar tanto tempo tentando tornar a minha sexualidade mais aceitável e fácil de ser compreendida pelos outros, quando para todos que fazem parte da minha vida parece ser um problema gigante.

Respondo a papai e digo que não li o e-mail de mamãe porque estou com medo. Não quero o julgamento dela. Não quero o julgamento da nossa igreja. Só quero ser compreendido.

Não sei se isso vai ajudar você a entender algo sobre mim, mas também não sei se qualquer outra coisa ajudaria. As mentiras e a dor não começaram ano passado, mas algo definitivamente começou. E acho que nenhum de vocês entende exatamente o que aconteceu.

Estou anexando uma tarefa que tive que fazer para a aula de inglês ano passado. Dez entradas de diário sobre a semana que passei em Londres. Não é a que acabei entregando – você vai ver por que –, e lamento ter usado palavrões, mas se quiser começar a me entender, por aí é um bom lugar.

Marty

A dor se acumula dentro de mim e pressiona todo meu corpo. É difícil respirar e não explodir em lágrimas. Odeio sentir pena de mim mesmo e essa ansiedade crescente por achar que acabei de cometer um erro.

Sinto uma mão em minhas costas. Levanto os olhos, vejo Pierce e sorrio. O ar que sai de meus pulmões leva junto o máximo de tristeza que podem conter, e quando me levanto e o abraço, sinto-me quase inteiro de novo. O olho nos olhos, me perguntando por que os meus estão lacrimejando.

— Você está bem, amor?

Sento-me. Ele me acompanha.

— Precisava muito de um pãozinho com bacon agora — balanço a cabeça.

— Piadinha besta. Tanta coisa aconteceu na última semana... meus pais estão confusos, Sophie não fala comigo, terminei minha amizade com Megan... Eu pesquisei; aparentemente, isso acontece quando as pessoas se mudam para fazer faculdade, mas nunca pensei que aconteceria comigo. Não sei.

Ele pega minha mão e me dá um sorriso.

— Além disso, estou com um pouco de inveja de Shane.

— Somos dois — ele suspira, e eu sinto a frustração em sua respiração pesada. — Não acredito que estou ralando na escola e não tenho nada para provar isso.

— Isso não é verdade — digo.

— Não; foi um desastre desde o início. Achei que eu conseguiria; mentalidade típica de trompete, eu sei. Meu primeiro recital foi na mesma semana que o de Colin. Na verdade, o meu foi logo depois do dele. Toquei *Flight of the Bumblebee*. Foi uma obra-prima de técnica, arrasei. Todos achavam que eu poderia ser o novo Sang.

Estou impassível e preocupado, e não sei qual dessas emoções meu rosto deixa transparecer.

— Depois, toquei outra peça no exame de proficiência, *La Virgen de la Macarena*. É como uma luta de boxe: socos rápidos e pés lentos, tudo junto nessa peça de matar. Amei; meus dedos voavam nas partes rápidas, e dava para ver que o comitê estava extasiado, mas o resto... — ele revira os olhos. — Não sei; eu havia achado bom: o vibrato, o tom correto... mas Baverstock não achou. Desde então, tenho sido só mais um. Não consigo nem sair do terceiro trompete, como vou conseguir um teste de verdade?

Ficamos um pouco em silêncio. Penso nessa nossa nova dinâmica; Pierce está sofrendo, com certeza, mas isso não ajuda contra a acusação de Sophie: de que ele está me usando para impressionar na academia. É uma sensação estranha; rói minhas entranhas como um cachorro tentando chegar ao guizo dentro de um brinquedo. É desesperador o bastante para me deixar chateado ou paranoico.

Ainda não o ouvi tocar sozinho. Acho que ouvirei, assim que começarmos a ensaiar juntos. Só que nosso recital é daqui a uma semana. Já sei minha parte, mas mesmo que ele seja o melhor músico do mundo, não significa que seremos ótimos juntos.

Tomamos o café da manhã, bebemos nosso café de merda e fomos até o portão de embarque. Entramos depressa. Tudo está indo bem, como é comum em Heathrow.

— Não acredito que o avião de Dani e Ajay saía do aeroporto de Stansted — digo. — Ouvi dizer que é impossível chegar lá.

— É; eles levantaram às quatro para pegar o ônibus. Vão estar morrendo de sono quando nos encontrarmos em Florença.

Somos levados ao avião e o estresse me domina de novo. Ultimamente, o medo está sempre rondando minha mente. Eu deveria estar feliz, contente, não paranoico e confuso. Mas talvez namorar seja assim mesmo.

Alguns pontos positivos:

- Vou ganhar um carimbo dizendo "Itália" em meu passaporte.
- Vou para o país dos meus sonhos com meu namorado.
- Ainda posso chamá-lo de meu namorado.

Sentamos em nossos lugares. Expiro com força, na esperança de que meu nervosismo vá embora com o ar. O avião decola suavemente.

Vejo Pierce se agarrar firmemente aos braços da poltrona. Seus dedos estão até brancos, como se todo o calor tivesse deixado seu corpo. Tento ignorar a sensação desagradável em minhas entranhas. Coloco os fones de ouvido, me acomodo na poltrona do avião e voamos para céus tempestuosos.

12 MESES ANTES

Entrada do Diário 4

Nunca vi nada assim fora do Instagram. Muitas cores brilhantes, música, palmas e dança. Li uma vez sobre o glitter, que é especial, porque pode servir tanto para uma celebração quanto para um protesto: é barato e fácil de usar, gruda em tudo e é impossível de ignorar. E é lindo, brilhante, implacável.

A Parada do Orgulho Gay de Londres é tudo isso; uma celebração e um protesto generosamente polvilhados de glitter. Estamos esperando Shane e tia Leah para almoçar antes do grande teste, e enquanto mamãe e papai entraram para pegar uma mesa, fiquei fora escrevendo em meu fiel diário que nunca verá a luz do dia, e para tentar ver um pouco da parada.

Ouço mais do que vejo, mas todos que correm ao meu redor também fazem parte dela — há bandeiras do Orgulho de todas as variedades na rua, em roupas, em rostos pintados ou se agitando no ar. Vejo até uma garota com a bandeira bi pintada no cabelo. Isso sim é engajamento.

Mamãe mandou meu pai vir me buscar; querem que eu espere lá dentro. Eu sabia que eles não estavam se sentindo à vontade andando por esta área, mas achava que era só pela enorme multidão. Só que vendo a cara deles e conhecendo-os como os conheço, acho que deve ser algo mais. Essa parada os assusta, porque não é uma multidão comum. Eles têm medo *dessas* pessoas.

30

DISSERAM QUE A VIAGEM foi boa; mas aquele voo foi tudo menos bom. Incrivelmente turbulento. Não costumo enjoar, mas estou quase orgulhoso de mim mesmo por não ter vomitado o bacon e o café. Se bem que isso ainda pode acontecer a qualquer momento.

Meu estômago ronca.

Aterrissamos às onze e meia da manhã, hora local, mas o céu parece noite. O sol não tem chance contra essas nuvens escuras e — santo Deus! — a chuva.

A chuva está sempre presente em Londres, uma névoa úmida que atinge seu rosto e chega aos pulmões, mas isso aqui é pior. Para ir do aeroporto até o terminal de ônibus, são apenas dez metros, mas estou encharcado.

— Odeio isso — diz Pierce.

Ele joga sua mochila no chão, o que atrai olhares preocupados de estranhos.

Tudo bem, eu entendo, esses estranhos no ônibus entendem, todo mundo entende que você está bravo. Agora, calma.

— Tudo bem, logo seca.

Ele reclama.

— Estou molhado, encharcado, afogado! Que merda!

— Você está chamando a atenção — digo.

— E daí? Duvido que esses idiotas falem inglês.

— Bem, na verdade, a maioria...

— Sim, sim, você pesquisou. Esqueça o Google, Marty.

Minha cabeça chacoalha sozinha. Suspiro e me pergunto se namorar é assim. Se for, não estou achando graça.

O ônibus nos leva depressa à praça principal de Pisa e vejo um pouco da Itália pela primeira vez. Calçadas de paralelepípedos levam a antigos edifícios esbranquiçados. São centenas de caixinhas nesta área, janelinhas pequenas com venezianas verdes em cima e uma loja de presentes brega sob um toldo vermelho, verde ou listrado. O telhado de barro dá certo charme aos prédios, mas de resto...

É tudo meio falso.

O ônibus para, saímos na chuva e corremos até o toldo mais próximo com mais cinquenta mil turistas. Estamos na Itália, mas provavelmente no ponto mais turístico de todo o país: a Piazza del Duomo, com a Torre di Pisa.

Deixo todos esses pensamentos passarem pela cabeça porque não estou aqui para isso. Não estou pronto para falar com aquele idiota de mau humor, e ele não parece estar pronto para se desculpar tão cedo. Além disso, eu odiaria incomodá-lo com mais problemas meus.

Nem paramos para tirar fotos da torre inclinada. Está lá; é definitivamente uma maravilha arquitetônica (por "maravilha" quero dizer "erro"). Os tons de cinza do céu silenciam o barulho da torre branca. Quando se vê nas fotos, ela parece estranhamente grandiosa, e a grama brilhante sob esse monumento megalítico de mármore branco.

Mas uma lembrança me faz parar. O guia que li na infância tinha essa imagem. Ficava olhando um tempão para a torre, imaginando que eu era uma das centenas de turistas olhando para ela ali. Quando a pessoa está presa em um lugar como Kentucky, esses sonhos sempre parecem pouco realistas. E finalmente estou aqui, e brigando com meu namorado, em vez de curtir.

Olho em frente e percebo que Pierce não parou; ele me deixou para trás. Corro por entre a multidão e a chuva e, com enorme esforço, eu o alcanço. Ele não diz nada. Sabe que eu parei e não me esperou.

Chegamos a uma estação sem graça; dou um suspiro de alívio quando entramos no trem parado ali, até que percebo que todos os bancos duplos estão ocupados. Pierce joga sua mala acima de um banco e se senta, de modo que eu, calado, coloco a minha acima do banco em frente, do outro lado do corredor.

Em poucos minutos, o trem parte. As conversas borbulham ao nosso redor, mas não contribuímos. Não estamos nos falando. Odeio isso.

— Como vai a aula de história da música? — pergunto, só para falar alguma coisa. — Sophie disse que você estava indo muito bem.

Ele dá de ombros e resmunga.

— Legal.

A pressão aumenta; respiro fundo para me acalmar. Mas não adianta.

A vista do trem não é da encosta da Toscana. Parece qualquer outro lugar, com grama seca e lixo em volta. Passamos por cidades que parecem ruínas e vemos muitas pichações no caminho.

Fico imaginando como esta viagem poderia ficar pior.

* * *

Umas duas horas e um cochilo todo espremido depois, estamos em Florença. A chuva diminuiu, o sol surge no céu e me vejo decidido a melhorar as coisas.

Pierce e eu passamos lado a lado pela saída e nos encontramos em uma cidade do amor bem verdadeira.

Ao contrário de Pisa, Florença faz jus à fama que tem. Vemos velhos prédios de tijolos nas ruelas por onde passamos, cada um com venezianas pitorescas e varais de roupas se cruzando em todos os sentidos. Placas de neon, de madeira ou metal pendem ao lado do tijolo anunciando trattorias, bares, gelatos e tudo mais. A tensão escorre de mim como água.

Pego a mão dele, e a cada segundo que nos tocamos me sinto mais forte, mais conectado. Ele tem que sentir esta cidade como eu; não pode ficar indiferente aos cheiros das confeitarias, floriculturas e restaurantes.

Mas ele solta minha mão.

Meu peito se aperta, mas ele segue em frente. Passamos por diversas ruas, e ele olha o celular.

— Aonde estamos indo?

— Encontrar Dani e Ajay.

— Ah...

Essa é a conversa mais animada que temos.

31

— MARTY! PIERCE!

Dani nos envolve em um forte abraço — embora pareça impossível, pois ela não deve ter mais que um metro e meio.

— *Benvenuto!*

— *Buonasera* — digo. — Ou ainda é cedo para isso?

Ela dá de ombros. Dou um abraço em Ajay.

E então as coisas começam a ficar estranhas.

Os problemas de Pierce vão além de mim, além de nossas brigas. Queria saber quais são, ou por que faço parte deles, ou se poderia ajudar a resolver. Quero que ele se abra, mas não sei como lhe mostrar isso.

E é especialmente preocupante porque ele se fechou para seus amigos também.

Prosseguimos, e eu ando atrás de Pierce o tempo todo. Ajay vai na frente através de becos e praças de paralelepípedos. O som de nossos sapatos batendo nas pedras acompanha as batidas de meu coração. O medo está dentro de mim e não consigo me livrar dele.

Respiro fundo e limpo a garganta:

— Não temos tempo para ver muita coisa — grito para Ajay. — Aonde estamos indo?

— À galeria da Academia de Florença — diz, deixando transparecer um sorriso em sua voz. — Eu pesquisei, zero por cento de chance de nos perdermos.

— É onde está aquela estátua de Davi — diz Pierce.

Dani solta uma gargalhada.

— Pierce, você é a única pessoa que conheço que consegue fazer uma obra-prima parecer sem graça e deprimente. Animem-se, pombinhos!

Pierce sorri brevemente.

Uns trinta minutos e duas curvas erradas depois — pois Ajay pesquisou a galeria, mas não como chegar lá —, estamos na galeria e me surpreendo ao ver que há muito mais que o *Davi* nesse museu. Em uma sala, pinturas a óleo gigantes de retratos e paisagens nos cercam. Em outra, esculturas de uma centena de cabeças e rostos sem nome nos observam passar.

Mas quando me volto, eu o vejo. *Davi*. Vejo *tudo* dele. É um espetáculo e uma representação do corpo humano que faria qualquer um se sentir gordo. Abdome esculpido — literalmente —, braços definidos. Vou para trás dele para ver regiões mais definidas.

Vejo a admiração em Pierce enquanto ele olha para o *Davi*. E isso me faz relaxar, mesmo que por um minuto. Há esperança nesta situação.

Andamos um pouco e subimos o rio Arno até a Ponte Vecchio aparecer ao longe, provocando calafrios nostálgicos em meu corpo. O guia de Florença tinha algumas páginas sobre essa ponte/mercado, que eu li e reli milhares de vezes.

As lojas da Ponte Vecchio são diferentes de tudo que eu já vi. São todas joalherias de aparência antiga, e o brilho do ouro e da prata me chama a atenção enquanto caminhamos pela ponte. Dani para e olha a vitrine de uma loja, e eu pego meu celular para tirar algumas fotos da ponte.

— Sabiam que isso tudo era um açougue nos anos 1500? — pergunto.

— Eu não, mas esperava aprender alguma coisa — diz Dani, rindo. — Não tinha certeza se o mau humor dele estragaria toda nossa experiência turística.

— Então você notou.

Ela revira os olhos.

— Evidente. Enfim, açougue? Legal!

— Aparentemente, o grão-duque atravessava muito esta ponte e não curtia os... aromas — continuo. — Então, pôs um fim nisso.

— Acho que não o culpo.

Nossos planos turísticos se completam no restaurante italiano (obviamente) de nosso Airbnb. Pedimos com base nas palavras que conseguimos descobrir e acabamos com um banquete completo e uma jarra de cinco euros do melhor vinho da casa. Enchi um copo pequeno para mim, que durou a noite inteira.

Mas, no quarto, não há distrações. Não há mais aonde ir, e me sinto preso com ele nessa cama. Não foi um dia legal. Mas uma parte de mim — uma *grande* parte de mim — quer acabar o dia juntinho dele. Ou abraçá-lo e fingir que o dia não foi uma merda.

Ele volta do banheiro e fica de cueca. Está com o mesmo olhar furioso do dia todo, mas assume uma nova manifestação quando olha para mim. Seu peito e abdome estão cobertos de pelos grosseiros. Devia ter aparado da última vez que o vi, porque agora está tudo bem selvagem.

Posso ver perfeitamente seu membro por baixo da cueca justa. Ele quer que eu veja; que veja tudo dele. E não sei bem por quê. Não temos sido muito consistentes ultimamente, e o fascínio de estar na Itália não pode anular isso. Mas quero estar perto dele.

Ele sobe de quatro na cama, devagar.

É estranho ver alguém confiante de quatro diante de outra pessoa. Para mim, seria um pesadelo, com minha barriga ainda flácida. Não poderia haver uma posição menos favorável.

Estou deitado de costas na cama, encolhendo a barriga. Não que ele vá me...

Ele me beija.

Seu corpo está sobre o meu, sinto a pressão de seu... de tudo dele. Sinto-o por cima de meu short como sinto sua língua dentro de minha boca. Nós nunca nos beijamos assim. A paixão é muito intensa; eu o puxo para mim e o abraço, mas ele se solta e aponta para minha camiseta.

Hesito.

É o momento que eu estava esperando, mas não estou pronto. Meu IMC está na faixa normal, mas muito próximo do excesso de peso, e a flacidez ainda está lá e eu...

Ele me beija de novo e pega a bainha de minha camiseta. Por que a luz está acesa? Ele puxa a camiseta devagar, subindo-a por minhas costas gordas, e em um instante está acima de minha barriga.

Estou exposto. Bem, em parte.

Ele encosta sua barriga peluda na minha, levemente, e sinto o calor de seu corpo irradiar sobre o meu.

Ele tira minha camiseta.

Não consigo respirar. Isso não resolve as coisas.

Ele leva os lábios a meu pescoço agora, e eu nunca senti nada parecido. As emoções pulsam — *literalmente, pulsam* — em mim, descendo por meu pescoço, passando pelos ombros, por minhas costas e desaparecendo sob os lençóis. Afasto seu rosto de mim. Ele me olha.

E aí, ele olha para baixo. Para meu peito, meu eu gordinho, o volume crescente dentro de meu short.

— Uau — ele diz. — Que bela visão!

Pronto.

Minha meta. O momento pelo qual tenho me esforçado. E deveria me fazer sentir melhor.

Porque as dietas radicais funcionaram. O desmaio, os cochilos, o sorriso deprimente; este momento deveria fazer tudo isso ter valido a pena. Minha confiança deveria estar rugindo, incitando-me a encostar meu corpo no dele sem escrúpulos.

Meus ombros devem estar corretos. Meu sorriso deve ser enorme.

Minhas costas devem estar retas.

Só que não.

Ele está ao pé da cama, com as mãos em meu short, puxando-o para baixo. Ofego — é muito rápido. Estamos no meio de uma briga, minha primeira vez não pode ser assim, e suas mãos estão em mim, em meu corpo, mas não posso fazer isso. Não posso, apesar de sempre ter desejado isso.

Estou exposto; o mais exposto possível. Ele está tão perto de mim que eu poderia lhe dar um soco no queixo; mas não é... não está certo.

Seguro suas mãos.

— Não é assim que eu... que eu quero que aconteça.

— Mas eu sou seu namorado — ele diz.

— Exato — respondo, puxando meu short para cima e descansando o braço casualmente sobre minha barriga. — Esta é a primeira vez que você usa esse termo desde que voltamos de Brighton. Quando eu o uso, você reage quase fisicamente. Durante todo esse tempo você nem me olhou nos olhos. Quer se desculpar? Podemos conversar sobre isso?

Ele rola para o lado.

— As coisas são assim. É assim que os adultos fazem as pazes.

— Não seja arrogante comigo — respondo com rispidez.

— Você não pode me deixar desse jeito. Estou quase explodindo dentro da cueca.

Eu dou as costas para ele. Meus ombros ficam tensos quando percebo como estou constrangido.

— Não precisamos conversar sobre tudo — ele diz. — Existem outras maneiras de resolver nossos problemas.

Eu balanço a cabeça.

— Pode ser.

E talvez ele esteja certo. Como eu posso saber? Mas estou assustado. Esta é a minha primeira vez, e tudo que não posso fazer agora é pensar em meu lado exposto. O amor mexe com muita coisa.

— Mas não quero que minha primeira vez seja com alguém que me pressione e chame isso de um jeito de fazer as pazes.

— Jesus, Marty. Você tem problemas, sabia?

É claro que eu tenho *muitos* problemas. Eu sei disso. Mas também sei que nenhum deles será resolvido ficando com ele agora.

— Não vale a pena — ele diz, levanta-se abruptamente, veste a calça e vai embora. — Vou dormir no sofá.

E eu abraço meu travesseiro com força, ouvindo os gritos da rua movimentada, e imploro para que o sono chegue logo.

32

QUANDO ENTRAMOS NO ônibus de Florença para Siena, há apenas dois pares de bancos lado a lado. Ajay pega um e Pierce se senta ao lado dele.

Olho para Dani.

— Acho que vamos sentar no outro.

Guardamos as mochilas acima dos bancos e nos sentamos. Ainda estou nervoso por causa da noite passada; e mais dois expressos duplos em um bar italiano somados à falta de sono não ajudam.

Pierce não falou muito, e eu me pergunto se devo pedir desculpas.

— Problemas? — pergunta Dani.

Quando me volto, vejo que ela estava olhando para Pierce e Ajay, sorrindo.

— Talvez você possa me dizer — digo. — Está ficando claro que não tenho a menor ideia do que acontece nos relacionamentos.

Ela para um pouco, pensativa; ou preocupada.

— Nem Pierce. Cacete, eu e Ajay vamos fazer três meses e ainda não tenho ideia do que está acontecendo.

Dou risada. Curto esse momento, porque faz muito tempo que não sorrio.

O ônibus parte em direção a Siena, e a vista muda drasticamente quando saímos de Florença. Colinas sinuosas e vilas antigas com telhados de barro dos dois lados, o dobro de vegetação e tudo aparentemente mais calmo. As pessoas passam os dias aqui, vivem a vida normalmente, sem saber como é incrível viver em um lugar como este.

— Consegue se imaginar morando em uma fazenda aqui? — pergunto.

— Saindo para ver as plantações e dando de cara com esta vista deslumbrante todos os dias.

— Sei do que você está falando. Malta é um pedacinho da Itália; o mais estranho. Parece que um monte de rejeitados chegou à ilha e começou a construir casas uma em cima da outra. Há lindos prédios, do nível de um resort, e áreas que se transformam em cortiços. Mas a vista é incrível.

— Sente saudades de lá?

— Sim e não. Acho que eu não conseguiria um emprego lá, por isso, espero conseguir um aqui. E Malta é superpovoada.

Sorrio.

— Eu gostaria de conhecer Malta. Vocês falam italiano lá?

— A maioria das pessoas fala inglês lá; todos os outros falam maltês. É uma mistura de italiano e árabe, bonitinho.

Percebo as notas de árabe em sua voz, a cadência de sua fala, o *shhhh* escondido em cada consoante.

— Como vai sua composição? — pergunto. — Ainda está trabalhando em algumas peças?

— Não tive muito tempo, mas estou contente com uma delas. — Ela faz uma pausa. — Isso me lembra... vamos tocar no Siena Town Center? Pierce não quer, e Ajay não trouxe seu piano elétrico.

— Não consigo imaginar por que ele não trouxe um piano no avião — dou risada. — Mas claro.

Como me senti meio excluído quando Dani tocou nas ruas de Cardiff, decidi trazer meu oboé. Pensar em tocar na frente de tantas pessoas de novo, em uma cidade desconhecida, é aterrorizante, mas estou pronto para sair da minha zona de conforto. Não porque alguém está me obrigando, mas porque eu quero.

— Podemos alternar as peças que já decoramos. O que você estiver ensaiando para os testes vai servir. Vou pedir a Ajay para fazer meu vídeo; ele pode fazer o seu também, se ainda estiver montando seu portfólio.

— Por que Pierce não quer tocar?

— Fazíamos muito isso no início do verão — ela balança a cabeça. — Mas não sei, Marty; ele é o mestre da autossabotagem.

33

SIENA TEM A BELEZA de Florença, as colinas de Kentucky e a metragem quadrada de um apartamento de dois quartos. Claro, estou exagerando, mas é pequena. Em uma hora, fizemos um tour pelas sorveterias da cidade toda e já comprei meu cartão-postal. Não há muito mais o que fazer aqui além de explorar e passear, e é o que fazemos.

Atravessamos a Fortezza Medicea, um forte que remonta a 1500. É antigo, não como o Castelo de Cardiff, mas é legal. A estrutura é um grande retângulo de tijolos de barro, elevado por um zilhão de degraus.

— Estou entediado — diz Ajay.

— Somos dois — diz Pierce.

Vou para o centro da praça.

— Não dá para sentir a história aqui, em comparação com o resto da cidade, mas é um lugar lindo. E quanta gente correndo!

— Você quer correr agora? — pergunta Ajay.

Dou risada.

— Nem um pouco. Mas é bom saber que poderia, se quisesse.

Pierce vai, com seu mau humor, a outro café. Rezo para que seu humor mude logo, porque a próxima parada está na minha lista de desejos desde que comprei aquele guia da Toscana: o Duomo di Siena.

Estou acostumado a caminhos sinuosos, dos parques de Londres às estradas de Kentucky, mas Siena é diferente. A sensação é a mesma, mas aqui ziguezagueamos por curvas de rudes tijolos, becos estreitos... é tudo angular e confuso — no bom sentido. Em Londres, muitas vezes me senti em casa por causa de seus espaços abertos e do céu nublado.

Manobramos pelos ângulos, canto por canto, até que tudo fica visível. Portas de madeira emolduradas com pedras esculpidas ornamentadas, subindo até os tradicionais picos encontrados nas catedrais. No topo, perto do centro do edifício, há um grande painel de vitrais coloridos que brilham com a luz. Estou paralisado. De um lado, parece um beco, e do outro, o lugar mais sagrado da terra católica.

Tecnicamente, não é minha religião, mas chega perto. E parece, de verdade, que estou indo para Jesus. Mas estou pronto para isso.

Afasto-me do grupo e me vejo subindo a escada.

— Você vai entrar? — pergunta Ajay. — Acho que eu vou.

— São sete euros; se tudo bem para você, vamos lá.

Ele concorda balançando a cabeça.

— O lado católico de minha família me mataria se eu viesse à Itália e não entrasse em um *duomo*. Mas o lado hindu provavelmente preferiria que eu o ignorasse.

Olhando para Pierce, entro na catedral. É como se estivéssemos viajando separados, para lugares diferentes. Talvez Dani consiga animá-lo um pouco antes de continuarmos.

Ajay vai na frente; compramos nossos ingressos e entramos na fila.

Não entro em uma igreja assim desde que meus pais me levaram para a St. Patrick's, em Nova York. Mas esta é muito maior que a St. Patrick's. Colunas de mármore verde e branco sustentam o edifício. Há muita coisa para olhar: os bancos de madeira escura ou o enorme órgão folheado a ouro; mas as colunas chamam minha atenção.

Está bem silencioso aqui.

Seguro um euro entre os dedos e hesito perto das oferendas. Recordo a St. Patrick's. Fui criado como cristão, e minha mãe sempre foi ativa na religião. As megaigrejas são seu lugar preferido; quanto mais luxuosas, melhor. Ela iria todos os dias, se pudesse. Na família de meu pai há religiosos e não religiosos, mas minha mãe o levou para o lado obscuro. É difícil saber quanto isso significa para ele.

Para mamãe, o cristianismo substituiu a família da qual havia se separado. Acho que a religião nos conecta com as pessoas. E agora, eu me sinto estranhamente conectado a eles.

Acho que me lembro de como isso funciona.

Deixo a moeda na caixa de doações; Ajay faz o mesmo. Pego uma vela e a acendo. A seguir, levo a mão à testa, ao peito, depois aos ombros esquerdo e direito.

— Você acredita em tudo isso? — pergunto enquanto caminhamos lentamente pelos corredores, indo para mais salas com altares ornamentados.

— Sabe do que gosto em você? — Ajay ri. — Essa deve ser a segunda vez que conversamos cara a cara, e você está me fazendo uma pergunta significativa.

Dou de ombros.

— Não há lugar melhor para fazer essa pergunta.

— É. Há muita coisa que eu não sei, e admito, mas não encontrei nada que me fizesse parar de acreditar em *algo*. Ah, e eu gosto do papa. Serve essa resposta?

— Para mim, serve. É difícil estar neste lugar e não acreditar em algo.

Ele olha para uma cruz folheada a ouro, colocada sobre um altar.

— Entendo.

***

Quando saímos, vamos depressa para a *piazza*. Tento chamar a atenção de Pierce me aproximando dele. Ele foge toda vez. Ele está frio, apesar do sol quente deste dia de julho. Estou arrasado. Seguro o estojo de meu oboé com força; estou ansioso para tocar com Dani, mas há um nó em meu peito que não vai embora.

Pierce é quem deveria estar aqui comigo; talvez eu possa fazer uma nova amizade com Dani e Ajay, e quando Pierce e eu estivermos melhor, seremos todos mais próximos. Quem sabe...

O Siena Town Center está localizado em torno da alta torre do relógio, e sua fachada parece um castelo. É vermelha e contrasta com o céu já escurecendo. Há pessoas sentadas ao redor, no espaço aberto, em todos os tipos de bancos, e se ouvem risos altos provenientes dos pátios dos restaurantes em volta. É um dia de verão na Itália. E meu namorado está sendo um cuzão.

Dani já pegou sua flauta e está se aquecendo. Deixa um gorro de tricô virado para cima para os transeuntes e começa as escalas e arpejos. Seus dedos voam sobre as teclas quase magicamente.

Coloquei uma palheta nova na boca para molhá-la. O tom não será ótimo, mas será bom o suficiente para este momento. Acho que aprendi a simplesmente tocar e desligar do resto.

— O vídeo vai ficar ótimo — diz Ajay.

Dani entra depressa no clima. Respira fundo, leva a flauta aos lábios com a graça de uma rainha e começa a tocar. Não tenho dúvida nenhuma de por que ela está aqui. Estou extasiado; nunca ouvi uma flautista tão boa. Isso me intimida, me faz querer ser melhor, me desafia. Quero aplaudir quando ela terminar, mas o tilintar das moedas que caem em seu gorro faz isso por mim.

— Conte — digo. — Vou dobrar isso.

Coloco a língua para fora e encaixo a palheta no oboé. Ajay ainda está gravando, e Pierce assistindo. Ele parece envergonhado, e eu me pergunto se é porque o desempenho de Dani foi perfeito ou se é por minha causa.

Mas quando toco, essas inseguranças desaparecem. Toco a peça dos testes, a principal. Eu poderia tocá-la a noite toda, o dia todo, aquecido ou não. Meus lábios e dedos sabem o que fazer, e coloco toda minha energia na música.

Abro os olhos para ver a câmera e sorrio. As pessoas se aproximam e colocam dinheiro no gorro; não muito, mas alguns euros. Provavelmente nem perto do que Dani conseguiu, mas este é o elemento dela. Ela sabe como capturar um público como esse de um jeito que espero aprender com o tempo.

Pierce se aproxima, coloca um euro no chapéu e sai. Sem uma piscadinha, sem um sorriso.

Não deixo que isso me atrapalhe. Termino minha peça com entusiasmo e emoção e tudo o que tenho. E arraso.

Ajay aplaude, e outras pessoas na multidão o acompanham. A maioria ainda me ignora, o que não me ofende nem um pouco. Como Ajay já gravou nós dois, ele se afasta também, e eu fico sozinho com Dani.

Ela toca outra peça — agressiva, rápida, mas ainda melódica e poderosa. Sem esforço. Suas bochechas ficam vermelhas, e eu sinto a vulnerabilidade entre seus dedos. Nunca ouvi essa peça, mas é contemporânea, nova, diferente de tudo que conheço. Mas já senti essa emoção antes: o puxão do gancho melódico, a leveza em meu corpo.

É a composição dela! É totalmente Dani, leve e arejada, rápida e articulada, doce e serena. Captura o humor, exatamente como uma trilha sonora de filme deve fazer.

Quero contra-atacar com *Gabriel's Oboe*, mas ela já ouviu essa. E quero chocá-la. Sei uma peça de cor, na qual trabalhei ano passado, mas nunca a executei. Começo a tocar assim que ela termina.

Ela toca a cadência final e eu entro. Meus trinados são agudos, a escala que sobe é impecável, as passagens que os conectam são imprecisas, mas só para fazer Dani rir. Toco a peça mais rápido do que nunca, mais próximo do ritmo em que foi escrita (por alguém que deve odiar oboés). E quando termino estou ofegante e me jogo para trás para sentar no chão.

Ela ri e se senta ao meu lado.

— Você compôs aquela peça! — digo. — Dava para ver.

— Porque foi horrível?

— Porque foi *você*. Nossa, Dani, estou muito impressionado.

Ela pega o gorro e mexe nas moedas.

— Temos uns 5 euros aqui — diz. — Temos que fazer disso um hábito diário.

— Concordo. Foi divertido.

Ela me olha com firmeza.

— Estou falando sério. Podemos tirar a licença de artista de rua; podemos fazer dar certo.

Eu olho para longe, pensando. Se essa fosse minha principal fonte de renda, eu adoraria meu trabalho. E seria uma ótima maneira de ficar mais tempo aqui. Mas eu nunca pagaria o aluguel só com isso.

— É assim quando você e Pierce tocam juntos? — ela pergunta. — Conversei um pouco com ele sobre isso, mas ele fica tão na defensiva...

— Ainda não tocamos juntos.

Ela se surpreende, e sinto calafrios — dos ruins.

Ela desvia o olhar primeiro.

— Eu tinha medo justamente disso. Ele disse que vocês estão trabalhando juntos naquela peça há semanas.

— O quê? Quando? Por quê?

Ela se volta ligeiramente. Vejo-a respirar fundo.

— Para que parássemos de fazer perguntas. Isso é tão típico dele! — Ela fala mais baixo. — Marty, preciso te contar uma coisa.

Meu corpo se contrai. A queimação da ansiedade se espalha pelos meus ombros. Seu tom é sério, e ela evita meu olhar. Estou começando a sentir meus olhos fora de foco, a me dissociar da situação, mas reajo. Respiro. Não posso me desligar. Eu me forço a estar presente, a ouvir o que ela diz e encarar. Aperto os punhos e contraio o abdome.

Estou aqui, e estou pronto.

— Pierce é um dos meus amigos mais próximos e um bom trompetista, mesmo ele não acreditando nisso. Mas acho que ele só está fazendo isso — aponta para mim — para elevar os status dele na escola.

— Está falando do recital? — pergunto. — É o que Sophie acha, mas eu...

— O recital também; mas me refiro ao seu *relacionamento*.

12 MESES ANTES

ENTRADA DO DIÁRIO 5

Parece que as únicas vezes em que estive calmo nesta viagem foram escrevendo neste diário. Portanto, obrigado, Sr. Wei, por me dar esta tarefa. Enquanto o mundo desaba ao meu redor (o diário é meu, posso ser tão dramático quanto quiser), é bom saber que tenho algo a que recorrer.

Está difícil processar tudo que acabou de acontecer e ainda está acontecendo. Acho que vou fazer uma lista de tudo que está me provocando ansiedade. Adoro listas.

- Estou atrasado para o teste, mas eles conseguiram outro horário para mim, já que estou na sala de espera; mas não sei quanto tempo vou ter que esperar.
- A briga entre mamãe e minha tia começou logo depois que tia Leah chegou ao restaurante. Imediatamente, mamãe começou a reclamar sobre o atraso dela, e logo o verdadeiro problema veio à tona. Ela acha que tia Leah escolheu um restaurante perto da Parada do Orgulho Gay de propósito.
- Essas paradas, de acordo com minha mãe, são do mal. Coisa do diabo, uma celebração da tentação, esse tipo de coisa. Ela deixou claro que está "tudo bem em relação a mim", mas... aparentemente, não em relação a *eles*. Como se isso ajudasse.
- Mamãe disse que não vai me deixar vir morar com eles ano que vem. Como poderia confiar em sua irmã depois de ser enganada assim? Como poderia deixar seu filho morar em um lugar como este, com tantas tentações explícitas? Melodramas à parte (vou passar o resto da vida processando essas duas perguntas retóricas, tudo bem), isso significa que não adianta nada eu fazer o teste.

Acontece que tia Leah fez de propósito. Ela queria que eu e Shane pudéssemos ver a parada e não achava que meus pais me deixariam ver. Por isso, sugeriu um ponto de encontro onde isso fosse inevitável.

Mas isso não despertou nenhum lado divertido e descontraído da minha mãe, como ela pensava. Despertou o diabo.

Ahhh, merda! Esqueci de molhar minha palheta! Preciso fazer isso agora mesmo, espero não ser chamado ainda. Merda de viagem.

MEU PESCOÇO ESTÁ tenso a ponto de quase ter um espasmo. Quase deixo cair o oboé. É o mesmo que ouvi de Sophie, o mesmo medo que tenho sentido ultimamente; mas saindo da boca de Dani é diferente. Não consigo raciocinar quando a melhor amiga dele me diz que estou sendo usado.

— Então... ele nem gosta de mim?

— Eu gosto muito de você — diz Dani —, e acho que Pierce também. Mas ele não é de relacionamentos. Depois de Colin, ele prometeu que não faria mais isso; todos nós sofremos, porque estávamos nos tornando amigos de Colin também. Ele era do meu bairro e eu o via arrasado diariamente — ela desmonta a flauta pega o estojo do chão. — Eu disse a Pierce que não o deixaria fazer isso de novo.

— Não sou como Colin — digo. — Eu não iria simplesmente desaparecer. Mas não sei se isso é verdade.

— Bem, de qualquer forma, quando Pierce disse que você queria fazer um dueto com ele, ficamos preocupados. Ele toca bem, mas está desesperado para cair nas graças de Baverstock. Nunca o vi tão desesperado.

Nosso beijo em frente ao Southey paira em meus pensamentos, empurrando todo o resto para fora. Afasta todo o mal, e vem fazendo isso há muito tempo. Ainda sinto o frio na barriga, a leveza em meu peito e ombros. Como algo tão perfeito pode se desfazer tão rápido?

— Ele foi tão legal comigo... — digo.

— Mas também anda sendo escroto com você. As paredes da casa são finas — esclarece.

— Você não entende...

Paro. Eu já disse isso. Já pensei inúmeras vezes.

O contexto é importante. Se as pessoas só veem o bem ou o mal, não conseguem entender a complexidade dos relacionamentos. E o nosso tem suas complexidades. Mas ela entende meu sofrimento; vejo isso em sua expressão gentil e ouço em sua voz. Não posso mais me apegar às únicas boas lembranças que temos.

Minhas bochechas estão vermelhas.

— Preciso falar com ele.

— Ele vai ficar louco da vida comigo — ela diz, e suspira.

— Já passei por uma experiência assim, portanto, quero saber: você é minha amiga? Amiga de verdade?

— Claro! — Ela ri. — Como eu disse, gosto de você, Marty, e não quero que se machuque ainda mais. Não quero que sua carreira musical pague por isso.

Aperto os punhos quando percebo que acredito nela. Fui ferido por Megan, eviscerado por Pierce, mas não posso deixar que isso me afaste dos outros amigos. Não posso ter medo de estar perto das pessoas. Quero manter minha amizade com Dani.

— Ok — dou um abraço nela, e seus cabelos grossos caem sobre meu rosto. Sussurro através deles. — Não vou dizer a ele que falei com você. Vou falar de nós dois só.

Guardo meu oboé. Meus pés me levam pelos becos retorcidos até meu destino. Vejo o café pela janela, e Ajay e Pierce conversando. Bem, Ajay falando e Pierce concordando. Sua postura está encolhida, como se ele estivesse preso em uma rede de pesca que o puxa para baixo da mesa.

Entro e peço um café expresso. Odeio ter que fazer isso, mas é preciso.

Vou até a mesa de Ajay e Pierce.

— Dani quer te mostrar uma coisa — digo a Ajay. — Ela está na loja de souvenirs bregas ao lado.

— Ah, tudo bem — ele hesita, mas se levanta.

Seus passos ecoam pelo café; uma parte de mim queria que ele voltasse, ou que Pierce o seguisse, ou que a máquina de café expresso explodisse, só para eu não precisar ter essa conversa.

As sensações estão de volta. O peito apertado, a tontura. Há poucas pessoas aqui, mas para mim, parece a Trafalgar Square. Não está fácil respirar. Ajay já saiu, então me volto para Pierce.

Olho para ele, que olha para baixo. Isso me faz apertar os punhos de novo; meus ombros ficam tensos. Passo tão depressa do pânico à raiva que é como se eu levasse uma chicotada. Não sei o que sentir. Nunca pesquisei no Google como ter uma conversa séria com seu namorado cuzão, mas sei qual seria a resposta.

As pernas da cadeira rangem quando a afasto para me sentar. Em frente a Pierce, não ao lado dele.

Ele olha para mim e eu digo de uma vez.

— O que está acontecendo? — pergunto. — Você está aí de ombros curvados, olhos grudados no chão. Não gosta nem de me ver por perto.

Ele continua olhando para baixo.

— Não sei o que mudou — digo —, mas só o que você quer é minimizar o tempo que passa comigo, ou me forçar a fazer coisas que eu não quero. E me deixando péssimo.

— Isso não é justo — ele diz, mas sua voz é estranha; baixa e áspera demais para ele. — Não tenho notado isso ultimamente.

— Ultimamente? Pierce — suspiro —, você nunca notou. Por que está agindo desse jeito comigo?

— Estou passando por um momento ruim — diz —, e se você não é capaz de compreender, é melhor nem ficarmos juntos.

Aperto os punhos de novo. Sinto meu pulso disparar, mas aperto os dentes.

— Você nunca me compreendeu, Pierce, e é evidente que nunca vai compreender. Nosso relacionamento não é equilibrado; nem é um relacionamento. Você não consegue nem se justificar! — Bato o punho na mesa. — Diga, você queria realmente me namorar?

Ele hesita, mas olha para baixo de novo. Silêncio.

Acho que já tenho a resposta.

A emoção começa a me dominar. Quero que seja raiva, achei que seria raiva, e imploro para que seja.

Mas não é isso que quer explodir.

Meus olhos ficam marejados; está difícil respirar. E esse buraco no meu peito... É como se alguém estivesse apertando meus pulmões e eu implorando para que estourem, para acabar logo com isso. Abraço minha barriga — minha maldita barriga que agora é menor, mas às custas de um alto preço.

— Por que brincou comigo desse jeito? Não é justo. Você não pode estar tão desesperado, ser tão insensível.

Solto o ar pela boca com cuidado, como se estivesse soprando sopa, tentando não desmaiar por hiperventilação. Contraio o abdome. Tenho que ser forte enquanto ele ainda está fraco e deprimido. Só mais um pouco. Eu consigo.

— Não dá para acreditar — digo por fim.

— Ouça, eu não queria... — ele balança a cabeça. — Desculpe.

Ele estende a mão para pegar a minha, e sinto ódio por querer seu toque. Ele hesita; eu sinto as pontas de seus dedos roçarem os meus, e isso me faz sofrer muito mais. Encontro forças e retiro a mão.

— Você começou isso — digo com voz hesitante —, sei lá com quais intenções. Mas agora, eu termino.

Saio do café e a solidão me atropela como um caminhão. Vou na direção oposta dos outros; preciso ficar sozinho. Preciso ir para casa.

Ir para Londres foi assustador. Deixei tudo para trás, tudo que eu conhecia, toda minha segurança e proteção. E nas últimas seis semanas, achei que estava substituindo tudo isso por coisas melhores, mais seguras. Mas não é assim que funciona.

Só há uma coisa que pode me oferecer segurança: eu. Se eu tomar minhas próprias decisões, se seguir meu próprio caminho, mas deixar espaço para os outros, estarei protegido.

Decepções amorosas acontecem. Eu pesquisei.

Tentei imaginar como seria depois de ter lido dezenas de livros e artigos sobre o tema. Mas não é nada disso. Não há como descrever isso em palavras, a não ser, talvez, se você repetir a palavra "merda" por quatro ou cinco páginas.

Coração partido é isso, uma sequência interminável de "merda" que o coração grita, tornando difícil ouvir, ver, e impossível respirar. É melodramático, com certeza, mas o que não é em um momento assim? Estou literalmente sentado na sarjeta.

Meus olhos devem estar vermelhos, porque não consigo parar de esfregá-los.

As lágrimas rolam tão rápido que nem consigo secá-las na camiseta.

Sei que não estou longe o suficiente dos outros, mas não aguento.

Não aguento.

As pessoas estão olhando. Mas se soubessem o que aconteceu, o quanto perdi, a que ponto cheguei, talvez me deixassem em paz. Ou talvez me julgassem. Não sei, é difícil sentir ansiedade quando estou chorando. É difícil me preocupar ou me afligir ou sentir essas coisas que sinto o dia inteiro todos os dias. Estou na merda e quero que me deixem em paz. Esta sarjeta é minha casa agora, e nenhum italiano preocupado vai mudar isso.

Passa um tempo. Penso em Sophie; preciso me desculpar por não ter dado ouvidos a ela quando apontou as coisas horríveis que eu estava fazendo com meu corpo. Penso em Megan e no scrapbook que nem sequer agradeci. Penso em Shane e no pouco apoio que tenho dado a seu enorme potencial. Não posso deixar de pensar nas oportunidades que perdi; eu já poderia ter mostrado ao mundo, ou pelo menos a Londres, meu talento.

Mas deixei Pierce eclipsar tudo isso.

Os pensamentos me trazem de volta a mim mesmo. Preciso corrigir tudo isso. Preciso mudar as coisas.

35

DIVIDO MEUS PENSAMENTOS em duas partes: o velho Marty e o novo. Quando pensar em algo que o velho Marty faria, farei o contrário. Mesmo que me deixe desconfortável, farei. Esse é meu plano.

Estou respirando mais normal, sinto-me um pouco mais inteiro. Que bom. Há muita coisa boa nessa situação; estou em um país lindo e me livrei dos meus apegos; sou livre para fazer o que quiser, desde que minha confiança recém-descoberta não me deixe na mão.

Apoio as mãos na calçada e me levanto, sacudo a poeira e levanto os braços para me alongar. Os sentimentos ruins ameaçam me puxar de volta quando a velha névoa cai sobre mim. A tristeza é isso, uma névoa que me faz andar devagar, interrompe minha linha de pensamento e me deixa totalmente desconfortável.

Mas sigo adiante, porque o velho Marty não faria isso.

Siena não é difícil de explorar. O centro é a praça, e a partir daí, em semicírculo, você chegará aonde precisar. Preciso ir a uma rodoviária, e posso encontrá-la.

Mas não é isso que acontece. Em poucos minutos, estou perdido. Siena é pequena, mas feita de colinas; escalo uma e olho entre os prédios, mas não vejo nada além de outra rua. Siena é mais alta que um labirinto de milho, mais complexa que sudoku nível hard. Passo três vezes por um grande muro de tijolos, desejando e implorando que a rodoviária apareça, mas nada acontece. De repente, percebo que não estou em pânico. Eu sei que posso perguntar a alguém, mas estou determinado. Não estou ofegante; minhas mãos estão molhadas só das lágrimas residuais.

Estou quase arrasado demais para me preocupar por estar perdido. Essa constatação me deixa triste.

De repente, viro uma esquina e saio do labirinto de tijolos. Estou livre!

Para me recompensar, paro em um mercadinho e compro uma Fanta e um M&Ms Crispy. Tento ter pensamentos leves. Até dou um meio sorriso quando finalmente chego à estação e penso que chegarei à minha casa no início do dia. O velho Marty iria direto para a cama. O novo Marty vai fazer o que puder para se animar. Ele não será essa antiga pessoa.

Eu não serei essa antiga pessoa.

Desta vez, não.

***

Chego a Florença umas sete horas antes do meu voo, mas vou direto para o aeroporto. Florença é linda, mas só penso em ir para casa.

Minha casa! Ainda é estranho pensar nisso. Mas *é* minha casa, caramba! E é hora de eu parar de agir como um intruso e me comportar como pertencente ao lugar. Isso eu consigo.

No balcão, tento trocar minha passagem, mas em vão, e acabo comprando uma nova. Isso consome muito do meu dinheiro.

Conecto meu celular ao wi-fi do aeroporto e mando uma mensagem a Dani.

> Estou em Florença agora, meu voo sai daqui a pouco. Mas você já deve ter percebido que eu sumi. Desculpe. Queria avisá-la antes que você entrasse no ônibus achando que me deixou para trás. Obrigado por conversar comigo.
> P.S.: Estou dentro. Vamos tirar a licença de artista de rua.

Mando a mensagem com a esperança de que seja suficiente. Ela vai receber a mensagem a tempo e não vai surtar muito. Pierce terá uma poltrona vazia ao lado dele no voo, onde poderá acomodar toda sua arrogância e frieza. Estou bem.

Por um tempo.

Entro no avião e, assim que decolamos, olho pela janela. A Itália vai ficando cada vez menor. Estou começando a me acostumar com aviões.

Antes mesmo de chegarmos à altitude de cruzeiro, começo a chorar.

Uma parte de mim sabia que Pierce poderia ter sido meu primeiro amor, e acreditava nisso. Será ele *o amor da minha vida* perdido para sempre, como vemos em filmes e livros? A pessoa que ficará para sempre na minha cabeça, pelo resto da vida? Acho que o amei nas vezes em que ele foi doce comigo. O jeito como ele me buscou no aeroporto e me recebeu em Londres...

Cacete, uma parte de mim o amou quando ele me levou ao Big Ben!

Puxo os joelhos para o peito e me inclino contra a janela, e deixo sair. O mais silenciosamente possível, sem me importar com as pessoas em volta. Ninguém mais me importa. O velho Marty teria se importado. Teria buscado forças para salvar as aparências e não passar vergonha. Mas o novo Marty chora em público. O novo Marty faz papel de idiota e não se importa, porque ninguém sabe o buraco que acabou de se abrir no meu coração sofrido.

Fecho os olhos e só os abro quando chego a Londres.

***

Quando aterrisso, mando uma mensagem para Sophie imediatamente.

> Acabou. Você tinha razão. Desculpe.

Solto um suspiro e as lágrimas voltam. Mas não vou deixar acontecer de novo. Depois, talvez. Agora, vou sair deste avião como uma nova pessoa.

Quando desembarco, sento-me em um banco e tiro meu oboé da mochila. Coloco a palheta no copo d'água que peguei no avião.

Ando por Heathrow devagar, e percebo como tudo é tão vivo aqui. As pessoas sempre com pressa, correndo de um lado para o outro. Atravesso o aeroporto até chegar ao metrô. É aqui, sei que peça vou tocar. Monto meu oboé e deixo o estojo aberto — posso muito bem começar a ganhar dinheiro agora para pagar a passagem. E então, toco. Começo com *Gabriel's Oboe*, e penso em Sang. O que me faz pensar em Shane.

Continuo tocando.

Toco minha coleção inteira. Fico uns quarenta minutos. Agradeço aos deuses dos artistas de rua por ninguém ter pedido minha licença.

Eu me sinto mais livre depois da performance. Mais confiante. Se posso tocar no aeroporto de Heathrow, posso tocar em qualquer lugar. Olho para o estojo do oboé e me surpreendo ao ver que o novo Marty ganhou dinheiro.

— Não era assim que eu esperava encontrá-lo.

Eu olho para cima quando Shane joga umas moedas em meu estojo. Fico totalmente confuso, o que o faz rir.

— E aí, cara? — ele diz. — Dani me mandou uma mensagem. Peguei o metrô o mais rápido que pude.

— Não precisava — digo. — Estou bem. Sério. Mais ou menos.

Ele me dá um abraço firme.

— Tudo bem se não estiver, você sabe disso.

Meus olhos ficam marejados e pisco para afastar as lágrimas. Estou trêmulo, esgotado. Shane tira minha mochila de mim e me guia em direção à plataforma.

— Na verdade, *precisava* sim. Prometi à minha mãe que cuidaria de você neste verão, e não sei se fiz isso.

Paro.

— Mas você *tentou*. Muito mais do que tentei cuidar de mim mesmo.

— Eu nem estava aqui quando você chegou, Marty. Fico pensando que se eu...

— Não, Shane, sério — pouso a mão firmemente em seu ombro. — Você não poderia ter feito nada. Eu fui persistente nisso, em tudo.

Ele suspira de alívio.

— Que bom que está dizendo isso. Você anda muito diferente. Mas sei que isso é uma coisa boa também! Eu ficava preso naquela livraria enquanto você fazia coisas realmente corajosas e incríveis — seu sorriso é tão brilhante que meu rosto começa a espelhá-lo. Ele ri. — Sei que não sou responsável por nada disso, mas teria feito diferente algumas coisas, se pudesse fazer de novo.

— Sim, eu também — digo, rindo.

— Enfim, achei que era hora de finalmente vir buscar você no aeroporto — diz, indicando a entrada do metrô.

— Está seis semanas atrasado — digo, e ele me dá um empurrãozinho.

— Não abuse da sorte — ele diz, brincando. — Agora, conte sobre a viagem. Tudo.

Falo mais na viagem de volta para casa do que já falei com Shane, Pierce, Megan ou com qualquer um. Meus muros internos se quebraram e eu cedi. É difícil falar sobre minha dieta radical e tudo que tentei mudar por causa de um imbecil, mas quando as palavras saem, não me sinto mais tão sozinho.

Sempre prático, Shane me ajuda a fazer planos para o tempo que me resta aqui. Amanhã começo a levar meu portfólio a sério e subir os vídeos no YouTube. Amanhã recomeço, solteiro, mas com muitos amigos próximos. O velho Marty não estaria pronto para isso.

Mas, foda-se, eu estou.

12 MESES ANTES

ENTRADA DO DIÁRIO 6

Caro maldito diário: acabou.

Estou sentado no saguão esperando meus pais voltarem do café. O teste deveria ter demorado muito mais, por isso eles devem achar que têm muito tempo. Mas as coisas não saíram exatamente conforme o planejado.

Não posso culpar por meu fracasso tudo que aconteceu durante a parada, mas também não posso dizer que ajudou. Eu estive paralisado esse tempo todo, mais deprimido que nunca. Os outros perceberam. Os adolescentes olharam para mim com pena, confusos, quando saí do teste. Não os culpo... estou confuso também.

Minha palheta não estava úmida o suficiente, e eu sabia que isso atrapalharia. Mas já estávamos atrasados, e meus pais já haviam deixado claro que não achavam que Londres seria um bom lugar para mim. Por isso, não vi motivos para fazer o teste.

Mas, mesmo assim, fui lá e toquei a peça.

Errei muitas notas. Passagens que eu sei que dominava se transformaram em uma confusão estridente. Meus dedos estavam formigando, dormentes, e a cada nota errada eu só conseguia pensar na oportunidade que estava desperdiçando. Mas toquei.

— Quer fazer essa última parte de novo? — ofereceu Dr. Baverstock, gentilmente. — Não precisa ficar nervoso; sabemos que você sabe tocar, gostamos de sua performance por vídeo.

— Não quero tocar de novo — respondi.

O que eu não disse foi que meus pais haviam acabado de puxar meu tapete e que pretendiam não me deixar mais vir para Londres.

Coloquei meu oboé no estojo e peguei minha partitura.

— Estou só desperdiçando seu tempo, desculpe.

Não conseguia nem olhar nos olhos dele.

36

A ANSIEDADE DESAPARECEU. Bem, mais ou menos; ela nunca desaparece de verdade, mas acho que estou aprendendo a lidar com ela. Em vários momentos do dia, ainda me sinto triste comigo mesmo. Meus ombros doem e pensamentos de ódio ainda me passam pela cabeça. Quase perdi tudo. Perdi Pierce. E isso deveria ser uma coisa boa, mas não parece.

Vejo-a em uma mesa para dois ao fundo. Corro e a abraço.

— Sophie — digo —, que saudade!

— Faz só uma semana, Mart. Calma.

Sento-me e peço um café da manhã tradicional inglês: ovos, feijão, bacon e salsicha. Sophie e eu conversamos enquanto esperamos a comida.

— Quais as novidades? — pergunto. — O que foi que eu perdi?

— O principal foi que deixei o primeiro clarinete para Rio — ela diz. — Percebi que significava muito mais para ela que para mim. Mas Baverstock quis fazer um teste para o solo. Logo vou saber o resultado, mas correu tudo bem.

— Ainda bem que ele fez o teste e não deu a cadeira direto para Rio.

Ela ri.

— Acho que ela não ficou muito feliz com isso. Ela é uma pessoa estranha, muito intensa em tudo, mas acho que estamos começando a ser amigas de verdade. Melhor do que éramos antes.

— Só amigas? — pergunto timidamente.

— Bem, estamos... indo devagar.

— Sim, beijando-se no...

Ela me chuta por baixo da mesa, então me calo. Mas ela não deixa de sorrir.

Nossos pratos chegam. Estou morrendo de fome e, pela primeira vez em muito tempo, não vou ignorar isso. Vou comer esse mar de sódio como um verdadeiro britânico, e meus rins podem ficar felizes por eu não engolir tudo isso com cerveja.

— Você está bravo comigo por tudo que eu disse? — pergunta Sophie.

Balanço a cabeça devagar.

— Sei que é meio clichê, mas acho que eu precisava ouvir aquilo. Foi o que colocou tudo em movimento, que me levou a perceber que Pierce não servia para mim. É difícil, porque os bons momentos com ele foram *muito bons*. Mas eu estava confuso, inseguro. E ainda estou. Vai ser bom focar um pouco mais em mim mesmo.

— Que pena que não deu certo. Mas você merece coisa melhor.

Ela abre um sorriso sincero, que sinto se refletir no meu rosto.

— Você é uma ótima amiga — digo. — Já me decepcionei antes, e sei que você também. Mas confio em você.

Ela revira os olhos.

— Cheguei à conclusão de que as pessoas, no geral, são legais. Mas eu não fui legal com você. Fiquei com muito medo de que acontecesse o mesmo que com Colin. Sabe, odeio quando as pessoas pedem conselhos e, descaradamente, não os aceitam — ela faz uma pausa. — Não foi seu caso, mas eu te abandonei, mesmo sabendo que você estava sofrendo, sem comer, e que precisava de alguém. O que estou dizendo é que, apesar de você ser um idiota, quero pedir desculpas por ter te abandonado.

Dou risada, e quando paro, fico olhando para ela. Uma verdadeira amiga, a garota que lutou por mim, enlouqueceu por me perder e...

Está me pedindo desculpas!

Respiro fundo e penso em Megan. Ela é tóxica para mim, não quero tê-la por perto. Existem duas Megans: a que me fez o scrapbook e a que me expôs para a escola inteira. Não vale a pena aguentar a segunda só para ser amigo da primeira.

Sophie limpa a garganta.

— Agora, conte-me tudo sobre a Itália.

Vou contando enquanto comemos.

* * *

Entro no apartamento e imediatamente olho nos olhos de tia Leah. Ela deveria voltar só daqui a um mês, portanto, mesmo diante de seu sorriso doce, sinto um calafrio.

— Marty! — Ela dá um tapinha no sofá, ao lado dela.

Vejo Shane sentado à mesa da cozinha, com um olhar hesitante. Sinto que tudo está começando a desmoronar quando me sento, mas me controlo. Tento, pelo menos.

Porque nunca saberei se não tentar.

— Voltou antes do previsto — digo.

— Sim. Quero que saiba, primeiro, que não estou brava com você — ela olha para Shane. — Talvez um pouco com você, mas entendo por que fez o que fez.

Ela suspira; não sei se digo algo ou me faço de bobo; mas de que adianta? Mandei aos meus pais as anotações daquele diário, que detalham bem claramente meu fracasso naquele teste. Eles devem ter somado dois mais dois.

— Sua mãe me ligou — diz tia Leah —, e ela não estava feliz.

— Desculpe — digo depressa, mas ela levanta a mão para me interromper.

— Deixe as desculpas para depois. Precisamos conversar um pouco — ela suspira de novo, esvaziando o peito e olhando para o teto. — Sabe, nossa família nunca foi religiosa. É estranho, porque todos os nossos amigos eram muito católicos. Mas nós nunca fizemos parte disso.

— Acho que nunca pensei nisso — digo. — Nossa megaigreja tomou conta da nossa vida de tal maneira que era difícil imaginar que houvesse sido diferente antes.

— Não sei o que a atraiu. Talvez ela estivesse tentando encontrar uma família, e acho que com isso você pode se identificar. Mas, enfim, eu engravidei mais ou menos na mesma época que sua mãe; isso é óbvio, visto você e Shane nasceram com um mês de diferença. Não foi planejado, foi uma situação muito complicada para mim, mas eu estava muito feliz por ter uma colega de gravidez. O pai de Shane não era presente, por isso, eu esperava que isso me aproximasse de sua mãe. Eu precisava dela.

Ela suspira mais uma vez. Logo prossegue:

— Isso foi, infelizmente, alguns meses depois de ela entrar naquela grande máquina de tirar dinheiro que ela chama de igreja, e eu comecei a ver as mudanças. Ela sempre se distanciou de mim, da vida que havia tido aqui, e eu nunca entendi o motivo. Mas isso piorou quando ela soube que eu tinha engravidado. Fora do casamento. O *terror* — ela revira os olhos.

— Ela virou as costas pra você por isso? — pergunta Shane. — Não parece coisa da tia que eu conhecia, que me mandava cartões de aniversário todo ano. Eram daqueles bregas de Jesus, claro, mas ela escrevia muita coisa neles. Eu me lembro porque eram ainda piores que os de vovó.

— Ela amava você, claro. E, obviamente, ela não é uma pessoa ruim; é uma pessoa normal, facilmente influenciada por qualquer um que use uma cruz pendurada no pescoço. A questão é que não consigo nem imaginar como foi sua experiência, como um adolescente gay, sendo criado nesse ambiente; mas sei como é ser jovem e alguém te dar as costas em nome da religião. Sei a vergonha que isso provoca. Então, depois que Shane saiu do armário, e me disse que você também, jurei fazer o que pudesse para te ajudar.

— Eu sei — digo —, e eu me aproveitei disso.

Passo a mão pelo meu cabelo e tento não deixar a culpa me atormentar, mas ela rasteja pelo meu estômago e cresce como uma cãibra no corpo inteiro.

— Então, como eu disse, sua mãe ligou. E demoramos um pouco para descobrir a verdade. Ela disse que você mandou pra eles um diário que escreveu aqui ano passado. Isso realmente a afetou, porque ela não gritou comigo como normalmente faria, e nós identificamos todas as suas mentiras sem que ela as chamasse de pecado. E nós sabemos como isso é difícil para ela. Mas ela estava realmente preocupada e não conseguiu falar com você. — Ela abre o notebook e aperta algumas teclas, abrindo o FaceTime. — Por isso, eu disse a ela que voltaria imediatamente e que conversaríamos juntos sobre isso.

Concordo com a cabeça.

— Tudo bem, estou pronto.

A chamada conecta e vejo meus pais. Estão sentados nas banquetas do balcão da cozinha de casa. Tia Leah ajusta a câmera para que vejam nós dois.

— Oi, Marty — diz mamãe. — Em primeiro lugar, nós amamos você. Espero que saiba disso. Em segundo lugar, temos muita coisa para conversar. Mas talvez você deva nos contar sobre Londres.

— E sobre o País de Gales, e a Itália — papai ri. — Você não deveria ter me ensinado a usar aquele aplicativo Find Your Friends.

Fico vermelho, mas me esforço para não entrar na concha e me explicar. Desde o começo, a história inteira. O novo Marty tem um último trabalho a fazer.

***

— Marty — tia Leah diz assim que a ligação termina —, sei que é difícil, mas você tem que dar a eles a chance de...

— Como posso? Minha família deveria ser meu porto seguro, independentemente de qualquer coisa. Eles não vão passar a ser compreensivos e começar a agitar bandeiras gays da noite para o dia, e eu não deveria ser forçado a esperar enquanto eles descobrem como agir.

— Tem razão — diz Shane. — Mas você pode ter mais de uma família. Pode *escolher* sua família.

Tia Leah ri.

— E lembre-se de que adultos como eu e sua mãe não sabem lidar com tudo. Podemos tentar ser fortes como uma rocha, mas temos muitas rachaduras. É difícil ser criança e descobrir que seus pais não são tão unidos quanto você achava. Por isso, fique bravo, fique ressentido, mas, acima de tudo, seja honesto. As coisas podem mudar, ou talvez não, mas você só saberá se tentar.

— Eu posso escolher minha família — repito o que Shane disse. — Vocês são minha família. E também Sophie, Dani e todo aquele grupo.

Shane vem me dar um abraço e minha tia abraça nós dois.

— Pode contar sempre conosco — ele diz.

MAL JANTEI ONTEM À noite, o que prova que ainda não estou tão bem assim. Mas pedi a Shane que me ajudasse a ser responsável com minha alimentação. Depois da ligação com meus pais e da mentira descoberta, uma coisa ficou clara: não dá para mudar da noite para o dia.

Abandonei o novo Marty. Estou tentando aprender e melhorar a cada dia, fazendo coisas que me deixam feliz e me aproximam da minha nova família.

Hoje é um grande dia. Dani apresentou nossos vídeos e conseguiu um teste para tirar a licença de artista de rua. E depois disso, é a Parada do Orgulho Gay. Comprei um saco de purpurina, e todos nós vamos nos enfeitar com as cores mais brilhantes possíveis. Faremos direito desta vez... desde que sobrevivamos ao teste.

Antes de sair da cama para começar este dia agitado, decido ler o e-mail da mamãe, aquele que recebi pouco antes de mandar o diário do ano passado. Ainda estou tentando descobrir se os quero em minha vida e, se sim, até que ponto quero que eles estejam aqui. Tia Leah me deixou ficar mais tempo, mas não sei quanto vai ser isso.

Eu não sei de nada, mas abro o e-mail.

> Marty,
>
> Estou furiosa. Sei que Megan, sua amiga, anda agindo de uma forma estranha ultimamente, mas eu soube do que ela fez com você, contando à Avery High inteira sobre sua sexualidade, sem sua permissão. É um horror, e lamento por você estar passando por isso.
>
> Quero que saiba que eu fiquei sabendo disso na igreja. Era tudo que eu temia: que minhas "amigas" descobrissem que meu filho é gay. Elas me ofereceram escrituras e falso apoio, e uma até falou de um curso especial que eu poderia te mandar, patrocinado pela própria igreja.
>
> Agora sei que não fui muito compreensiva, e sei que isso não vai mudar da noite para o dia. Mas quando aquelas

mulheres vieram até mim oferecendo um curso de conversão velado como apoio, um pedaço de mim se partiu ao meio.

Fiquei chocada demais para falar, mas seu pai lhes disse algumas palavras bem escolhidas. Saímos naquele momento e, quando você voltar, esperamos fazer parte de uma igreja diferente, mais acolhedora.

Isso não é desculpa, eu sei. Orei muito sobre isso e não sei o que posso fazer. Mas seu pai acha que já é um bom começo. Vou tentar ligar logo, apesar de saber que você odeia quando eu ligo do nada.

Amo você,

Mamãe

Fico pensando no e-mail a manhã toda. Queria que meus sentimentos sobre isso não fossem tão complicados, mas aprendi que praticamente tudo é complicado, especialmente quando você é gay. Portanto, o melhor que posso fazer é tentar lidar com isso.

Shane, Sang e eu estamos no metrô indo para a Trafalgar Square, por onde andam centenas de bilhões de pessoas em um dia normal; nem imagino como é durante a parada. Mas o teste para a licença é em uma sala privada na National Gallery.

Olho para Shane, que está com o braço casualmente ao redor de seu novo namorado, e tento entender a confusão de pensamentos que rondam meu cérebro. Devem todos ser improváveis, mas já que estou indo fazer meu primeiro e único teste do verão — e Shane começa no *Les Mis* daqui a duas semanas —, agora parece a hora certa.

— Shane, agora que você conseguiu o emprego dos seus sonhos, quero te pedir um favor. Pode me recomendar lá na livraria? Estou procurando um emprego de meio período, e me candidatei em alguns restaurantes americanos que talvez queiram contratar alguém que conhece de verdade os restaurantes americanos. Eu me candidatei de verdade, desta vez, não fiquei só perdendo tempo e me apaixonando por um imbecil. Com isso, e se essa coisa de artista de rua der certo para mim e Dani, acho que vou conseguir.

— Isso significa que você poderia ficar? Tipo, para sempre?

— Sim — digo. — O que acha de começarmos a procurar um apartamento? Gosto de morar com você.

— Não sei — Shane suspira —, eu meio que gostei de morar sozinho neste verão, enquanto você fazia turismo. Talvez eu procure um lugar para mim.

Sang dá uma risadinha.

— Eu, sem dúvida, gostei do apartamento vazio.

Shane dá uma piscadinha e eu reviro os olhos.

— Fale sério comigo! Assim eu enlouqueço!

— Sim, claro, vamos fazer isso — ele diz, sorrindo.

Ficamos em silêncio; observo as cores brilhantes ao redor. Pessoas queer de todas as idades enchem o vagão, alguns quietos, outros batendo palmas animadamente, outros já bêbados. É, muitos já bêbados.

Mas todo mundo muito feliz.

— Sério, Shane — olho nos olhos dele, o que é um desafio. — Desculpe por ter sido ausente neste verão. E por não ouvir seu conselho sobre Pierce. E por assustar você.

— Não precisa se desculpar. Os homens nos fazem fazer coisas estúpidas. Mas agradeço.

Este seria um momento comovente, mas é interrompido quando chegamos à nossa estação. Finalmente, saímos com os outros mil queers e seguimos para nosso ponto de encontro: Trafalgar Square, quarto pedestal.

Sophie e Rio estão encostadas nele, de mãos dadas, esperando nossa chegada.

— Trouxemos tinta! — anuncia Sophie.

Rio dá risada.

— E adesivos!

Dou um abraço em cada uma e pego a tinta com Rio.

— Eu trouxe uma tonelada de glitter. Mas vamos passar no teste primeiro. Alguém viu Dani?

Enquanto esperamos, conversamos. Sophie interage com todos de um jeito diferente do que era no início do verão. Está mais descontraída, menos na defensiva. Claro, eu poderia ser o *único* amigo que ela queria, mas Sophie não precisa de *um* amigo. Como eu, como todos nós, ela precisa de uma família, e tem uma.

Rio lhe dá um beijo no rosto.

Dani me dá um tapinha no ombro.

— Pronto? — pergunta.

Eu me volto, mas meu olhar passa por Dani, direto por Ajay e chega a ele. Pierce. Eu sabia que o veria de novo, graças à minha crescente amizade com Dani, mas não imaginava que seria tão cedo. Cedo demais. Parece que ele acabou de acordar; não se barbeou. Está meio devagar; evita meu olhar.

Dani me dá um beijo no rosto e sussurra:

— Quer que ele vá embora? Estávamos saindo, e ele pediu para vir. Eu disse que só se você aprovasse.

Não afasto o olhar. A cada respiração, sinto que estou mais tenso e que meu constrangimento aumenta. Eu aprovo? Como não poderia? É um espaço público, não posso impedi-lo de estar aqui. Além disso, como eu poderia mandá-lo embora sem ser cuzão?

E me lembro vagamente do que Sophie me contou sobre Pierce quando a conheci. Eles eram esnobes e distantes, e não a faziam se sentir acolhida.

É essa lembrança que me faz dizer a Dani:

— Claro, ele pode ficar.

Ele está aqui porque, por algum motivo, queria estar. E se ele quer comemorar o Orgulho comigo, como amigo, com os outros amigos dele, não posso impedir. Ou poderia impedir, ou fugir, mas não vou fazer isso.

Porque sou muito melhor que ele.

— Pierce — digo, indo em direção a ele, e sinto os olhos dos outros queimando minha pele. — Tudo bem?

— Para ser sincero, estou me sentindo um lixo.

Passo a mão pelo meu cabelo.

— Não precisa. Somos todos amigos aqui.

Ele ri e diz:

— Não fui legal com você.

— Não, mas eu me recuperei. Está tudo bem.

Inclino a cabeça para olhar para Pierce, e ele me dá um leve sorriso. Vulnerável. E sei que é a única chance que terei de fazer essa pergunta.

— Alguma... — limpo a garganta — ...alguma coisa foi verdadeira?

— Eu gostava de você, mas te usei.

— Vamos dar uma voltinha? — digo, e o afasto do grupo.

A cada respiração eu me fortaleço. Endireito o corpo, puxo os ombros para trás, relaxo a tensão de meu rosto e assumo uma expressão neutra. Tenho o controle da situação, e deveria curtir isso; mas a dinâmica me deixa desconfortável.

— Shane me mostrou seu vídeo de teste uma vez, antes de você vir para cá. Foi excelente. Você me perguntou, um dia, se eu gostava de você como pessoa ou como oboísta, e a resposta ainda é a mesma: os dois — ele suspira. — Mas quanto mais o Dr. Baverstock me pressionava, mais eu focava no Marty oboísta.

— Eu sei — digo. — Não foi muito agradável.

— Eu não estava pronto para um relacionamento, principalmente depois do que aconteceu com Colin. Mas havia *algo* entre nós. Eu podia ver nós dois como uma dupla poderosa, fazendo duetos maravilhosos.

Dou risada, apesar de tudo. Todo esse tempo, Pierce pensava em mim como um parceiro de dueto, não como namorado. E acho que nem ele sabia disso.

— Queria que você gostasse mais do Marty pessoa — digo.

— Sem dúvida, eu poderia tê-lo tratado melhor. Desculpe, de verdade.

Isso não ajuda muito. Desde o início, ele queria que Marty, o oboísta, lhe desse moral para aumentar sua credibilidade na escola. Talvez ele nem saiba quanto me usou, até onde tentou me forçar naquela noite.

— Eu me sinto um idiota — a confissão pesa. — Desperdicei o verão inteiro tentando agradar ou estar com você. Pierce, se alguma vez houve algum sentimento sincero seu por mim, vai ter que encontrar uma maneira de me fazer confiar de novo em você para que sejamos amigos.

— Claro — ele diz, desta vez, sem desviar o olhar. — Você merecia coisa melhor. Você realmente é...

Levanto a mão para interrompê-lo.

— Vou lá com meus amigos, arrasar nesse teste e viver o Orgulho mais épico que o mundo já viu.

— Acho que vou...

Ele se volta para ir embora. Cada passo que ele dá ecoa dentro de mim. Minha tensão é intensa, mas sei o que preciso fazer para começar a superar.

Faço a coisa mais forte que me ocorre.

— Fique com a gente.

* * *

Quando voltamos ao grupo, Dani corre ao nosso encontro.

— Tudo bem, meninos?

Há certo nervosismo em sua voz, que tento acalmar sorrindo. Pierce ainda está atrás de mim, e eu falo sem olhar para ele.

— Não, mas estamos trabalhando nisso.

A multidão dobrou de tamanho, de densidade, desde que Pierce e eu fomos conversar. A alta energia da música pulsa por um alto-falante gigante, enquanto duas drag queens dançam e dublam. Ouvem-se aplausos de todos os lados, o que aumenta meu ânimo instantaneamente. Sophie pega minha mão e ficamos vendo esse mar de arco-íris cheio de energia.

— Desculpe pelo que vou fazer — ela diz, e joga um punhado de glitter para cima, cobrindo-nos totalmente.

Rio vem por trás de mim e cola um adesivo de arco-íris no meu rosto. Eu me volto para ela e sacudo um pouco do brilho de meu cabelo. Olho para o restante do grupo. Ajay está usando a bandeira bi como uma capa. Shane e Pierce estão pintando bandeiras do Orgulho no rosto um do outro.

Dani aparece ao meu lado, coberta de glitter. Eu a olho, mas ela dá de ombros.

— Vamos torcer para que os juízes gostem de brilho — digo.

— Se eles agendaram um teste no dia da Parada do Orgulho Gay, não devem esperar nada diferente.

Ela pega o estojo de sua flauta, coberto dos adesivos de Rio.

— Preparado?

— Vamos lá! — grito.

Fazemos todos nos prometerem não se divertir muito enquanto não voltarmos e vamos para o teste, com nossos amigos torcendo por nós.

12 MESES ANTES

Entrada do diário 10

Não vou entregar este diário, mas quero terminar a tarefa mesmo assim. Eram dez entradas de diário sobre uma experiência do verão, o que parecia fácil. Na verdade... continuo afirmando que é meio juvenil. Independentemente disso, vou terminar este trabalho com a história verdadeira, para mim mesmo.

Quando Megan tiver que fazer essa aula, vai se recusar a fazer esta tarefa. Quando Skye tiver que fazer essa aula, começará a escrever um dia antes da entrega sobre um evento verdadeiro que tenha acontecido no verão. Mas vou tentar algo novo: vou escrever o diário, mas sobre uma experiência falsa.

Não sou um mentiroso, mas preciso fazer isso.

Por isso, vou refazer a viagem a Londres aqui no diário, sob uma lente cor-de-rosa pela qual tudo fica bem. Pela qual nos vemos no meio de uma parada gay e meus pais me mostram quem realmente são: acolhedores, amorosos e compreensivos.

Talvez eu reformule a história. Mamãe não pegou aquela bandeira de arco-íris para jogá-la no lixo; talvez ela tenha começado a agitá-la. Papai vai encontrar o melhor lugar para que possamos ver os carros alegóricos, para que minha alma possa absorver as cores e eu saiba que sou bem-vindo *em algum lugar*.

Talvez, nessa versão, eu não tenha ido mal no teste, o que significa que estarei a caminho de Londres daqui a onze meses. Londres, uma das únicas cidades onde encontrei verdadeira aceitação — na parada, claro, mas também por parte de Shane e tia Leah.

Porque senão, eu teria que entregar *este* diário, que mostra um sujeito que não tem futuro, nem na música *nem* no mundo real. Mas isso não vai acontecer, porque acho que tenho um plano. E enquanto não puder sair deste lugar e encontrar minha própria família, fazer minha própria vida, vou mentir. E sorrir. Não chamar a atenção e sair daqui.

Sou gay, e por isso estou me debatendo.

Mas não vou sufocar.

38

DEPOIS DE EVITAR POR literalmente meses, decidi consertar a única coisa que ainda pedia minha atenção dentre tudo que aconteceu neste verão. O e-mail que mandei para Megan foi curto, mas levei horas para escrevê-lo. Eu podia sentir as coisas se resolvendo ao meu redor. Podia ver a luz no fim do túnel.

>Megan,
>
>Você me conhece melhor que qualquer outra pessoa neste planeta. Às vezes isso é bom, como quando escolhia a playlist perfeita para combinar com meu humor quando ia me pegar para ir à escola. Mas às vezes isso não é tão bom. Você sabe como me irritar, como me deixar desconfortável.
>
>E gosta de me deixar desconfortável.
>
>Estou tentando ser outra pessoa, uma versão melhor de mim mesmo; mais presente, mais feliz. A pessoa que você sempre quis que eu fosse.

Mas essa bem que poderia não ter sido minha história. Terminei o e-mail com algumas linhas que levaram segundos para ser redigidas e horas para ser corrigidas.

>Mas tenho que fazer isso por mim, não por você.
>
>Ah, adorei o scrapbook. É algo para eu recordar muitas vezes nos próximos anos e lembrar como nos divertimos juntos.
>
>Marty

Divertimos, no passado.

Essa palavra me fez hesitar. Porque estamos no passado agora. Você não precisa ser amigo de todo mundo e não precisa se apegar a amigos que não lhe fazem bem. Isso segundo a internet. Mesmo ignorando o fato de que é por causa dela que eu ainda recebo mensagens perguntando "É VERDADE?!?!!", mesmo tendo se passado meses, ela não é uma boa pessoa para eu ter em minha vida agora.

Vou ver Skye amanhã. Não queria que nossa amizade acabasse, mas sei que não será a mesma coisa. Vamos falar sobre todas as coisas que fazíamos antes, e talvez sobre Megan. Estou me preparando para isso, pelo menos.

Os aeroportos me assustam menos, mas isso é porque há menos incógnitas dessa vez. Vou pousar em Kentucky às quatro da tarde, portanto, quando chegar à minha casa, será hora de dormir em Londres. E quando eu acordar, será hora de encarar a vida em Kentucky como um homem abertamente gay.

Mesmo que só por uma semana, até eu voltar para minha nova casa em Londres, estou pronto para isso.

Minha nova vida: um apartamento de merda de dois quartos com Shane, um emprego de meio período, apresentações no metrô com Dani e testes quando consigo. Ainda parece impossível. Acabei de fazer dezoito anos, mas não tenho idade suficiente para isso. Nem maturidade. Mas está acontecendo. O novo Marty está se comprometendo com sua nova vida.

Megan ficou no passado, mas Pierce está de volta ao presente. Conseguimos administrar isso. Acho que não o julgo por fazer o que ele fez, e eu não me importo se ele me julgar. Houve um dia em que eu quis que ele fosse meu primeiro em tudo, mas há muitas primeiras vezes que ainda guardo, só esperando a pessoa certa com quem dividi-las.

Levo o celular ao ouvido.

— Oi, pai. Estou embarcando agora.

— Marty! Não acredito que você já vai voltar — ele ri. — Brincadeira, já faz séculos.

— Parece que faz anos. Estou animado para voltar, apesar de... você sabe.

— Não se preocupe com isso. Sua mãe e eu não vamos deixar ninguém te constranger.

Eles estão agindo melhor, mas levará algum tempo para eu superar tudo. Precisamos conversar sobre muitas coisas, mas temos tempo. E pela primeira vez, é como se estivéssemos todos na mesma página. Estou até meio animado para ver a nova igreja deles (se bem que marquei a data da viagem especificamente para perder o culto de domingo — oops!).

Entro no avião, sento-me no meu lugar e coloco os fones de ouvido. Quando as portas da cabine se fecham, a ansiedade volta. Mas é do tipo normal, acho. Se é que isso existe. É um voo pesado: dez horas sobre o oceano.

Mas, desta vez, tenho passagem de ida e volta.

Uma semana em Kentucky vai me fazer bem, mas vou sentir falta de Sophie, Shane, Dani, talvez até Pierce. Mas tenho o resto da vida, teoricamente, para ficar com eles.

Com as mãos trêmulas, tiro um livro da mochila e o aperto contra o peito. É um diário, que comprei logo depois que tudo aconteceu neste verão. Escrevo minhas experiências nele, e tem me ajudado. Tia Leah me mostrou um monte de aplicativos ótimos de meditação e respiração. Nenhum é perfeito, e talvez nunca seja, mas ajuda.

Escrevo a data no canto superior direito e começo a preencher uma página com medos, alegrias e tudo o mais. É incrível como nossas emoções vêm à tona dentro de um avião.

Em meu último voo transatlântico, meu sonho era fugir, afastar-me de lá o máximo possível. Mas, apesar da respiração difícil e da tensão de meus ombros, estou pronto para voltar.

Uma onda de entusiasmo toma conta de mim enquanto o avião acelera pela pista. Meu coração bate mais forte e respiro mais superficialmente quando a roda dianteira levanta do chão.

Londres vai diminuindo lá embaixo, e finalmente a ficha cai. Eu nunca quis fugir de Avery. Nunca quis desaparecer ou me esconder no segundo plano. Eu queria ir a algum lugar onde pudesse vencer meus medos e me tornar eu mesmo.

E fiz isso.

NOTA DO AUTOR

Caro leitor,

Quando eu estava no último ano do ensino médio, meus amigos tinham apelidos, como o futuro líder do mundo ou o palhaço da classe. E eu? Eu era o mais musical. Fazia sentido, porque do coral à banda marcial, e em todos os lugares, a música definiu minha adolescência, e isso continuou na faculdade, onde estudei música e participei de todos os conjuntos que pude encontrar. *Até onde você me levar* é, em todos os sentidos, uma carta de amor à música e à sensação de família que temos quando nos encaixamos no conjunto certo — na música ou na vida.

E é também minha carta de amor a Londres. Há não muito tempo, fiz pós-graduação no Reino Unido e senti na própria pele que uma mudança internacional pode ser esmagadora e maravilhosa. Meu marido e eu viajamos um pouco enquanto estávamos lá — para Florença, Cardiff e outras cidades que talvez lhe sejam familiares depois de terminar este livro. Eu queria dar voz a esse adolescente rural americano que sonha em viajar pelo mundo e também capturar a alegria, a admiração e, sim, a ansiedade que a viagem provoca. Dar essas experiências a Marty foi uma das minhas partes favoritas ao escrever este livro.

A história de Marty é ficção, mas é ressaltada pelas experiências reais vividas por adolescentes gays, incluindo as minhas. Em *O espaço entre nós*, mostrei um mundo de aspirações no qual dois garotos podiam se apaixonar sem nenhuma homofobia flagrante nem problemas de identidade que os impedissem. Neste livro, as coisas não vão tão bem. Mas entre a família em que Marty nasceu e a que encontrou pelo caminho, ele sabe que ficará bem.

Como Marty, eu também tive problemas com ansiedade e transtornos alimentares enquanto tentava encontrar meu lugar no mundo. Como era um adolescente gay, estava sempre em busca de amor e aceitação, e quando não encontrava, achava que era mais fácil mudar a mim mesmo que ao mundo ao meu redor. Sempre abordo a saúde mental em meus livros, em parte para desestigmatizar as conversas sobre isso, mas também para mostrar aos adolescentes queer que vivem essas experiências que não estão sozinhos, e que a luta para sobreviver e evoluir vale muito a pena.

Como sempre, é uma honra poder escrever os livros que eu mais precisava ter lido na adolescência. Obrigado por lê-los.

Até o próximo,

Phil

INSTITUIÇÕES NO BRASIL

- Atendimento gratuito e especializado à população LGBTQIAP+, atualizado em janeiro de 2023: https://www.prefeitura.sp.gov.br/cidade/secretarias/direitos_humanos/lgbti/rede_de_atendimento/index.php?p=271098

- Centro de Atenção Psicossocial CAPS: https://www.gov.br/saude/pt-br/acesso-a-informacao/acoes-e-programas/caps

- Associação Brasileira de Transtornos Alimentares: https://astralbr.org/

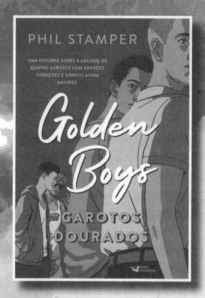
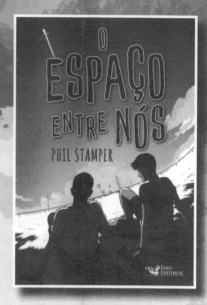

Campanha

Há um grande número de pessoas vivendo com HIV e hepatites virais que não se trata. Gratuito e sigiloso, fazer o teste de HIV e hepatite é mais rápido do que ler um livro.

Faça o teste. Não fique na dúvida!

ESTA OBRA FOI IMPRESSA
EM JANEIRO DE 2024